关于我变
成史莱姆
这档事 ⑤

Regarding
Reincarnated to Slime

怒火烧穿——

化作利姆鲁外形之人——他是没有自我的代行者（拉斐尔）。『智慧之王（拉斐尔）』朝躺在前方的紫苑走去。

他举起手开始进行『解析鉴定』。他的行动细心谨慎。这是为了实现主人的愿望。

Story by Fuse,Illustration by Mitz Vah

[日]伏濑/著

[日]Mitz Vah/图

程 宏/译

关于我变成史莱姆这档事 ⑤

Regarding
Reincarnated to Slime

ARTIME
时代出版

时代出版传媒股份有限公司
安徽少年儿童出版社

著作权登记号：皖登字 12181856 号
本作品中文简体字版由风车影视文化发展株式会社授权安徽少年儿童出版社在中华人民共和国（不含台湾、香港和澳门特别行政区）独家出版发行。

图书在版编目（CIP）数据

关于我变成史莱姆这档事. 5 /（日）伏濑著；（日）
Mitz Vah图；程宏译.— 合肥：安徽少年儿童出版社，
2021.3（2022.11重印）
　ISBN 978-7-5707-0968-7

Ⅰ.①关… Ⅱ.①伏… ②M… ③程… Ⅲ.①长篇小
说 – 日本 – 近代 Ⅳ.①I313.45

中国版本图书馆CIP数据核字（2020）第268315号

GUANYU WO BIANCHENG SHILAIMU ZHEDANGSHI·5
关于我变成史莱姆这档事·5

［日］伏濑　著
［日］Mitz Vah　图
程宏　译

出 版 人：张　堃　　责任编辑：王卫东　张万晖　　责任校对：冯劲松
责任印制：郭　玲　　版权运作：柳婷婷
出版发行：安徽少年儿童出版社　　E-mail：ahse1984@163.com
　　　　　新浪官方微博：http://weibo.com/ahsecbs
　　　　　（安徽省合肥市翡翠路1118号出版传媒广场　　邮政编码：230071）
　　　　　出版部电话：（0551）63533536（办公室）　　63533533（传真）
　　　　　（如发现印装质量问题，影响阅读，请与本社出版部联系调换）
印　　制：安徽国文彩印有限公司
开　　本：635 mm×900 mm　　1/16　　印张：22
版　　次：2021年3月第1版　　　　2022年11月第3次印刷

ISBN 978-7-5707-0968-7　　　　　　　　　　定价：48.00元

目录 —— 魔王觉醒篇

灭国之日

魔王卡利昂一脸紧张地凝视上空。

他感觉到远方有一团高密度的魔力飞来。

从那毫无掩饰的强大妖气来看，那肯定是魔王米莉姆。

她显然是临战状态，目标是这个国家。

米莉姆的飞行速度超越了音速。她在卡利昂城堡的上空停了下来，接着，大声宣布道："哇哈哈——我是米莉姆·纳瓦。是魔王！我在此宣布，我将废除魔王间的所有协议，包括与魔王卡利昂的一切约定！并且在此宣战！我们一周后再见。好好努力，做好对抗我的准备吧！！哇哈哈哈——"

卡利昂是魔王，也是"狮子王"，这单方面的宣战令他十分头疼。

"那个白痴到底在想什么？"

但他立即将烦恼抛到脑后，下达命令。

"在本国的所有战士，全员集合！马上！！"

所有战士迅速执行命令，三兽士及其下属的兽王战士团在大厅集合。

"卡利昂大人，除格鲁西斯外，全员集合完毕。"

"嗯。"

听到"黄蛇角"阿尔薇思的报告，卡利昂大方地点点头。

卡利昂在这一刻理清了思绪。

众战士等待着卡利昂发话，卡利昂郑重地说道："一周后，米莉姆那家伙会发动进攻。那个混蛋没经过魔王飨宴就擅自废除魔王间的协议，这行为意味着对十大魔王全员宣战，实在令人想不通。

她确实是个性急的家伙，但也有深谋远虑、狡猾机智的一面。我估计一定发生了什么事。"

亲耳听到米莉姆的声音后没人会怀疑。可是，这事态太超现实，大多数人都感到很疑惑。

"不知其他魔王会做何反应？"

冷静提问的果然是阿尔薇思。

"芙蕾和克雷曼完全信不过；瓦伦泰依然音讯全无；菈米莉丝只顾炫耀她的新守护者，根本听不见别人的话；奇伊置身事外；另外三人对此不感兴趣。但如果我和米莉姆间真的爆发战争，估计也不能相信那些家伙。"

见各魔王都指望不上，卡利昂吐出了这样一番话。

"那我们就免不了一战了！大将头阵就交给我吧！"

"白虎爪"苏菲亚干劲十足地说道，但"黑豹牙"法比欧出言制止。

"苏菲亚，你不知道魔王米莉姆的强大，所以才会说得那么轻巧。老实说，她的实力是独一份的。就算兽王战士团全员一起上也会被她瞬间消灭……"

法比欧是个血气方刚的人，但经过上一次的失败后，他学会了谨慎，所以他现在能冷静地分析状况。

法比欧的结论是"开战即失败"。

"法比欧，你的成长令我欣喜。你亲眼见过米莉姆的实力，我不会怀疑你的判断。在你看来，我和米莉姆谁更强？"

听到卡利昂开门见山的提问，法比欧露出痛苦的表情，似乎难以开口。最终他下定决心，看着卡利昂的眼睛。

"卡利昂大人，恕我冒昧。我能力有限，判断不出两位魔王的实力。但一定要说的话，我认为魔王米莉姆是名副其实的'破坏暴君'……"

法比欧没有正面回答，但卡利昂一下就听出了他话里的意思。

"这样啊，原来她比我强！"

说完，卡利昂大笑起来。

"那我就借这个机会让你们见识见识我'狮子王'的实力！！"

和魔王米莉姆的战斗——或许这反而是个机会，卡利昂想道。

卡利昂没有必胜的把握，但他认为这是强者展现自己实力绝无仅有的一次机会。

卡利昂并不是盲目自信。

他知道米莉姆更强，而且强得可怕。

可是……

"敌人再强也要应战，堂堂魔王总不能避而不战吧？而且和那个传说中的魔王战斗似乎很有趣，我怎么能放过这种机会？"

卡利昂热血沸腾，心潮澎湃。

魔王米莉姆是绝对强者。

她是古老的魔王，虽然外表可爱，却人人敬畏。

现在卡利昂有机会和那位魔王战斗。他很兴奋，但没有胜算。

他在儿时曾听父母说过，知道龙之公主暴虐的传说。

传说的主人公是米莉姆，还是另有他人？

当时，他父母是这么说的……

一旦触碰龙之公主的逆鳞就会招致灭国！

绝不能与龙之公主起争端！

卡利昂觉得这太蠢了。

兽王国犹拉瑟尼亚土地富庶，是个强国。他们是典型的战斗民族，大半国民都是战士。

这里是军事强国，实力绝不比其他魔王领地差。

而且，国主卡利昂当上魔王之后的数百年间，国力愈发强盛。

卡利昂不惧怕任何人。他相信自身的实力。

一想到有机会大显身手，卡利昂便燃起斗志。

同时，卡利昂也从王的角度做出冷静的判断，并下达了一个命令。

"我来对付米莉姆。如果她带着部下过来，那战士团就去对付她的部下。但如果米莉姆只有一个人，那你们所有人都要尽快逃离这个国家。如果卷入我和米莉姆的战斗，你们是不会毫发无伤的。"

"可……可是……"

"我也要和您一起——"

"卡利昂大人，我们……"

三兽士纷纷提出意见，但卡利昂喝止了他们。

"闭——嘴！！只有我才能与魔王米莉姆·纳瓦一战！！你们要优先保护民众，不得介入我们的战斗！！"

卡利昂直接释放出自己的霸气，震慑住大厅中的那些高阶魔人。

面对这压倒性的霸气，没人能够反驳。

在场的人一齐跪下，对卡利昂的命令表现出恭顺的态度。

"相信我。我会赢的！！"

"哦哦哦哦哦哦——！！"

大厅沉浸在一片欢呼声中。

魔人和家臣部下抬头看着卡利昂，十分兴奋。

卡利昂没花多少时间就决定了对策。

从这一刻起，兽王国犹拉瑟尼亚进入了战时状态。

定好方向后，兽人们迅速开始行动。

他们立即开始安排非战斗人员进行避难，在短短一周时间内，非战斗人员就离开了国境。

"哦，这时就找那只史莱姆帮忙怎么样？"

"你是指利姆鲁大人吧？"

"哦，原来他叫这名字啊。转告他准备美酒为我们办庆功宴吧。"

"呼呼呼，这可真让人期待。那就让居民去鸠拉大森林避难。"

"嗯，交给你了，阿尔薇思。"

就这样，三兽士之一的阿尔薇思奉魔王卡利昂之命，率领数万居民去魔国联邦（特恩佩斯特）避难。

留在国内追随卡利昂的只有苏菲亚和法比欧率领的约二十名兽王战士团。

他们静静地打磨自己的尖牙，等待与魔王米莉姆的决战之日来临。

命运之日来临。

卡利昂站在城堡前仰望高耸的灵峰，心中充满自信。

接着，他站上灵峰准备迎击米莉姆。

"今天就是我证明自己的机会，我才是最强的！！"

"祝卡利昂大人武运昌隆！"

"一旦确认米莉姆大人是一人前来，我们就撤退至战斗圈外。"

法比欧和苏菲亚点头回应道。

而卡利昂——

"米莉姆，我并不讨厌你。我们本来有机会成为死党的，真遗憾。"

他低声嘟囔道，也不知道有没有人能听到他这话……

他那声音被米莉姆飞近的声音掩盖，消散在战场中。

*

卡利昂使用"飞行魔法"缓缓浮至空中。

米莉姆一到，双方便开始战斗，既没有质问，也没有闲聊。

首先是试探。

卡利昂全力的一拳命中米莉姆。但米莉姆的身体自带某种防护，没有受到伤害。

米莉姆的皮肤有"多重结界"的保护，连物理层面的干涉力也能弹开。

卡利昂召唤出自己爱用的武器——白虎青龙戟摆好架势。他感觉到自己的力量大增，斗志昂扬。

卡利昂轻轻吐了一口气，将妖气凝成纯粹的斗气，并一口气使出多重斩击朝米莉姆袭去。一次次斩击射出一道道气斩朝米莉姆疾驰而去。

然而……

那些气斩却连米莉姆的表皮都伤不了。气斩突破了几层"多重结界"之后便停住了，没能触及本体。

值得一提的是白虎青龙戟的斩击被米莉姆手中的魔剑天魔挡了下来。虽然她的体型如少女般娇小，但力量足以和卡利昂的蛮力抗衡。

魔剑天魔的剑刃宽厚蜿蜒，是一把凶煞的单刃剑，和米莉姆的外表有着强烈的反差。剑身覆盖着苍白的妖气。许多魔人和魔王都成了这把传说魔剑下的亡魂。

7

关于我变成
史莱姆
这档事5

Regarding
Reincarnated to
Slime

（嗷，她竟然拔出了那把剑？）

卡利昂咂了咂舌，暂时拉开距离调整姿势。

经过这一瞬间的攻防，卡利昂提高了对米莉姆的评价。他并没有小看米莉姆，但没想到米莉姆会这么强。

卡利昂也留有余力，但他摸不透米莉姆的实力。直觉告诉他，应该毫无保留地拿出全力和米莉姆战斗。

"喂，米莉姆，你为什么要这么做？"

卡利昂的问题换来的是米莉姆的沉默。

米莉姆的样子有些不对劲。她的意识稀薄，仿佛受人操控。

"呃，你难道被人控制了？如果是这样就有点遗憾了。我本想拿出全力打败你，证明我是最强的！"

"……"

"不说话啊。难道你真的……不过没关系，反正都是我赢！！"卡利昂露出无畏的笑容叫道。

魔王米莉姆竟然会受人操控，这玩笑可开大了。这事可不能一笑了之，如果米莉姆真的受人操控……

米莉姆的样子令人毛骨悚然，卡利昂看出交涉是徒劳的。

毫无疑问，这是一场你死我活的战斗。

卡利昂果断释放自己的力量。他从魔人到魔王，经历了各个阶段——

正如"狮子王"之名，卡利昂是狮子兽人。

他体内寄宿着最强的猛兽，从众多兽人中脱颖而出。

卡利昂种族的固有能力是"兽人化"，他成为魔王之后，这项能力也得到了增强——变为专属技能"百兽化"。

"狮子王"卡利昂显现出魔兽之王的形态。

头部彰显狮子的威容。
肉体如大象般强化。
手臂兼具巨熊的强韧和猿猴的灵巧。
脚力如猫科动物般灵活。
后背长着鹰的翅膀。

所有野兽的优势集中在这具躯体上，并覆上白色的刚毛，呈现出一种和谐之美。

他身上的是传说级（传奇）装备。这是特异级（独特）兽人经过漫长的岁月进化而成的顶级装备。

狮头上朱雀之冠熠熠生辉。

玄武宝带点缀在他的腰部。

他手中握着白虎青龙戟。

每一件装备都浸染了卡利昂的魔力，毫无保留地绽放出光辉与力量。

压倒性的力量——变身前无法企及的力量。

这才是魔王卡利昂的真实面目。

卡利昂注意到，当米莉姆看到卡利昂这副身形时，有那么一瞬间，她的眼中闪过一丝光芒。但这也可能只是卡利昂的错觉……

卡利昂略过这件事对米莉姆说道："那么，米莉姆，虽然很遗憾，但既然我变成这副模样，那就要请你退场了。虽然很遗憾，但是永别了！！"

战斗不需要伤感。

卡利昂边叫边使出全身的力量凝练斗气并集中到白虎青龙戟上。

如果这是在地面，估计他发出的冲击波会震裂大地、粉碎周围的物体。

空中全是斗气的残影，仿佛连空气也被这些剩余的能量碎屑烧尽。

"从这世界上消失吧！兽魔粒子咆（Beast Roar）！！"

这是用魔力射出的粒子攻击。

白虎青龙戟的尖端部分消散还原为魔粒子。

这是"狮子王"卡利昂的究极必杀技，如果在地面施放，攻击直线上的一切都会被轰得无影无踪。

这项必杀技的威力在百米之内都不会下降。超出百米之后，威力开始慢慢消散，最终可达两千米处。

这本是长射程大范围的必杀技，但也可以将威力集中于一点，针对单体进行攻击。

这是卡利昂第一次针对单体使用兽魔粒子咆，但他确信没人能在这一招下生还。

他毫不吝惜地使出全力。

他感觉到自己体内的魔素（能量）急剧减少，飞行状态也难以维持。

不过，如果只付出这点代价就能解决，也很划算了。

正常情况下，就算发射第二甚至第三发也不会这样，但这次的对手太强了。

毕竟这次的对手是那个"破坏暴君"米莉姆·纳瓦。

卡利昂将范围压缩到极限，将威力提升到最大，这最强的一击令他自身都受到反作用力的影响。这样的一击，任何敌人都不可能生还——卡利昂深信不疑。

呼——卡利昂放下心，舒了一口气，正要降到地面上，这时……

卡利昂慌忙闪到一旁。他野兽的本能嗅到背后有一股强烈的杀意来势汹汹。

那一瞬间的判断救了卡利昂一命。剑影掠过，他的侧腹受了伤，但他硬是扛住了。

卡利昂慌忙回头。虽然不用看也知道是怎么回事，但他不愿相信。

不出所料，那个人浮在空中。

她展开龙翼，美丽的粉金色头发在风中飘扬。

之前空无一物的额头上长出了艳丽的红角。

不知何时，她几乎没有防护的衣服变成了漆黑的铠甲。

（啊……原来这才是你原本的战斗形态。）

卡利昂的魔力已经消耗殆尽，但敌人毫发无伤。这时，他不屈的斗志也变为绝望。

（开什么玩笑？在那一招下，她还毫发无伤？饶了我吧，真是的……）

卡利昂既想哭又想笑，感觉很不可思议。

"哇哈哈。你干得不错，很有意思。我的左手已经很久没有麻过了。现在轮到我回礼了。"

米莉姆终于在战斗中开了口。

她那不带感情的生硬语气令卡利昂感到疑惑，又令卡利昂产生了危险的预感，他顾不上那么多。

"老实说，我真不想看。"卡利昂在心中感叹。

© Mitz Vah

幸好他的部下不在场，居民也都撤离，所以不必担心城镇。

卡利昂计划全力逃亡。

这是本能发出的忠告：留在这里只有死路一条。

龙眼大睁，龙翼大展。

米莉姆发出了咆哮！

"龙星爆炎霸（Dragon Nova）！！"

那低调美丽的光辉宛如闪耀的星光。

那些光芒倾泻而下，不仅是城堡，连延伸至山麓的城镇也无声地消失了。

远超人类的听觉频率范围的声音裹挟着冲击波毁灭了目之所及的一切。

触及那光芒的一切都分崩离析，毫无抵抗之力。

这是最强的终极魔法。

这是魔王米莉姆总能在长年的战斗中傲视群雄的原因之一。

（太离谱了！！）

卡利昂勉勉强强逃到了上空。所幸的是，龙星爆炎霸是米莉姆射向前方的指向性攻击，所以他捡回了一条命。

而眼下的那一大片惨状令卡利昂说不出话来——与自然融为一体的朴素石砌城镇被彻底抹消。

这就是"破坏暴君"米莉姆·纳瓦的"杰作"。

传言说绝对不能与这位魔王为敌，此时卡利昂终于理解了双亲的话。

绝对不行，层次的差距太大了。

然而……

"可是那家伙，难道……"

"难道？难道什么？我也想知道。"

卡利昂的脖子上有一抹轻薄刀刃的触感。

有个女性悄无声息地飞到他的背后。

她是在天空拥有绝对支配权的魔王——"天空女王"芙蕾。

这时，卡利昂终于明白了，米莉姆那不加抑制的妖气是为了掩盖芙蕾的气息，让她能悄悄接近自己。

"喊，芙蕾……连你也……"

"咦？我也怎么了？你慢慢告诉我吧。"

芙蕾手一动，卡利昂的意识陷入了黑暗——

对兽王国犹拉瑟尼亚而言，这是最黑暗的一天。

在后来的兽人族记载中，这一天被称为灭国之日。

刘姆鲁

第一章

平静的日子

Regarding Reincarnated to Slin

这是灭国之日远未到来时的事——

魔人缪兰再次前去调查利姆鲁等人。

魔法道具直接送到缪兰手上时，她的主人魔王克雷曼下达了潜入搜查的命令。克雷曼说："去详细调查谜之魔人，查清他们的弱点或其他可以用于交涉的情报。"

缪兰几个月前的报告涉及诸多方面。

报告内容包括目标魔物所在城镇的状况和文明程度，并提到米莉姆在城镇中长住，似乎与谜之魔人成了朋友；并且查明了那些魔物的首领是史莱姆，那只史莱姆就是之前那个影像中戴着面具的魔人。

更重要的是，连鸠拉大森林的管理者树妖精也认可了那只史莱姆的盟主身份。他们如今成了既不属于魔王也不属于人类的第三方势力，难以对他们出手。

听说魔王米莉姆称被监视的谜之魔人为挚友时，克雷曼也很意外。

谜之魔人的真实身份是弱小的史莱姆，又是那座城镇的首领，虽然这也很让人意外，但米莉姆的行动更让人摸不着头脑，简直闻所未闻，无法想象。

魔王竟然会和一个默默无闻的魔人成为朋友，不可理喻，缪兰不可避免地陷入混乱。

缪兰是个人类，她无法理解魔王的想法。于是她不再多想，接受了这个事实。

那个魔王有点……不，应该说很奇怪吧？不得不承认，这个疑问才是她的心里话……但是，理解魔王的想法又不是缪兰的工作。她不再多想，直接报告了事实。

收到那份报告后，克雷曼笑得十分愉快："原来如此……这情报有用。我对这事很感兴趣。"

看来克雷曼很满意，缪兰抚了抚胸口。

缪兰提交了水晶球，这件重要的魔法道具算是王牌。

这里面记录了暴风大妖涡（卡律布狄斯）与那些谜之魔人的战斗以及记录魔王米莉姆力量的冰山一角。这份记录的价值难以估量，魔王克雷曼也非常高兴。

但这还不足以解除缪兰的枷锁，必须立下更大的功劳，克雷曼才会满意。虽然缪兰现在没多少利用价值，但那个男人是不会眼睁睁地放走高阶魔人的。缪兰对此十分清楚。

缪兰确实立下了一件大功，她也成功博得克雷曼的一些信任。

克雷曼下令让她继续单独执行任务，这正是缪兰期待的结果。因为要想逃出克雷曼的魔掌，就要背着他进行准备。

缪兰得到了一定的权限，她可以自由行动，不必和克雷曼时时汇报。

缪兰再次回到魔物城镇继续进行观察。

魔王米莉姆滞留在城镇期间，缪兰没有使用任何"魔法通话"。不仅如此，她也没有使用其他任何魔法。她极力压制自己的妖气，潜伏在城镇中。出于这些原因，克雷曼也没有联络缪兰。这是缪兰求之不得的事。

魔王米莉姆已经发现了缪兰，缪兰在行动时确实要更加慎重。

缪兰在执行任务时极尽所能进行防备，虽然这可能只是徒劳。

小心谨慎的行动似乎有了回报，从那以后，缪兰再没被人注意到。

不久之后，魔王米莉姆也离开了魔物城镇。

魔王米莉姆去了什么地方，现在又在做什么呢……缪兰接受的命令毕竟是调查那些谜之魔人，所以没必要关注魔王米莉姆。

现在应该可以松口气，但缪兰在犹豫是否应该放松戒备。

缪兰保持警戒继续在暗中观察。

最终，她决定利用出入于魔物城镇的人类集团——

而现在，缪兰给魔王克雷曼发送报告之后过了几个月。缪兰一直继续积极活动，但她没有联络克雷曼。

在魔王米莉姆离开时，她曾报告过一次，但只接到了继续执行任务的命令。

由此可见，克雷曼已经对缪兰失去了兴趣，所以缪兰横下心做出了选择。

她的目的是搜集情报，所以她在思考进入城镇的方法。于是，她盯上了那个人类集团。

缪兰谨慎地搜集情报，她发现那个武装集团与魔物城镇有交易——迷之魔人利姆鲁打算把那些人类捧为英雄。

既然这样，那只要混进那个集团就行了——于是，缪兰制订了计划。她认为只要混进那个集团就可以大摇大摆地进入魔物城镇。

她曾经是人类，乔装成人类是件轻而易举的事。

虽然她现在别无选择只能服从克雷曼，但她要不择手段寻求解脱。她要利用一切可以利用的东西。这就是缪兰的计划。

不得不承认这种思维方式是受到她的主人魔王克雷曼的影响。

于是，缪兰去了那些人类的目的地——法尔姆斯王国。

关于我变成
史莱姆
这档事5
Regarding
Reincarnated to
Slime

*

"唔，人类的城镇也有发展。"缪兰感叹道。

几百年前，缪兰还是人类。

当时称得上城镇的地方只有王居住的首都。其他地方不过比村庄大一点，没有现在这么多居民。

缪兰躲着其他人在城镇中走着，她在寻找某个地方。

她在尼德勒·麦加姆伯爵领地中寻找自由组合支部。

在太阳即将落山的时候，缪兰终于发现了目标。

她打开门走进去，发现里面那些粗俗的大汉闹哄哄的。

接待处沙哑的交涉，讨价还价的喧嚣，互相炫耀一天战绩的欢声……为了搜集情报，缪兰的听力经过了强化，各种各样的声音全都汇集进她耳中。这些声音吵得她头晕目眩。

但又不能中断魔法，缪兰选择把注意力转移到别处。

缪兰听到有人对她吹口哨。有个粗莽大汉发现了她，看来是她用来掩盖血腥味的香水吸引了那人的注意。

"喂，快看！那是个大美人吧？"

"哦，她长得非常正啊。小姐，你来这地方干什么？"

"你看我这猎物怎么样？我打算卖了之后去喝一杯，小姐也一起来怎么样？"

（喊，真烦人。）

缪兰不快地皱起眉。

她不明白自己为什么会这么引人注目。

缪兰之前避开喧嚣，研究魔法，过着隐居生活，因此她从没关心过自己的美丑。

缪兰有一头泛绿光的银发，长着一双碧眼，有种文静的气质，不论在谁眼里，她都是个美女。

这样一位美女走进全是粗莽大汉的组合支部自然会引起骚动。

而且她选的时间也不好，傍晚是人最多的时候。

"我说，你会来吧？"

"不好意思，我还有事。"

缪兰当即拒绝，但那个男人没有放弃。

"别那么说，陪陪我吧。"

"你真烦！我不是说过我有事吗？"

在魔人中，缪兰算是性格温厚，但她也无法容忍陌生人这种自来熟的态度。

"你说我烦？我好好和你说，你别不识抬举……"

"伊萨克，你别这样。会长生气怎么办？这里又不是酒馆，她可能是来委托任务的。"

"喊，好吧。"

那个名叫伊萨克的男人不再纠缠，也许是放弃了。可是，他的视线一直停留在缪兰身上。

缪兰向劝住伊萨克的男人轻轻低头表示感谢，然后便径直走向普通接待处。

"请帮我进行登记。"

"你要登记吗？那么，是登记为普通组合成员吗？"

"不，我想登记为冒险者，部门嘛……"

缪兰在选择采集、探索、讨伐三个部门时犹豫了一瞬，她想到自己曾经很擅长采集药草。

虽然她现在以栽培为主，但年轻时经常在森林里采药。

"那就请帮我登记采集部门。"

"是采集吗？这需要进行测试，没问题吧？"

"嗯。那我应该怎么做？"

"请先填写这张表。"

缪兰按照接待员的指示，在表格上填写了发放身份证明必需的资料。这时，伊萨克再次找她搭话。

"喂喂，你个女人想当冒险者？难道你是一个人？那我可以帮你进行测试。"

伊萨克笑嘻嘻的，但他这话是为了恫吓其他冒险者。

被伊萨克这么一说，就算缪兰想雇护卫，其他冒险者也不好去接受委托。因为接受委托就意味着和伊萨克对着干。

别看伊萨克这样，他在公会里也算有点面子。

其实他只有C级，实力不强，但在边境的自由组合支部中已经算得上强者了。事实上，有实力的强者多居住在大都市，在接到地方的委托之后再动身执行。

因此，伊萨克虽然没有实力，但自我感觉良好。他认为在这座城镇中自己是个大人物，没人能和他作对。

（真是的。被小混混缠上真麻烦，干脆灭了他吧？）

缪兰眯起眼睛，考虑灭掉伊萨克，不过她立即打消了这个念头。

在大庭广众下出手会有大问题，暗中解决他又不能起到警示作用。不仅起不到警示作用，搞不好还会背上嫌疑，这对缪兰没有任何好处。

那么出手就没意义。

该怎么办？

"哼，看来展现一下我的实力是最有效的。我不报采集部门，

改成讨伐。讨伐可以在这里接受测试吧？"缪兰平静地问道。

接待员翻看完规定后点了点头。

接着，缪兰参加了测试——

"嘿嘿，小姐。这里是旅馆！"

伊萨克畏惧缪兰的实力，主动当了缪兰的手下。

几天之后……

缪兰这段时间每天都在接受公会的委托。

没多久，她盯上的那个武装集团——尤姆一行人到了。缪兰一直在等他们。

伊萨克的忠诚出乎缪兰的意料，他在搜集情报时很有用。缪兰不了解人类的常识，伊萨克对城镇很熟悉，能帮上忙。还有一个意想不到的收获，伊萨克很清楚尤姆一行的事。

缪兰庆幸自己没有杀他，这时伊萨克向她报告。

"小姐，他们来了！"

执行计划的日子到了。

缪兰的计划很简单，她想让这座城镇的自由组合支部长（公会会长）把自己引荐给尤姆。

通过这几天的活动，缪兰的实力广为流传。

担任考官的自由组合支部长（公会会长）弗朗茨也认可了她的实力，现在公会里没人不认识缪兰。

"我希望你一直留在公会里。"

弗朗茨甚至说过这样的话，但这和缪兰的目的无关，因为她只是想要一张身份证明。

“其实我也很擅长魔法，应该能帮到那位英雄，而且据说尤姆大人手下的魔法师很少。”

“真让人遗憾。但你帮英雄尤姆就是间接帮公会。好吧，我帮你推荐。”

事情就这样轻松说定了，然而……

而现在……

为什么会变成这样？缪兰很头疼。

在未做介绍之前，一切顺利。

“哈？我的魔法师有法术师隆美尔和妖术师贾吉。你说一个女人能有什么用？我不需要魔法师了！”

被拒绝之后，缪兰十分恼火。

“哼。那我就让你见识一下真正的魔导师的可怕之处。”

缪兰一时冲动向尤姆发起了挑战，结果尤姆输得一败涂地，爬都爬不起来。

缪兰如愿加入了尤姆的队伍，但不知为何，她竟坐上了仅次于尤姆的位置。

她成了军事顾问，有权指挥队伍行动。

缪兰获得了与副官卡吉尔和参谋隆美尔相同的地位。

（唉，我本来只想做个不起眼的咒术师……）

难道自己其实是个性急的人？——缪兰稍稍反省道。

●

那一天，尤姆再一次深刻地认识到人不可貌相。

那是在人烟稀少的城外森林中。

当时，弗朗茨想给他介绍一位名叫缪兰的魔法师，此外还有一个低级冒险者伊萨克。

尤姆对缪兰嗤之以鼻，他认为自己不会输给一个女人。

有几个手下不放心地跟了过去，但尤姆让他们不要插手战斗。尤姆认为自己一个人赢那个女人绰绰有余。

尤姆的装备是利姆鲁给他的顶级铠甲——骸甲全身铠。这件铠甲的魔法抗性很高，普通的魔法根本起不了作用。

（哈！区区一个魔法师，只要抓住时机，瞬间拉近距离给她一剑就完事了！）

尤姆想道。事实上，此前尤姆和魔法师战斗时从未经历过如此苦战。

"你们三个一起上。要不干脆所有人一起上？"

听到缪兰一个女人口出狂言，尤姆彻底放开了手脚。

"你这女人，别小看人！隆美尔、贾吉，不要顾虑。我们还有回复药，尽全力上！"

他们两人按照命令进行准备，隆美尔一副提不起劲的样子，贾吉则是一脸平静。

弗朗茨一声令下，战斗开始了。

三对一。

一般来说，那三人不会输。

号令一下，隆美尔的强化魔法和贾吉的辅助魔法便从天而降，尤姆感觉自己的肉体能力被提高到了极限。他带着绝对的自信，看准必胜的时机趁势迈出脚步——接着陷进洞里。

"什……"

关于我变成
史莱姆
这档事 5

Regarding
Reincarnated to
Slime

尤姆在缪兰眼前跨出一步正想施展必杀的一击，结果他那只脚陷进地里。

"元素魔法——地面固定（Earth Lock）。"

尤姆在慌乱中听到了一个平静的声音。

这项魔法原本是用于加固落脚点的，但等敌人陷进洞里之后再施加这项魔法，就会形成一个束缚全身的枷锁。

比试才刚开始，尤姆就陷入无法战斗的状态。

"什么？"

"那么简单的魔法竟然还能这样用？"

贾吉和隆美尔十分惊愕。

这也难怪。缪兰先用魔法在地面创造一个柔软的泥潭，然后再用魔法使其固化，这些都是很简单的魔法。一旦没入地面被物理手段控制住，装备的魔法抵抗再高都没有意义。

缪兰看穿了尤姆的行动，并运用了简单有效的战术。

那两人在慌乱中听到了缪兰清澈的声音，"异常状态——声音遮蔽（Silent）。"

结束了。

"太让人意外了。难道你们对异常状态毫无防备？如果敌人专门针对魔法师，你们该怎么办……"

缪兰的震惊发自内心。

战斗开始还不到三分钟，缪兰胜局已定。

这样一来，尤姆也不得不认可缪兰的实力。

那天夜里，为了庆祝缪兰的加入，他们在酒馆举办了一场小型欢迎会。

"呀——啊哈哈哈！小姐，你很强啊。想不到连大哥都输了。"
副官卡吉尔大笑着说道。

"卡吉尔，你真多嘴。我没想到她会用那么简单的魔法。贾吉，
普通魔法师都会用那招吗？"

"你别说笑了，头儿。熟练战士的剑迫在眼前，没有魔法师不
会害怕……挖洞需要指定位置，必须有亲自诱敌的胆魄。无论是我
还是其他魔法师都办不到。"

"是啊，尤姆先生。她那挑衅也是经过精确的计算。正如缪兰
小姐所说，我们完全打不了魔法战。"

听到卡吉尔的取笑，尤姆十分不快，于是转而拿队里的魔法师
撒气。听到尤姆的质问，那两人也只好再次承认自己实力不足。

"喊，说的也是。虽然论实力，我在她之上，但结果就是一切。
我不否认，我们三人一起上都被你打败了。所以，不好意思，我想
请你告诉我们魔法师的战斗方式。"

尤姆坦诚认输，并向缪兰求教。

"事实上，就连魔法学院也没教那种战斗方式。军团魔法的课
程倒是教过利用地形的魔法……"

继尤姆之后，隆美尔也向缪兰求教。

"我只教一点倒是可以……"

"太好了！这样就能学会更多知识，可以灵活有效地利用魔法！"

"嗯，请务必赐教！"

"好吧。不过真的只能教一点哟。"

隆美尔和贾吉欢呼雀跃。

"不好意思，今后也请多指教。"

尤姆一再恳求缪兰指导他如何进行魔法战斗，终于得到了缪兰

的同意。

缪兰就这样加入了尤姆的队伍，并当上了军事顾问，为他们提供建议。

●

缪兰后来给了很多建议，她开始怀疑自己似乎是个老好人。

为了调查魔物国家，缪兰混进了尤姆一行人中，这是好事。虽然是好事，但不知为何，她却被赋予重任。

（那些人真蠢。他们从未怀疑过我是个魔人。）

缪兰在心里鄙视那些人，嘴角却微微上扬。她很久没和人类来往了，心中有种莫名的喜悦。

暂时保持现状吧，她想再享受一下这种状态。

她自己都没意识到内心藏着这种期盼，又若无其事地回到自己日常的工作中。

加入尤姆一行之后，缪兰每日十分繁忙。

缪兰的工作是教授队员战术。她以实战的形式指导队员在对魔物、对魔法战中如何配合。

缪兰无意中透露了自己魔导师的身份。现在反省为时已晚，说出的话就像泼出去的水。

所以，她别无选择只能开始指导魔法，不仅是隆美尔和贾吉，其他具有一定魔法基础的人也一并接受她的指导。

光是战术指导就很辛苦，此外还要进行魔法指导。

教简单的诅咒很轻松。她曾经是魔女，教授人类使用的魔法不

是难事，但高等魔法就另当别论。

有些魔法只有魔人才能使用，如果她傻愣愣地把自己的本事全部展现出来可能会引发大问题。

她必须先调查清楚人类对魔法的掌握情况，否则一切无从谈起。

（实在太麻烦了。为什么事情会变成这样……）

缪兰感叹道，但这一切都是她咎由自取。

军事顾问还有一项职责，就是决定行动计划。

这件事也很麻烦，缪兰一开始没想到这项工作如此繁重。

每当各村庄通过自己的通信水晶发来定时联络时，干部就要集合商定行动计划。缪兰也是干部，所以也要参加，然而……

那些男人的脑子似乎不大好使，他们很难谈拢。

他们配备了昂贵的魔法道具，却把时间浪费在无聊的事情上面，在缪兰看来，这事简直不能忍。因为他们经常避重就轻，而且喜欢打断别人的话。

接下来还要给部队下达指示或进行协调，最后要向尤姆报告。这一切全由缪兰负责。

缪兰只是个新来的，她觉得不应该把这些工作交给自己。可是一直没有合适的人选，所以正好把这事交给缪兰，简直是缺什么来什么。

只有隆美尔会认真做事。

"啊，缪兰小姐来了之后，我轻松了很多！"

听到隆美尔由衷地感谢，缪兰不好再推脱。

（他们竟然会相信一个魔人？再怎么天真也要有个限度啊！）

她虽然很想这么抱怨，但这话不能说出来。

据说隆美尔就读于魔法学园，他一毕业就被这座城镇的领主雇来当魔法师了，可以说他没有任何实战经验。因此，隆美尔的判断经常出错，在缪兰来之前，每天都会出乱子。

隆美尔似乎还算聪明，在缪兰的指导下，他每天都有进步。

缪兰希望隆美尔继续这样快速成长并接替自己的工作。她当下的目标是把隆美尔培养起来。

既然行动计划定好了，那就转入执行阶段。

他们按照规划好的路线依次去各个村庄讨伐魔物。

他们还要补充或轮换驻村队员，调整配置让部队顺畅运营。

（为什么我非得做这种事不可？别开玩笑了，真是的……）

缪兰很想抱怨，但她原本的目的是潜入魔物国家，在达成这一目的之前，她不能急躁。她认为这个计划已经失败，但现在身不由己。

在机缘巧合之下，缪兰也和尤姆他们共同行动。

缪兰和他们一起击退魔物，拯救村庄……

一定是哪里搞错了！

她受够了。

缪兰非常不满，但也过得很充实。

她很久没和人类来往了，沉睡至今的感情现在被唤醒了——

这时，这一行人终于要去缪兰的目的地了。

他们要去魔物城镇——魔国联邦（特恩佩斯特）的首都。

●

魔人格鲁西斯一直以客人的身份参加战斗训练。

“好痛，那个老头今天下手和平时一样狠！”

“哥……哥布塔君……那个魔鬼……不对，是白老阁下每次都是这样吗？”

格鲁西斯问哥布塔。他全身各处受到猛烈的打击无法起身，和他一起训练的人鬼族（大型哥布林）也是遍体鳞伤。

“他每次都这样，真是的。这可不是开玩笑的。”

哥布塔抱怨道，在被谈论者本人面前说这话可不妙。格鲁西斯也同意哥布塔的看法，但他毕竟是客人，只能婉转地表达。

因此，两人的结局截然不同。

“哦？老头指的是我吗？”

“咦？为什么师父会在这里！”

“你这小毛孩给我闭嘴！要以我的徒弟自居，你还早了一百年！！”

白老本来已经离开，不剩一丝气息，可现在又站在这里。

木刀落下，准确地打在哥布塔脑门上，速度快得格鲁西斯的眼睛都跟不上。哥布塔瞬间白眼一翻，昏了过去。

白老不顾哥布塔的惨状，直接把他带走，让他进行额外修行，格鲁西斯用怜悯的目光目送哥布塔离去。

格鲁西斯唯一能做的就是祈祷朋友平安无事。

格鲁西斯奉三兽士之一法比欧的命令，在这魔国联邦（特恩佩斯特）增长见识。

虽然这个国家的盟主利姆鲁不在，但他得到了自由行动的许可，所以没有困扰。盟主出游的事令格鲁西斯难以置信，但这个国家的人对此没有任何疑问，所以他也接受了这个事实。

重要的是格鲁西斯要利用这个机会努力学习各类知识，增加自身的阅历。

参加白老执导的每一次训练也是其中一项。

格鲁西斯参加训练的契机是尤姆的邀请，尤姆是他的第一个人类朋友。

格鲁西斯当时没想到训练会如此严格，但这次的情况不同。

这是绝无仅有的训练，只有这座城镇的居民会进行这样的训练。

（这实在太严了！我之前都和尤姆他们一起修行，因为尤姆他们是人类，所以白老放低了标准，免得他们承受不住……）

那个差距令格鲁西斯既感慨又惊叹。

尤姆他们的训练算是少量基础训练和技术指导，但这次几乎全是基础训练。

"你们这些软弱的家伙，别指望我会教你们技术！你们只能自己从我身上学，给我睁大眼睛看仔细了！！"

在这怒吼声中，所有人在实战中被白老的木刀打趴下了。

当然也包括格鲁西斯。

格鲁西斯自信满满地与白老对阵，但结果就是刚才那一幕。白老抓住一个轻微的破绽，一记斩击以迅雷不及掩耳之势击中格鲁西斯的身体。

（如果这不是木刀，估计我就死了……为什么木刀能造成这么大的伤害？）

兽人族的恢复能力很强，但被击中的地方一直隐隐作痛。也许白老用了未知的技术造成了能够侵蚀身体的伤害。

这个老头简直和恶鬼一样可怕，格鲁西斯心里也同意哥布塔的话。

格鲁西斯坚持的时间似乎比其他大型哥布林长那么一点点，可

他对自身实力的自信被粉碎了。

格鲁西斯对哥布塔的那些部下很感兴趣。

那些大型哥布林骑的是星狼族，岚牙极少进化成这种形态。这些人是哥布林骑兵，他们负责这座城镇的警备任务。

白老对他们的训练更注重配合而不是个人技术。他们训练有素，步调一致，一看就知道是老搭档。

（如果和他们战斗，我最多只能同时对付五个……）

格鲁西斯十分钦佩。

如果有可能的话，格鲁西斯一定要把他们拉拢到兽王国去。不过他也知道这不现实……

从这座城镇居民的状态来看，应该没有这个可能性。

这座城镇中有许多超出格鲁西斯想象的强者。

刚才和格鲁西斯一起参加训练的哥布塔虽然满口怨言，却能跟得上鬼人白老的修行。光是这一点就不容小觑。

此外还有许多强者。

据说警卫队长利古鲁德的实力在哥布塔之上。

偶尔露面的龙人族似乎也有不容小觑的实力。

猪人族（高等半兽人）是活跃的工程兵，偶尔能看到他们之中有高阶个体。其中有个名叫克鲁特的猪人王无论是气场还是实力都给人一种猪头帝再世的感觉。

格鲁西斯估计他的实力和自己不相上下，搞不好自己还会输。

最后是那些鬼人，一旦靠近就能感受到他们强大的实力。

格鲁西斯有胜算能打赢的只有锻造师黑兵卫和楚楚可怜的少女朱菜。这可不是值得自夸的事。

格鲁西斯的直觉告诉他，自己不是另外四名鬼人的对手。虽说格鲁西斯是兽王战士团的末席，但他觉得这种情况明显很异常。

（怎么回事？怎么回事？这座城镇可不仅仅是奇怪！他们的实力那么强，岂不是可以向我们国家发动战争？）

兽王国的魔王卡利昂避免与这座城镇发生战争是明智的。想到这里，格鲁西斯放下心来。

*

几天之后，尤姆一行人又回来了。

"哟，别来无恙？"

"嗯，你也别来无恙。"

说完，格鲁西斯和尤姆一起笑了。

尤姆一行人中有个格外显眼的美貌女性，格鲁西斯的注意力被吸引了过去。

"那人是谁？"

"哦？你这个魔人竟然对女人感兴趣？"

"蠢货！魔人和魔人是不一样的。与魔人相比，兽人更接近亚人。"

"哦，是这样啊。不过那人可不一般哟。我曾经因为小看她吃了苦头——"

"哈？你做了什么傻事？"

格鲁西斯十分疑惑。

尤姆的实力得到了格鲁西斯的认可，但他竟然说自己输给了一个看起来几乎没有战斗能力的女人——格鲁西斯一个字也不信。

"那你也试试看？"

"有意思。估计我不需要动真格的，我来和她比一场吧！"

格鲁西斯性格直爽，听到尤姆那话，他不会不接受。

格鲁西斯接受了尤姆的提议，决定和尤姆他们的女军事顾问比一场。

比试地点和平时一样，在训练场。

尤姆带着那个女人来了。

"为什么我非得做这种无聊的事不可？"

那女人打心底不愿意。

"别这么说嘛，缪兰。我想让这家伙也见识一下你的厉害。"

"我是说，我没必要这么做啊。"

"有理由！因为那家伙看不起你，这我怎么忍得了？"

格鲁西斯吃惊地望着尤姆自说自话，同时观察着那个女人。

（哦，原来她叫缪兰啊。这么一看，她还真是个好女人。但是，尤姆那混蛋为什么想骗我？）

缪兰身上有股柔和的香味，怎么看都是个柔弱的女人。格鲁西斯不相信尤姆会输给她。

尤姆转过头对格鲁西斯笑了笑，看来他终于说服了缪兰。

"嘿嘿，她终于同意了。格鲁西斯，如果你能赢这人，那我就认你当哥。不过……如果这人赢了你，你就要认我当哥！"

"啊？什么乱七八糟的？"

"哦，这样啊。我看你是没自信吧。"

"好啊……我接受这个条件。从今天起，你就要管我叫大哥！"

格鲁西斯爽快地接受了尤姆的条件。

"你好像看不起我这个女人？把和我的战斗当成赌局太蠢了，我就和你打一场。我想给你一个忠告，我是魔导师，你要有心理准备。"

"嚯，魔导师啊。亮出底牌给对手看，没问题吗？从那外表一眼就能看出你是个魔法师。"

魔导师指的是至少掌握三种魔法体系的人，是能力远在法术师和妖术师之上的法师。

当然，魔导师掌握了种类繁多的魔法，且攻击魔术的威力也比普通法师强一倍以上。

缪兰直接宣布自己是魔法师中的佼佼者。

格鲁西斯准确了解了这一点，并对缪兰产生了好感。

尽管如此，他也没有特别防备。因为格鲁西斯是高阶魔人，他拥有"魔法耐性"。而且，只要伤得不太重，他都可以通过"自我再生"恢复。因此，非致命的魔法他都可以无视。

（而且，能够将我一击毙命的魔法应该需要花不少时间咏唱。区区魔法师满是破绽，她咏唱的时间就够我打败她了。）

格鲁西斯的想法和尤姆如出一辙。

结果自然也不用说……

"哇——哈哈哈哈！你看吧！"

格鲁西斯苦着脸抬头看着那个爆笑的人，不用说也知道那人是尤姆。

（呃，可恶！！怎么还有这一手？）

尤姆抱着肚子狂笑不止。

缪兰吃惊地看着这一幕。

格鲁西斯胸口以下都被土埋住了，他羞得脸通红，强忍住了悔恨的泪水。

这么一闹，格鲁西斯也认可了缪兰的实力。

"现在说有点晚，我叫格鲁西斯。是兽人，也是高阶魔人，输了之后才说这话实在不好意思。我不是想说自己变身之后就能赢你，请别多想。"

"我是缪兰。如果你变身的话，陷阱可能会因为时机问题起不了作用。不过，我也可以飞到天上。"

格鲁西斯和缪兰互相介绍。

这两人的话都没有其他含义，但听起来像借口与讽刺的交锋。

"你们要和睦相处哟！那么格鲁西斯，刚才的约定……"

"嗯？哦，那从今天起我就叫你大哥吧。我的主人只有魔王卡利昂大人一个，但我认你做大哥没有问题。"

"真的可以吗？我只是想让你拿出点干劲，所以开了个玩笑……"

"没关系。不过老实说，如果卡利昂大人命令我杀了你，我也不会犹豫。虽然很抱歉，但这是我的铁则。"

"明白了。我会铭记于心。"

兽人不愧是坦率的种族，格鲁西斯爽快地答应了尤姆。兽人生性直爽，不会违背诺言。

"既然这样，那我也加入你们。我对这座城镇已经很熟悉了，该去看看其他人类国家了。"

"这没问题吗？"

"嗯，我的任务是广增见识。在接到新的命令之前可以随意行动。"

说完，格鲁西斯爽快地笑了。接着，他终于从坑里爬了出来，露出了苦笑。

就这样，格鲁西斯也加入了尤姆一行。

© Mitz Vah

有个人悄悄来到格鲁西斯他们身边。

是哥布塔。

（呼呼呼，我看到了哟。那么……）

格鲁西斯他们正和睦地聊着，哥布塔动了坏心思，对他们说道："我看了刚才的战斗！打得太棒了！实在精彩！小姐的实力令人憧憬。我被小姐你吸引住了，想和你商量件事。"

哥布塔带着可疑的笑容。

尤姆和格鲁西斯都和哥布塔混得很熟，他们一看就知道哥布塔在打鬼主意。

只有缪兰一人一脸疑惑地看着初次见面的哥布塔。

"缪兰，这人名叫哥布塔。他在这座城镇中也算挺有实力的。"

"嘿嘿，没那回事啦。"

"不不，这位哥布塔君可是很厉害的哟。刚才那个魔鬼教官的训练，他连气都不带喘的。"

"呀，刚才那训练太可怕了……"

听到尤姆的夸奖，哥布塔显得有些不好意思，但他一想到格鲁西斯那话的目的，表情就变得十分严肃。

接着，进入主题。

"其实是这样，小姐刚才的战术让我想起了一个一心想打败的人物。那个魔鬼……不对……那个老头……也不对……那个老师总是一副了不起的样子，所以……"

哥布塔压低声音，小心翼翼地防备着四周。

尤姆和格鲁西斯听后也重重点头表示同意。

"缪兰，帮帮他吧。如果你能打败那人，我们也甘拜下风。而且，我也非常想看你会怎么对付那人。"

"我看到你的战术了。只要用那招，就算是鬼人也束手无策！"

不仅是哥布塔，连尤姆和格鲁西斯也一并请求帮忙，于是缪兰心不甘情不愿地答应了。

"你们以后真的不会再来烦我了？那么单纯的战术不可能每次都成功的。"

"没问题的！他擅长近战，而且是剑士。那个大爷对自己的速度很有自信，绝对会上钩的！"

"是啊！他平时总是一副高高在上的样子，我偶尔也想让他吃点苦头！"

"毕竟连我都上了你的当。他主攻近战，只要能看穿他的落脚点，重点妨碍他移动，他应该就会陷入苦战。"

"我是看你们头脑简单才想出了这个战术，不能老用这种战术。"缪兰想道。

但缪兰没说出来，她提了另一件事。

"那我要用什么理由，向他提出挑战？"

缪兰想说没有理由，对方也不会应战。

"理由嘛……我就说想让他教我如何对付魔法师，这理由应该能把那个大爷叫来。"

"就是说这只是模拟战略？"

"这样应该可以。规则是先打中对方的人获胜，这样应该不会引起他的怀疑。"

"有道理。这种规则可以无视'魔法耐性'的影响，只要魔法师能用魔法命中也能获胜；如果剑士先命中对方的话，就是剑士获

胜。这场比试应该是速度的对决。”

“话说……我怎么能接受那种规则？一般来说，这种规则对魔法师很不利。剑士以速度见长，而魔法师必须进行咏唱，这让我怎么比？”

“这……你说得也对。”

“在不清楚对方实力的情况下限制自己的能力简直是送死。”

缪兰生性认真，光是听到哥布塔那不靠谱的计划，她就浑身难受。而且对手一听到有规则就会想到这是陷阱。这些满脑子肌肉的男人似乎不理解这一点。

于是，缪兰叹了口气，耐心地做出了解释。

“那缪兰就不战斗了，只要让他认可缪兰的魔法水平就行。既然这样，就让提出这个建议的哥布塔当诱饵。”

“是啊。如果让哥布塔君发起挑战，应该会把那人引出来。”

看到他们开始偏离主题，哥布塔慌忙说道：“等一下，等一下！”

无论是尤姆还是格鲁西斯都不顾哥布塔紧张的叫声，专心致志地制订计划，现在已经很难让他们停下来了。

（糟……糟糕。如果他们的计划失败的话，我就惨了。既然这样，那就只能认真制订计划……）

哥布塔乐观地以为缪兰会帮他对付白老，但没想到连他自己也暴露在危险之中，所以他立即谨慎起来。于是，哥布塔开始认真地提修改建议。

“那再确认一下。等我发起挑战后，请你在我四周布满陷阱！”

“范围那么大，地面被液化后肯定无处落脚。”

“那是什么状态？”

听到哥布塔的问题，缪兰将部分地面液化给他看。

哥布塔踩上去确认状况，结果他的脚陷在里面拔不出来。

"这样就行！"

哥布塔满意地点点头，他完成了最后的确认。

"我要做的是在比试开始的前一刻改变地面的状态，这样就行了吧？"

"那就拜托你了！"

就这样，他们订好了作战计划，并转入实行阶段。

"那你们可以给我一个解释了吧？"

哥布塔、尤姆、格鲁西斯被罚跪。

缪兰也想和他们一起受罚，但白老一脸慈祥地制止了她。

"小姐，你就算了。你肯定是受这些蠢货的唆使吧？"

"倒也不是……"

"你别在意，没关系。肯定是这些家伙中了你这招，于是想让你用这个陷阱来对付我吧？你那魔法很完美，但这些家伙的视线把一切都暴露了。"

啊，果然是这样——缪兰叹了口气。

接着，她回想起刚才的战斗。

订好计划之后，一个名叫白老的老人被叫了出来。

缪兰一眼就认出这位老人是将翱空巨鲛一刀两断的高手。而且看到那不凡的动作和气息，缪兰预感他们的计划会以失败告终。

如果这不是模拟战而是实战的话，缪兰就要申请撤退了。可缪兰认为现在这只是娱乐，可以从失败中汲取经验。

（看来失败在所难免，不过借此机会看看这个名叫白老的人物会如何战斗也好。）

于是，缪兰决定继续陪他们进行这个计划。

"那份气势不错！我们很久没有进行实战了，既然要对战就来个实战练习吧。你们三人一起上吧。这位初次见面的小姐应该是魔法师吧，你也参加？"

这是白老的回答。

"喂……师……师父，你也太看不起我们了！"

"是啊，大爷。不管怎么说，你都有点自信过头了吧？"

"呼呼呼，我是客人，所以一直有所顾虑，但既然你说到这份上，那我也只能全力以赴了哟！"

白老稍微一激，那三人就上钩了。看到这一幕，缪兰的预感变为了确信。

（这是战斗之外的注意事项。看来之后必须好好给他讲讲。）

缪兰虽然嘴上抱怨，但她已经习惯当尤姆的军事顾问（其实就是个参事）了。

缪兰本来就是个很有责任感的人，她乐观地期望尤姆他们能通过这次比试积累经验。

比试开始后便是一片惨状，正如缪兰所料。

尽管地面已被缪兰液化，但白老的行动丝毫不受影响。

"哇！他的行动为什么和平时一样？"

哥布塔四周的地面全被液化了，所以缪兰配合哥布塔后撤的行动解除了魔法。与此同时，缪兰也尝试指定位置发动陷阱，但白老的行动犹如凌空疾驰，丝毫不受影响。

（啊，暴露了。不过估计暴不暴露都一样，他的行动和"瞬动法"很像。）

只有达人才能掌握"气斗法"这种高超的独特技术。看到白老能将"气斗法"运用自如，缪兰明白在他面前耍小花招是没意义的。

"嘿，大爷，看剑！"

尤姆一剑斩向白老，并故意大喊吸引他的注意。然而，白老看透了他的行动。

哥布塔听到喊声，打了个滚逃了出去。但是，木刀落到了他的脑门上。

"怎么又这样……"

哥布塔留下这句话便倒下了。

接着，尤姆也一样。

他刚才的行动不是为了救哥布塔，而是另有目的……但这也没有意义。

白老的动作太快了。尤姆的斩击动作还没结束，他就已经击倒哥布塔并绕到了尤姆背后。

"不是吧？完全看不……"

"太天真了。"

尤姆被一刀击倒。

尤姆见陷阱作战失败，就想利用自己和哥布塔引诱白老，让格鲁西斯发动偷袭。可这一切都是徒劳。因为格鲁西斯还没明白尤姆的意图，白老就已经把哥布塔和尤姆打倒了。

缪兰看着这一幕，不禁在心中感叹白老那一连串优美流畅的动作堪称典范。

缪兰也看不清白老的动作，她是通过"魔力感知"理解的。

人类的视力根本跟不上白老的行动。

其实缪兰不仅仅是在一旁观战。她为了隐藏自己高阶魔人的实力，正在一旁咏唱魔法。

　　（他的速度快到只有"魔力感知"才能探测到，除了会波及周围的范围魔法，没有其他手段可以对付这样的敌人。但现在又不能用范围魔法，看来胜负已分。）

　　而且话说回来，咏唱魔法对行动如此迅速的敌人也起不了作用。如果要用魔法和那种敌人进行战斗，就必须事先准备多个已经完成咏唱的魔法备用。只要念出键言（Trigger）就能发动魔法，或者是"舍弃咏唱"。

　　（以我的实力，就算有"舍弃咏唱"最多也只能发动中级魔法，估计就算拿出全力也赢不了。）

　　论魔素量（能量）是缪兰更高，但她认为两人在实战中难分胜负。光是能得到这个结论，这次陪他们胡闹就有价值。

　　和在一旁警戒的缪兰不同，白老的目标是格鲁西斯。他想在制服魔法师缪兰之前，先打倒这四人中最大的障碍格鲁西斯。

　　也就是说，他认为缪兰的魔法构不成威胁。

　　（我似乎被小看了，不过这也没办法。我要伪装成人类，所以白老阁下可以从容应对我现在的魔法。但我至少要取得一分。）

　　缪兰冷静地分析情况，并准备了三波小爆炸，将其设置为先后发动。

　　白老准备攻击格鲁西斯时，第一波爆炸在他眼前发动了。

　　第一发小爆炸没有杀伤力。缪兰使用暗幕弹（Blind）将白老和格鲁西斯包在黑暗中。

　　"什……"

　　白老发出了一声惊叹，但他在黑暗中突进，既不慌张也不迷茫。

　　格鲁西斯嗅觉灵敏，就算看不到也不会影响战斗，所以缪兰才想出了这个办法，但白老似乎也不依赖视力。

（果然不行啊。他能感受到气息？还是说……）

缪兰已经料到暗幕弹可能对白老没用，她发动了另一项魔法。

闪光音爆弹（Flash Bang）——能发出闪光和巨响，是用于麻痹视觉与听觉的魔法。这项魔法在室外也有效果，是缪兰的对人魔法之一。

敌人受到暗幕弹的影响瞳孔收缩，所以效果应该比平时要好。这也在缪兰的计算之内。

白老已经逼近格鲁西斯，但缪兰发现自己发动魔法的前一刻，他在黑暗中往后方退避。按理说就算这样，白老也会直接受到闪光和巨响的影响，他却继续行动，看上去丝毫不受影响。

（果然！看来白老阁下也会"魔力感知"……）

白老刚才防备闪光音爆弹的动作只有能把握魔法流动——也就是魔素流动的人才能做得出来。而且他完全不受之后的闪光和巨响影响。

于是，缪兰判断白老和自己一样会"魔力感知"。如果是这样，白老就能预知缪兰魔法的发动，所以缪兰要想左右胜负就只能使用大型魔法。

白老无视缪兰，与格鲁西斯战斗的确是最合理的选择。

缪兰放弃直接攻击，向白老施加异常状态，掩护格鲁西斯——但在"魔力感知"面前没有意义。计划的根基崩溃了。

可是，这场战斗中的魔法几乎被无视，这伤到了缪兰的尊严。

（这可不好笑。虽然我对他们的事没兴趣，但要让他知道小看魔导师有什么后果。）

缪兰眼中带着怒火，将视线投向格鲁西斯……斗志瞬间被浇灭了。

"哦哦哦哦！！眼……眼睛……耳……耳朵啊啊啊！！"

"你这蠢货，你都干了什么！！"缪兰不禁痛骂道。

闪光音爆弹是单向性魔法，本来不会对格鲁西斯造成太大影响……可是格鲁西斯偏偏要盯着小爆炸看。

明明事先已经告诉格鲁西斯自己会用什么魔法。缪兰没想到事情会变成这样，她推测那个名叫格鲁西斯的兽人是那种叫他别看，反而会忍不住去看的性格。

（感觉事情越来越离谱了。兽人真是太死心眼了，这种性格很好相处，但有时候反而会坏事……）

缪兰举起双手示意投降。

"既然刚才那招没用，那我们就输了。格鲁西斯那种状态也发挥不了作用。"

"呵呵呵，这位小姐一下就看清了形势。看来你对战局的把握比这三人强多了。那么，你最后的魔法就算了？"

"嗯，反正也起不了作用。"

最后的魔法是她的王牌——昏睡之雾（Sleep Mist）。

缪兰估计自己没法让白老彻底陷入昏睡，但只要能让白老在和格鲁西斯交锋时，头脑出现一瞬间的空白，他们就会有胜利的希望。就算无法实现，缪兰也有办法以这个昏睡之雾为契机打白老个措手不及，但看到格鲁西斯的惨状，她也没了战意。

缪兰叹了口气，同时解除了魔法。

就这样，哥布塔提出的模拟战，以缪兰等人的惨败落下了帷幕。

刚才听到白老那句"视线把一切都暴露了"，缪兰终于想通了。缪兰好不容易准备了隐蔽的魔法，可哥布塔和格鲁西斯的视线却不时往地上瞄。

（那视线……简直就是在提醒敌人那里有陷阱。虽然尤姆很强，但他终究是人类。他打不过白老阁下。）

缪兰的叹息中带着这样的思虑。

"嚯嚯嚯，就算小姐是策士，但如果不掌握队友的性格，你们就无法顺利配合。临时组建的队伍是赢不了我的。"

听到白老的安慰，缪兰也点了点头。

"是啊，受教了。看来我应该从了解他们的性格开始。"

"是的，你知道就好。"

"嗯嗯。"白老慈祥地点点头。

接着，他把视线转向哥布塔那三人……

"你们最好快点回答，趁我还没把木刀换成真剑。"

和缪兰说话的慈祥老人瞬间消失了，白老的表情如恶鬼般凌厉。

"呀！"

"哦？"

"喂——！！"

三个小时之后……

那三人一动不动地跪到脚都麻了，白老让他们一直反省到打心底不敢再动坏心思为止。

缪兰用余光看着他们各自回到房间，她下定决心今后一定不会参加那些人愚蠢的恶作剧。

●

另一方面，哥布塔他们……

"我说你们，为防万一，我先说一句，你们再怎么不识相也不能去试探利姆鲁大人啊！"白老关心地说道。

"你说什么啊？这招对利姆鲁大人肯定没用的！"

"是吗？我倒是觉得他很可能会上当……"

"哈哈哈。大爷。你担心过头了吧？我们这种小花招可骗不过利姆鲁老爷。"

"那就好。万一成功的话会出大事的。"

听到这话，那三人想象着那种场面，结果脸都青了。

"是……是啊。我们从一开始就没那个想法，我们绝对不会干那种事的。"

"是啊。还有那个暴力女也是，对她出手，我们就惨了。"

"暴力女？你是指紫苑吗？难不成是米莉……"

"啊，哥布塔君，不能再说了。"

见尤姆慌忙制止，哥布塔也连连点头。

格鲁西斯在一旁听得一头雾水，不过他没有多嘴，看来他猜到加入那个对话是危险的行为。这是明智的判断，但他本人应该不知道。

白老语重心长地忠告三人。

"总之，你们要记住。苍影那家伙向来谨慎，应该不用担心，但利姆鲁大人和红丸大人没那么谨慎。特别是利姆鲁大人，他似乎限制了'魔力感知'……"

"他为什么要施加那种限制？"

"不清楚。说起来我根本不知道'魔力感知'这能力有什么用。"

哥布塔和尤姆面面相觑。

格鲁西斯得意地对那两人说道："我知道。利姆鲁先生不愧是得到卡利昂大人认可的男人。他对自己的能力施加限制是为了随时随地进行修行！"

"什么？"

"原来是这样啊！真不愧是利姆鲁大人！"

"原来如此。老爷的想法就是不一样！"

白老听取了格鲁西斯的意见，魔物之中流行起了对自身施加限制的修行方法。

但这事和利姆鲁无关。

那三人让白老吃瘪的计划失败之后，倒在地上满身是泥。于是，他们打算去这座城镇中著名的澡堂泡个澡。

"不过那个魔法师小姐很厉害呢，而且是个美女。"

"是吧。而且还是个好女人。"

"附议。她叫缪兰吧？不知道她愿不愿意成为我的妻子……"

"格鲁西斯，你等等。这可不行啊！那人可是我的部下。"

"喂喂，尤姆，是你的部下又怎样？"

"……我明白了！"

"喂，哥布塔！连你也开始胡扯了吗？"

"哈哈，真不错啊！我去和她认真说说看吧。"

"我说格鲁西斯，这时候应该让我这个大哥先来吧！"

"尤姆，你傻吗？我不是说过恋爱是自由的吗？"

"是啊！"

这三人吵吵嚷嚷地来到了澡堂。

在温泉舒适的温度下，那三人心情大好，声音也自然越来越大。他们谋划邪恶阴谋的声音在室内回荡。

那声音穿过了墙壁，连隔壁浴室里的人也听得一清二楚。

恰巧，朱菜和紫苑约了缪兰一同泡澡。

"看来必须开发出治脑子的药才行啊。"

"朱菜公主请放心。我会把他们揍哭，揍到他们改过自新为止。"

"我也来帮忙。"

那三个男人之后的遭遇没有留下任何记录……

●

几周之后，缪兰刚习惯和尤姆他们一起生活。

"缪兰，我有话说。"尤姆一脸严肃地对她说道。

"好啊，什么事？"

"这里有点……"

"呃？"

缪兰抱着疑问老老实实地跟着尤姆出去了。

尤姆离开城镇往没有人烟的森林走去。

（嗯？难道我的真实身份暴露了？不，前方探查不到陷阱或埋伏……）

尤姆的队伍还留在城镇里，缪兰对所有人的位置了如指掌。她注意到尤姆叫她出去前和格鲁西斯互相使了个眼色，但她知道自己的身份应该没暴露。

（他到底有什么事？）

尤姆漫无目的地走到了森林的入口附近。

"差不多了吧？你到底……"

"缪兰！"

缪兰正要询问尤姆的目的，结果被尤姆大声打断了。

缪兰有些意外，开始有所警觉。

（难道真的暴露了？）

所有人都知道自己的身份了？还是说只有尤姆一人察觉了？总之，缪兰在迅速思考对策……

"我对你非常有好感。第一次见到你时，就有这样的感觉。"

听到这话，缪兰脑中一片空白。

（他刚才说什么？）

"嗯？"

缪兰脑中冒出了一堆疑问，但只说了这么一个字。

尤姆注视着缪兰，缪兰好不容易才让自己把视线停留在尤姆身上。

缪兰回想起自己在潜入后曾感觉到有视线停留在自己身上。视线的主人是尤姆，两人的目光一对上，尤姆就尴尬地移开视线。这事发生过很多次。

缪兰当时认为尤姆是个戒心很强的人，这么说来，难道……

"你是认真的吗？"

"嗯，我绝对会让你幸福的。我保证！"

听到这么直白的话，缪兰的脸涨得通红。

缪兰的少女时代已经过去七百年了。那时的记忆已经模糊，她没有与人交往的回忆。

老实说，她没有恋爱经历，对她而言那是未知的领域。

她的不安盖过了喜悦，而且……

（他说会让我幸福……受到"支配的心脏"影响，我成了受魔王克雷曼操纵的人偶。在取回真正的心脏之前，我都没有自由。

我是不可能得到幸福的……而且，人类的生命短暂，他能怎么爱我……）

缪兰最后决定以后再答复尤姆。

理性告诉她应该拒绝，但不知为何她拿不出勇气。

成为魔人之后已经过了四百年，她从未如此不安过。

被尤姆表白之后，缪兰的生活一如从前。

尤姆平时态度轻浮，但不会对缪兰动手动脚，似乎很尊重缪兰。这样一来，缪兰似乎也下定了决心。

去各村庄巡逻讨伐魔物时也是，在城镇里休息时也是，尤姆一直很在意缪兰，却并没有催她答复。

（我……我到底在想什么？那种事，只要魔王克雷曼还活着，那种愿望就不可能实现……）

不知不觉间，缪兰也梦想着自己能和尤姆结婚。她的理性告诉自己这个梦想无法实现，却放不下这个心愿。

格鲁西斯十分关注缪兰，他发现缪兰自己都没察觉自己因为寂寞而一脸忧郁，她也对尤姆产生了感情。

这是一段平静的日子。

直到灭国之日的一周前。

*

"好久不见啊，缪兰。你那边有变动吗？"

缪兰收到了克雷曼的"魔法通话"。

突如其来的"魔法通话"让缪兰十分慌张。

"克……克雷曼大人。您特地联系我有什么吩咐？"

在缪兰心里，克雷曼不是效忠的对象。

如果可能的话，缪兰应该不会放过取他首级的机会。缪兰没有那么做是因为她清楚自己会失败。

那个处处小心的魔王，根本不会给人可乘之机。

上次报告时，克雷曼异常开心。

这次也一样。

情况不对，缪兰的本能拉响了最强的警报。

克雷曼平时不会在部下面前表露感情，他那开心的表现证明了所有事态都按照他的计划发展。

这对缪兰而言绝不是什么好事。

缪兰猜得没错。

缪兰十分戒备，克雷曼对她说道："多亏你给我的情报，这边的进展非常顺利。你干得很好。我甚至开始想把你寄放在我这里的心脏还给你，也许是时候让你从中解放了。"

听到克雷曼突然提这事，缪兰很疑惑。有那么一瞬间，尤姆的样子浮现在她脑海中。

缪兰觉得很开心，但她没有急着回答，因为她决不能让克雷曼发现自己的真实想法。

因为她的对手是魔王。而且是品性恶劣，会面不改色地欺骗部下的"人偶傀儡师"。

"谢谢您。您突然提起这事，让我不知所措，您的意思是我已经没用了？"

缪兰的回答中规中矩。

"哈……哈哈哈。不愧是缪兰，你别那么谦虚。像你这样优秀

的棋子怎么可能会没用？我当然还要请你为我效力。"

"是吗？有您这话，我就放心了……"

"缪兰。"

克雷曼静静地打断了缪兰戒心重重的回答。

"你没必要那么戒备。我还有最后一项任务要交给你。你当然不会拒绝吧？我看你也不想死，而且也不想看到自己心爱的男人被杀！"

听到这话，缪兰顿时脸色惨白。

"什么心……心爱的男人？"

"你想否认？别小看我哟，缪兰。你只要服从我的命令就行。能让你看到解脱的美梦，你就应该感恩戴德了。在接到命令之前，你就老老实实地过日子吧……"

留下这番话后，克雷曼单方面切断了"魔法通话"。

遗憾的是，缪兰无力违抗他。

如果缪兰想救自己，唯一的选择就是无视他人的幸福，服从克雷曼的命令。

缪兰的心中只有魔王克雷曼那句"等一切结束之后，我就放了你。和心爱的男人一起过日子也不再是个梦"。

这是陷阱吗？

嗯，这肯定是陷阱。

可是，缪兰唯一能做的就是相信他的话。

如果表示出怀疑，估计不仅是缪兰自己，连尤姆也会有悲惨的结局。与其那样，还不如服从命令，期待克雷曼大放善心放了她。

一直以来都是这样，缪兰能做的只有服从命令而已。

可是，万一克雷曼真放了缪兰……

（我能接受他吗？）

缪兰知道自己没资格想那事，但她控制不住自己。

（如果真的能实现这个愿望，那我就把灵魂卖给恶魔吧。）

缪兰在心中下定了决心。

于是缪兰继续她的行动，仿佛什么都没发生过。

灾厄的前奏

Regarding Reincarnated to Slim

关于我变成
史莱姆
这档事5
Regarding
Reincarnated to
Slime

法尔姆斯王国的艾德玛利斯国王收到报告后眉头紧锁。因为现在法尔姆斯王国周边的环境正在发生巨变。

事情的开端是被封印在鸠拉大森林的"暴风龙"维鲁德拉的消失。

请求支援或派遣骑士团的报告堆积如山，这些都是尼德勒·麦加姆伯爵等许多领地与森林接壤的边境领地领主发来的。

当然，国家也不能对这些问题置之不理，国王当即下令采取对策。但这并非各领主期盼的命令，而是为了强化国王的权能。

"等一两个边境领地被魔物毁了，再把那些魔物一网打尽。"

"这样一来，还能彰显骑士团的气势。"

"呵呵呵。自由组合那些烦人的苍蝇应该会主动献身吧，不过这对我们来说无关痛痒。只要收钱的人消失了，我们就没必要付钱了。"

"是啊是啊。不仅如此，这也是彰显国王权威最好的舞台。"

从一开始就能预见到那些损失。

艾德玛利斯国王认为，对于那些忠实于自己、平日遵守国王的命令保护领地的人，国家也有义务保障他们的安全。不过像尼德勒·麦加姆那样一心中饱私囊的人，国家完全没必要提供保护。

虽然状况急转直下，但那是他们疏于防备的自作自受。

尽管这事传到别国有伤颜面，但只要事后彰显骑士团的威武就能挽回颜面。与处处设防保卫每一寸领土相比，受到攻击之后再进行反击的确更合算。

边境领地是保护法尔姆斯王国本土的盾牌。

边境领地不过是方便的工具，要多少有多少，不怕失去，完全没必要拼上性命去保护。

然而……

中央政府为防魔物入侵做的准备都白费了。

这是由于一位英雄——尤姆的崛起。

竟然有传言说平民出身的尤姆一行人打败了猪头帝的军队。

事实上，魔物造成的损失比往年更少，没有任何报告表明"暴风龙"维鲁德拉的消失导致魔物更加活跃。

这使得英雄尤姆的传言变得更加可信。

"他是英雄？这不可能。"

"难以置信。可自由组合也报告过猪头帝的现世，看来这一切不全是谎言。"

"确实如此。也许猪头帝还没发展出军队，说不定是刚现世的王率领着数百名猪头族（半兽人）士兵。不过，就算这样，对边境而言也是很大的威胁……"

"哈？太不像话了。那点兵力我一个人也能把它们击溃！他竟然因为那点功绩就狂妄地以英雄自居……"

艾德玛利斯国王的亲信纷纷进行报告并分析状况。

"不过，危险解除是件好事。虽然法尔姆斯王立骑士团没了出场的机会。"

听到王宫魔术师的话，骑士团长弗尔根一脸不满，但他没有发作。因为他明白拉森只是在阐述事实，并非挖苦。

本来也没必要出于个人爱好奔赴战场。

艾德玛利斯国王也认同那些亲信的结论，这件事就此结束，然而……

接下来出现了一个不能坐视不理的重大问题——税收减少了。

本来至少要经过数年的长期观察分析，才能确认国库的损益，然而今年的税收明显较上一年度大幅下降。

如果与上一年度逐月对比，差距更加显著。从某个时间点开始，与贸易相关的利益骤减。

法尔姆斯王国地理位置优越，是唯一一个可以直接和矮人王国进行贸易的国家。这也是其被称为西方诸国玄关的原因。

法尔姆斯王国的地理优势是可以直接和矮人王国进行贸易，无须走危险的海路或陆路。因此，该国对入境商品征收高额关税，从中获得了巨大的利益。

然而从某一天开始，入境的冒险者减少了。

在那之前，法尔姆斯王国十分繁华，那些冒险者存下一笔钱后就会来这里购买矮人王国制作的武器和防具，其中事关性命的回复药备受冒险者追捧……

没过多久，不仅是冒险者，连入境的行商也开始减少。来自英格拉西亚王国方面的商人数量与之前无异，但布鲁姆特王国及其他鸠拉大森林周边国家的商人数量显著减少。

重要的是鸠拉大森林周边国家的商人带来的收益更高。由于没有竞争，法尔姆斯王国能以高价出售回复药给那些商人，从中赚取暴利。

对法尔姆斯王国而言，那些商人的流失是个沉重的打击。

法尔姆斯国内的旅馆和餐饮店做的都是国外访客的生意，国外访客大量减少迟早会对那些经营者产生影响。

不出一个月，账目上便体现出销售额的减少，负责经济的大臣急忙下令查明原因。

收到调查报告时，所有人都震惊了。

"鸠拉大森林中出现了新的城镇，而且那座城镇居住的是魔物。"

这是密探带回的报告。

艾德玛利斯国王接到报告时也嘟囔了一句："这不可能。"

但他是国家的统治者，为了王的权威，他要维持泰然自若的形象。

（难以置信，却不得不信。更重要的是，这种状况会对我国的利益造成什么影响，这是重中之重。）

于是，艾德玛利斯国王开始分析事态的发展，看清了国家的未来。

●

艾德玛利斯国王下令诸侯召开紧急会议。

"国王，那些唯利是图的商人已经不来我国，改走魔物国家了。"

"据说那个国家修建了通往矮人王国的道路，并为商路提供安全保障……"

"我也听说了那件事。据说他们在路上每隔20千米设置一个名叫'岗亭'的东西，类似骑士的执勤房。岗亭里有魔物士兵待命……"

"虽然难以置信，但这事得到了和我深交的商人证实。商人在出发时会得到信号筒，如果在旅途中遭到魔物袭击，可以用信号筒发信号。据说救援队五分钟之内就会赶到。"

"这不可能！"

那些被紧急召来的大臣和贵族也开始交换各自的情报。他们都不敢相信自己听到的传言，但从其他与会者口中听到相同的消息之后，都掩饰不住心中的惊异。

鸠拉大森林中栖息着许多魔物。那是一片广阔的森林，所以在靠近人类文明圈的区域只有威胁度较低的魔物栖息，偶尔也会出现B级以上的魔物。

可是有人在如此危险的地方建立城镇，而且还修建道路连通了布鲁姆特王国和武装国多瓦贡。

这到底需要多大的预算、需要多强的战力？

在场的每一个人都无法想象。因为就连魔物栖息地外围的村庄和城镇都需要投入大量税金用于防卫。虽说边境只是国家的盾牌，但也需要一定程度的维护。

而且那座国家的城镇中住的是魔物。

这事闻所未闻。

据说那个国主是鸠拉大森林的盟主。他没当魔王，他的目标是和人类国家和睦相处。

魔物建立了国家，这简直是天方夜谭。

这时，艾德玛利斯国王举起一只手让众人停止议论，并对大臣使了个眼色。

得到王的命令后，大臣开口道："据称那个国家名叫'鸠拉·特恩佩斯特联邦国'。商人们称其为'魔国联邦（特恩佩斯特）'。盟主名叫利姆鲁·特恩佩斯特，是一只史莱姆……"

"史莱姆？你在耍我们吗？！"

一名黑发黑瞳的青年站起身，打断了大臣的话。

就连那些大臣和贵族也不会在王的面前做出如此无礼的举动。可那名青年此前一直生活在一个与礼仪无缘的世界。而且这个人的身份特殊，他可以无视一些琐碎的礼仪。

他是"异世界人"，是这个国家的英雄之一。

正因为这样，才没人会对他那言行感到不快。准确地说，就算有人对此感到不快也不会说出口。

大贵族中明显有人瞧不起那名青年，但表露这种态度等同于舍弃自身的利益，所以那些人也明白不能对其他人吐露心声。

那名青年是法尔姆斯王国通过三年一次的"召唤仪式"召唤出的为战斗而生的人形武器，名叫田口省吾，是个二十岁的年轻人。

"省吾，不得无礼。你先把报告听完。"

王国魔术师拉森斥责了省吾的无礼举动。

"可是，史莱姆不是杂鱼吗？那种杂鱼怎么当得上森林的盟主？难道说森林里全是杂鱼吗？我日复一日地进行战斗训练，就是为了打败那种杂鱼吗？"

就在昨天，省吾口中的杂鱼让骑士团的十多名精锐受了重伤。拉森想起这事，一脸苦闷。

这个名叫省吾的青年确实拥有强大的力量。可是，他的心智太不成熟，不足以操控那强大的力量。

他在十七岁时被召唤到这个世界，现在已经过了三年。拉森感觉他一天比一天凶暴。以省吾的性格，如果在召唤时没有用支配魔法加以控制，那他将成为一个随时可能毁灭国家的炸弹。

不过，这种支配魔法是绝对的。

"我让你'闭嘴'。"

"呃……"

省吾遵从拉森的"键言"，老老实实地坐了下来。

省吾眼中凶暴的怒火熊熊燃烧，但拉森带着大魔法师的威严无视了他。

一个清爽的声音对拉森说道："拉森大人，省吾并没有恶意。在我们的世界里，史莱姆是有名的杂鱼。不，在某些游戏中也是强敌，但实力也没有多强。"

"是恭弥啊。既然你在，那就让省吾收敛一点。这可是在国王面前，别再让我蒙羞了！"

那个恭弥也是被召唤来的"异世界人"，也是一名青年。

他的名字是橘恭弥，两年前在一个和法尔姆斯接壤的小国被召唤过来，并来到了这里。居住在法尔姆斯王国的"异世界人"中，他是资历最浅的一个。

恭弥耸了耸肩表示恭顺，并对省吾使了个眼色。省吾也点点头，收敛怒火，默默地听报告。

拉森用余光看着那两人，催促大臣继续报告。

那个名叫"魔国联邦（特恩佩斯特）"的城镇中住着许多魔物，推测那些魔物是从子鬼族（哥布林）和猪头族（半兽人）进化而来的。

在公开表明中立立场的矮人王国中，人鬼族（大型哥布林）、猪人族（高等半兽人）和狗头族并不少见，但这种魔物终究是少部分例外。

那份报告中的城镇居民全部是进化种族，这种情况颠覆了世间的常识。

统率族群的个体会进化成高阶种族，这是每数年出现一次的现

象。这些个体一旦被发现就会被列为讨伐目标，通常来说，他们很快就会被解决，很少有机会继续成长。以人类社会的眼光来看，与那些魔物有来往的矮人王国才是异端。

可是现在，报告称城镇中的居民全是进化个体。近几百年来，从未发现过这样的事例。但这就是现实，密探的报告真实可靠。

既然如此，那要考虑的第一件事就是讨伐……可是在这种情况下，讨伐也很困难。

那些魔物变成亚人之后既有智慧又有技术，他们开辟森林建成了城镇和道路。他们现在会说人话，甚至还会经商。

密探也报告了刚才众人议论的岗亭制度。这是一种轮流站岗的制度，那种建筑物的正式名称是派出所。

那位大臣详细解释了这份报告。

派出所设于道路要处。据说那些建筑物原本是修建道路时盖的临时宿舍，后来被改造成警备据点。

而在各据点中执勤的魔物会保障旅人的安全。

"那是警察叔叔的岗亭吗？"省吾低声吐槽道。

拉森很在意他的话。

"省吾……"

"好好，我闭嘴，行了吧？"

"我不是那个意思，你说的警察叔叔是什么？"

"啊？警察就是警察啊……"

听到这两人牛头不对马嘴的话，恭弥笑着加入了对话。

"拉森大人，省吾说的警察叔叔是……"

恭弥做了粗略的说明。

"哦——这么说来这是一个从卫兵中细分出来的组织吧？如果

魔物会创建那样的组织……"

"说不定那个国家中有和我们一样的'异世界人'哟。也许某些能力者可以轻松和魔物搞好关系。"

"哈？有人会去做那么麻烦的事吗？有力量的话在这个世界里生存不是很简单吗？有必要做那么引人注意的事吗？"

"你说得也有道理。"

省吾和恭弥很快就对这个话题失去了兴趣，拉森却一脸严肃地陷入沉思。

（是"异世界人"？有那个可能性吗？确实只有这么想才合理。）

这时，拉森察觉了艾德玛利斯国王的视线，轻轻对国王点了点头。

拉森向国王示意，虽然他担心引发问题的国家里有"异世界人"，但这不会影响计划。

因为拉森的徒弟们召唤出的"异世界人"不只省吾和恭弥两人。

可能性终究只是可能性，只要在行动时有所防范便不成问题。

（呵呵，就算那个国家真的有"异世界人"，他也赢不了我最强的棋子省吾。）

拉森抱着这个想法再次将注意力转到大臣的话上。

由于入境商人减少，法尔姆斯王国财政状况恶化。

讲完其中的原因之后，这次紧急会议进入了主题，也就是鸠拉大森林中建成了一座城镇。据说冒险者正以那座城镇为据点收集魔物素材。

那座城镇中的回复药药效不亚于矮人王国的产品，锻造屋的装备维护技术也不比矮人王国的差。

那座城镇中也有商人停留，冒险者不必专门去其他地方卖素材，所以自然会被那座城镇吸引。

冒险者没必要专门跑去远离森林的法尔姆斯王国首都。

还有个更严重的问题，这个问题才是国王召集贵族的原因……

鸠拉大森林中建成了一条连接矮人王国和布鲁姆特王国的道路，而且这是一条由魔物亚人提供安全保障的商路。

这条路成了大多数商人去矮人王国的首选，经由法尔姆斯王国去矮人王国的商人骤减。

这件事无论如何都不能忽视，是事关法尔姆斯王国存亡的大事。

法尔姆斯王国既没有吸引人的特产，也没有矿产资源。本国的工业水平较低，国民种的农作物只够自己果腹，可以预见这点收入不足以维持国家所需。所以观光与贸易是这个国家的两大支柱。

大臣说完，对艾德玛利斯国王行了一个礼。

艾德玛利斯国王也点点头，环视诸侯问道："那我们要如何应对？"

没人回答王的问题。

现在，近侍正在给被召集来的贵族和大臣分发报告，报告和王看的一样。那份报告中详细记录了大臣刚才做的说明。

聚集在这里的都是参与国家管理的上层贵族，都是盘踞于财富中枢的人。

中央政府的成员比任何人都清楚一旦本国失去优势与税收会有多大的损失。

没有人回答，他们都在考虑同一件事，但说出这件事就要承担一切责任。谁都不愿承担责任，自然也没人说出那个想法。

摧毁那座城镇。

法尔姆斯王国是个大国。

以该国的实力，可以动员的最大兵力在十万左右。可敌人是进化后的魔物，普通士兵派不上用场，必须投入训练有素的骑士或实战经验丰富的佣兵。

这不是人类的战争，是你死我活的讨伐战，所以新人没有用武之地。新人上阵只会徒增伤亡数，反而会拖累大部队。

在这十万士兵中，真正可以上阵的……

法尔姆斯王立骑士团——五千人。

由骑士团长弗尔根统率，是法尔姆斯王国最强的骑士团。这是国王直属的精锐，他们有国王的命令可以自由行动。这些骑士的单兵战斗能力有 B 级，是西方诸国中公认最强的。

法尔姆斯魔法士连团——一千人。

由王国魔术师长拉森统率，是毕业于王立魔法学园的精英集团。成员是经过严格挑选的专攻战斗系魔法的专家。

法尔姆斯贵族联合骑士团——五千人。

他们是从大贵族手下的直属骑士中挑选出来的精英骑士，其中也包括贵族子弟。他们虽然是职业军人，但由于缺乏实战经验，所以在战斗力方面仍是个问号。

法尔姆斯佣兵游击团——六千人。

他们平时用最低限度的人员维护国内外的治安，但在紧急时刻会响应国家号召，毫无保留地发挥自身的实力。成员信奉实力主义，

一个个都野心勃勃地想建功立业，当上正式骑士。

这一万七千人是法尔姆斯王国的常驻战力，能够立即行动。

这是强大的战力，可以力压别国。

然而，魔物国家的居民数量超过一万。考虑到他们是进化后的魔物，实力很可能在 C 级以上，就算有魔物实力达到 B 级也不足为奇。

如此看来，就算法尔姆斯王国能确保胜利，损失也是不可避免的。而且国王直属的骑士团和魔法士连团算得上国宝，一旦这两个部队蒙受损失，必然要追究责任。这些人是国家耗费巨资培养的，不能白白牺牲在无谓的战斗中。

估计担心利益流失这个理由不足以说服贵族。可是，光凭佣兵游击团应该无法取胜……

要想确保胜利，免不了要投入全部战力。在场的人瞬间得出了这一结论。

管理维持军团的资金、如何弥补损失……这些都是问题。在此提议发动战争，难免要承担起一切责任。

此外，对西方诸国进行解释也很麻烦。特别是布鲁姆特王国，该国似乎已和魔物国家建交，到时候应该会提出强烈抗议。

负责外交的人此时已经开始围绕这一问题考虑今后的对策。因此，他们不会做出鲁莽的发言。

他们不想失去自身的特权，但也不愿自身利益受损。可是如果一直坐视不理，损失将不可避免。不仅如此，甚至有可能削弱国力，动摇国家根基。

必须采取措施，只要有人牵头……关于这一点，在场的所有人想法是一致的。

让各国无话可说的外交、确保胜利的战力，还有最重要的一点，就是对暂住在魔物城镇的冒险者的怀柔。有必要采取措施防止冒险者与法尔姆斯王国敌对，如果可能的话，最好能争取到冒险者的协助。

发动战争要面临这一堆问题，就是无利可图。鸠拉大森林难以管理，就算消灭了魔物国家，贵族也无法接管这块领地。所以，自然没人愿意主动站出来。

●

艾德玛利斯国王对那些贵族的想法了如指掌，他也有同样的想法。但不同的是，他已经有了对策。

他听完报告后召集亲信商议了对策。

问题的关键在于如何维护国家的利益，在此基础上，也讨论了如何争取更大的利益。

"如果对魔物国家坐视不理，西方诸国迟早会知道这个国家的存在，到时候就不可能有机会对这个国家出手了。要行动就要趁现在。"拉森说道。

"哈？魔物？"骑士团长弗尔根高声吐出这么一句。

但他想到现在是在国王面前，于是闭上了嘴。拉森见他恢复了冷静，便开始客观地分析事态。

"进化后的魔物确实很棘手。如果那些魔物进化成亚人，就会拥有智慧，毫无疑问他们会成为强大的敌人。而且从他们的行动可以看出他们具有一定的组织性，再加上数量有一万，这么看来，我

估计那些魔物的威胁程度至少是灾厄级，搞不好甚至能达到灾祸级。如果那些魔物的盟主有意与人类为敌……也许会诞生新的魔王。"

"什么？如果那些魔物的威胁程度真的有灾祸级，那我们就无法独力应对！"艾德玛利斯国王惊愕地叫出声。

但没人回应他的叫声。

弗尔根只是默默点头，他似乎也同意拉森的看法。

"国王无须担心。"法尔姆斯王国的最高祭司雷西姆说道。

他是西方圣教会派来的大司教。法尔姆斯王国以"露米纳斯教"为国教，大司教的地位在名义上和国王一样。不过这终究是虚职，国王才是真正的掌权者。

"哦，雷西姆啊，你有什么办法？"

雷西姆也是艾德玛利斯国王的心腹，他带着冷漠的微笑，一点也不像圣职者。

"嗯，嗯，当然有。关于这个魔物国家，本部认为这个国家十分危险。枢机主教尼古拉斯·修贝鲁塔斯刚才联系过我，他说这是公开与神敌对的国家，计划予以讨伐。但现在这个国家还未造成灾祸，而且人类国家中甚至出现了叛徒……本部也不想与评议会为敌，不过如果有国家求援的话……"

"什么！教会已经认定那是与神为敌的国家了……求援的国家……"艾德玛利斯国王眼睛一亮。

枢机主教尼古拉斯·修贝鲁塔斯是神圣法皇国露贝利欧斯的最高领导者法皇的亲信，是西方圣教会的实际掌权者。那个男人原本是雷西姆大司教的上司，傲慢冷酷，都说他是戴着圣职者面具的恶魔。

他的手段非常可怕，连艾德玛利斯国王也甘拜下风。

那个男人做出了决定，也就是说那个女人，那个很可能在背后操纵他的女人行动了。

艾德玛利斯的表情自然地缓和下来。

"如果……我国的民众在那个国家遇害，那会怎么样？"

"西方圣教会到时候应该会展开行动，肩负起救助信徒的责任。"

"哦——那就太好了。毕竟我们都是虔诚的神之子民。"

"嗯，嗯，正是如此。"

艾德玛利斯国王和雷西姆大司教相视而笑。

弗尔根的话打断了他们。

"到时候，我们也可以大张旗鼓地去讨伐魔物。光凭王立骑士团应该可以歼灭魔物国家，但我们也希望能多一份保障。雷西姆阁下，教会也会投入战力吗？"

雷西姆笑得更灿烂了，他似乎早已料到会有这个问题。

"会的，弗尔根阁下。你的担心很有道理。尼古拉斯枢机主教已经下达了许可，可以出动神殿骑士团（Temple Knights）。"

圣教会的中央神殿派往各国的骑士统称神殿骑士团（Temple Knights），这些骑士隶属于教会。据说人数有数万之多，如此庞大的数量也是教会有着巨大影响力的原因。其中实力特别出众的骑士可以加入圣骑士团，这些骑士被称作圣骑士（Holy Knight）。

在法尔姆斯王国的教会中自然也有神殿骑士，其人数多达三千。这个数量是周边国家中最多的。

大司教雷西姆无权指挥那些神殿骑士，但这次他得到了尼古拉斯枢机主教的许可，所以有权投入全部战力。

"出动神殿骑士团的许可……看来圣教会是认真的。"弗尔根满意地点点头。

艾德玛利斯国王也点了点头，他心想：西方圣教会的教义是"魔物是人类公敌"，从这点来看，圣教会不可能会容许那个国家的存在。可是，如果师出无名将会失去人心，所以他们才想利用我国吧。呵呵呵呵呵，不过我们彼此彼此。

既然双方的目标一致，那真诚合作、并肩作战才是上策。艾德玛利斯国王做出了这一判断。

这时，雷西姆总结道："西方圣教会发出讨伐宣言的同时，我们立即打头阵才是上策。这样一来，我国将会获得人类之剑的美誉。"

艾德玛利斯国王也同意这个看法。

外交和战力方面只要有教会做后盾就不成问题。

剩下的问题是……

"吸引贵族行动的诱饵……"

必须要让贵族出兵，佣兵也不能没有奖赏。

光凭冠冕堂皇的理由无法驱动那些人，搞不好他们还会加入敌方。

"估计他们不会为荣誉而战。"

拉森表情凝重一脸阴霾，他似乎也同意这个看法。

"王立骑士团和魔法士连团以及驻扎在本国的神殿骑士团加起来兵力多达九千。有这些兵力倒是可以确保胜利，但是……"

除了雷西姆，另外三人都要成为炮灰。

打破这份沉默的还是雷西姆。

"对了，对了，关于这件事，尼古拉斯枢机主教让我转达一句话。他说'魔物非人'，所以对于那片土地，'教会概不插手，你们可以随意处置'。"雷西姆笑着说道。

"魔物非人"？枢机主教为什么要说那种废话——艾德玛利斯

国王话到嘴边又咽了回去。消灭魔物国家之后，如果无法管理的话就没有任何油水，那就太浪费了。不过，如果有办法管理呢……

征服魔物城镇，并给予贵族和佣兵统治那座城镇的权利又会怎样？

奴役魔物不会产生伦理上的抵触感，魔物奴隶不算少见。

如果能够劝降的话，法尔姆斯王国也可以以国家的名义提供庇护。不过不管怎么说，如果不让那些魔物皈依露米纳斯教侍奉神明，这一切都无从谈起。

如果那些魔物不从，那就攻破那个国家，把生还的魔物当奴隶，并且把那座城镇并入本国领土。

对付像矮人那样的亚人也许会有问题，但魔物进化后也不是人，就算对魔物使用奴役魔法，也不会有任何问题。

"原来如此，不愧是尼古拉斯枢机主教，竟然考虑得如此周全。"

"嗯，嗯。因为那位大人把法尔姆斯王国的发展看得比什么都重。"

"嗯。"艾德玛利斯国王点了一下头。

法尔姆斯王国可以通过此举开辟疆土，并取得鸠拉大森林的丰富资源。

就算让那些被奴役的魔物负责防卫工作，也没人会说三道四，因为评议会也认可魔物奴隶。

而且，最重要的是能够获得新的商路。掌控这条商路后，就可以压制布鲁姆特王国继续与矮人王国进行交涉。

征收过路费应该可以获得更大的利益。只要暗示有这份权益，那些不愿动弹的贵族应该也会表态参战。

（既然这样……我无论如何都要确保那个国家的技术人员归顺于我……）

问题解决之后，欲望自然而然地冒了出来。

艾德玛利斯国王也一样，他想起了最近那个令自己着迷的东西。

那东西是丝绸制品，他从未见过手感如此顺滑的面料。

魔法纤维和麻布根本没资格和丝绸相提并论。解析结果表明那种丝绸是用从地狱蛾的茧抽出来的丝精心编织而成的。

地狱蛾是 B 级魔物，十分危险，从来没人想过用它的茧做素材……但现实是这种顶级布料就在他的手上。

艾德玛利斯国王一定要取得这种丝绸的生产技术，让这种丝绸成为本国的特产。此外，那个国家还在出售许多令人瞠目结舌的好东西，他看了报告书之后曾下令购买所有商品。

只要征服那个国家，就能得到那里的所有商品。这样就简单了。

在欲望的驱使下，艾德玛利斯国王差点露出扭曲的表情，但他拼命忍住了。

有了西方圣教会的支持，这次的战争就是"正义之战"。指挥并赢得胜利是一项荣誉，意义重大。这可以稳固国王的统治，镇住上层贵族。

于是，艾德玛利斯国王考虑亲自担任这场战争的总指挥。在征服魔物的"正义之战"结束之时，他就能获得英雄王的头衔。

弗尔根将成为铲除灾祸级威胁的英雄，拉森则是协助弗尔根的贤者，每个人都功成名就。

估计雷西姆也希望能得到尼古拉斯枢机主教的赏识，为自己成为下一任枢机主教铺平道路。

所有人都能从这场战争中取得巨大的利益。

估计法尔姆斯王国也要给西方圣教会慷慨布施，但和到手的财富比起来，那只是一点小钱。

那个国家的土地可以赐给有功的贵族。因为重点不是领土本身，而是那里的产业和相关技术。只要国家掌握关税权，给贵族喝点汤也没问题。考虑到防卫支出，说不定这样反而更合算。

艾德玛利斯国王想独占那个国家的财富。为此，他要设局让那些贵族放弃争夺这场战争的主导权，这样一来，他们事后也无话可说。

*

这场会议就是为此策划的一场戏。

艾德玛利斯国王想制造一个假象，让人以为是因为没人牵头，他这个国王才被迫出面。

艾德玛利斯国王环视大贵族和大臣，确实没人愿意开口，现在国王必须挺身而出。

时机已到。

"我本来希望有人能主动请缨，也许这个担子过重……"

艾德玛利斯国王正要往下说，这时一名贵族举起手打断了他的话。

"国王，请容我多嘴一句！据说这个名叫魔国联邦（特恩佩斯特）的魔物国家已经与武装国多瓦贡和布鲁姆特王国建交了。如今这个国家也和冒险者间有了生意往来，莽撞行事恐怕……"

"是啊。而且这个国家还在那些矮人锻造师的协助下研发出了独创的技术……我国举兵将会招致周边国家的非议！"

两名贵族提出了反对。

其中一人是法尔姆斯王国中一个贵族派系的领袖谬拉侯爵，另一个是他的追随者赫尔曼伯爵。

国王忍住咂舌的冲动，悄悄对拉森使了个眼色。

"确实如此。说实话，我也有些担心和那个国家开战可能会惹出不必要的麻烦，但……"

"拉森，我也同意这个看法，可是……"

"嗯，我明白，国王。如果任由那个国家发展，会危及我国的地位。我们有必要在事态发展到那一步之前予以打击。即便不考虑利益问题……这也是一场生存竞争。"

"嗯。"艾德玛利斯国王点了点头，他被欲望蒙蔽的双眼放出了光芒。

而拉森也一样。因为这话并非真心，是他们事先商量好的。他们一个扮演心系国家的王，一个扮演忠臣。

那些贵族看到这一幕，都信了艾德玛利斯国王的话，这场戏演得很成功。

"而且我有件事要向各位报告。虽然还未公布，但神旨已下，神谕说应讨伐魔国。"

雷西姆委婉地表示这是一场"正义之战"。

那些贵族动摇了。他们明白，得到圣教会认可就意味着这场战争师出有名。

"谬拉侯爵和赫尔曼伯爵的担心也很在理，但我想没人会质疑圣教会吧？"

"而且，还有一点不知你们想过没有。其他国家可能被那个国家蒙骗了，我们要向那些国家揭露真相。我们不能相信魔物，只要让其他国家认清这一事实就行！"

弗尔根愤怒得开始高声咆哮。

"可……可是……"

关于我变成
史莱姆
这档事 5

Regarding
Reincarnated to
Slime

"那我国就要承担起一切责任……"

"那你们有什么好办法？"见那两人还不死心，艾德玛利斯国王温和地问道。

有了圣教会作后盾，周边国家的看法就是小问题。因为法尔姆斯王国是大国，在评议会中有很大的话语权。只要有政治和宗教两方面的理由，他们就师出有名，可以轻松顶住别国干涉的压力。

听到国王的问题，那两人互视一眼，接着由谬拉侯爵做代表回答："派遣使者尝试沟通如何？如果我国也与那个国家进行交流，就能判断出他们是否值得信任。如果能多一个朋友，我国自然也能免去魔物的威胁。我推测圣教会之所以没公布神旨，也是因为想弄清楚那个国家的正邪。"

"言之有理！"赫尔曼伯爵也点头支持这个意见。

谬拉侯爵和赫尔曼伯爵的领地与森林接壤，一直为防卫问题头疼。此外，谬拉侯爵的领地也与布鲁姆特王国接壤，双方一向交好。

估计这就是他们反对讨伐那个国家的原因。

（哎呀，莫非他们收了布鲁姆特王国的贿赂，但教会公布神谕是板上钉钉的事。）

艾德玛利斯国王在心中嘲笑他们棋差一招，并决定今后要提防这两人。艾德玛利斯国王现在满脑子都是即将到手的财富与名声。

这时，雷西姆用冰冷的声音替艾德玛利斯国王接下了那两人的话。

"谬拉卿、赫尔曼卿，你们错了。神谕已下，露米纳斯神绝不容许魔物的存在。何况那还是个国家……那个国家的成立等同于新魔王的诞生！对那种污秽的存在置之不理可是无法宽恕的大罪！！"

在这种魄力威压之下，谬拉侯爵和赫尔曼伯爵屏住了呼吸。

艾德玛利斯国王威严的声音随之而出。

"我理解两位爱卿的想法。我问你们，那些魔物信得过吗？有谁能保证那些魔物今后不会袭击人类？两位爱卿要负起责任做出这个保证吗？两位爱卿会保护亲爱的国民的生命和财产吗？对方是魔物，与人类水火不容，我们连他们在想什么都不知道。两位爱卿的想法是不是太肤浅了？"

艾德玛利斯国王用这一连串问题向他们施压。

那两人脸色铁青答不上话。

这是当然的。对方不是人类，凭什么保证他们信得过——艾德玛利斯的话里带着这份担忧，无法反驳。

艾德玛利斯国王推测那个什么盟主肯定是个典型的老好人。他在武装国多瓦贡的演讲如实地体现了这一点。

报告书上提到那个盟主说过："我想在魔物和人类间建立起没有隔阂、携手并进的关系。"这个理想论调让他不由得笑了出来，他认为这个盟主十分愚蠢，不足为惧。

这个魔物过于正直，连演戏都不会。这就是艾德玛利斯国王对盟主的印象。

那些贵族手中的报告没有这一内容。这是用于对付反对意见的小花招，就算暴露也可以装作不知情。

（说不定可以轻松让这个老好人盟主降服……）

艾德玛利斯国王估计，尝试说服那个国家依附于法尔姆斯王国这个大国也有可能避免争端进行和平交涉。

（如果是这样，事情就能和平解决。只要他们为我提供财富，那也可以允许他们自治。）

想到这里，艾德玛利斯国王的表情差点被欲望扭曲，他立即绷起脸来。

在确认其他人没有反对意见之后，艾德玛利斯国王宣布自己会亲自上阵。

"这是一场正义之战！传我的命令，先派先遣队出战！对方愿降则罢；如若不降，我就率忠诚的将士以示神威！！"

"是——！！"

既然艾德玛利斯国王发表了出战宣言，那自然没人敢再反对。

就这样，法尔姆斯王国决定以正义之战的名义举兵讨伐魔国联邦（特恩佩斯特）。

会议之后——

"不过就算让先遣队打一场胜战，他们也未必会归降我国，说不定反而会露出本性进行反抗。"

"是啊。我觉得应该派'异世界人'省吾前去彰显我国的国威……"

"哦？不过只有省吾一人还不能确保万无一失。他的实力倒是有保证，但言行多有不妥，不能让他失控战死。"

"毕竟魔物的数量也不算少。他如果要逃，应该可以逃回来，但一旦大意也有可能丧命。那让恭弥也一起去，这样就没问题了吧？而且还有一个人很适合这项任务。"

"啊，那个女人啊，有道理。"

听了拉森和弗尔根的对话，艾德玛利斯国王也点了点头。

军队的目的是浇灭敌人的斗志，不战而屈人之兵是最理想的。就算开战，以他们的兵力也有必胜的把握，如果能把损失降到最低当然更好。艾德玛利斯国王也这么想。

"有道理。如果派出那些怪物，说不定可以不用出动军队。但决不能掉以轻心。"

"请放心。考虑到意外情况，我会命令他们稍微闹一闹就回来。"

拉森只是打算让他们去试探情况。

雷西姆带着冷酷的笑容对那三人提议道："国王，如果方便的话，能否让我试试我的秘术？"

"秘术？雷西姆阁下，你的秘术有什么效果？"

"雷西姆，你有什么打算？"

"关于我的秘术……"

雷西姆挂着笑容，兴致勃勃地做出说明。听了他的说明，艾德玛利斯国王也露出了愉悦的笑容。

拉森和弗尔根也露出了同样的笑容。

"呵呵呵，很有趣。"

"那……"

"嗯，可以！雷西姆，我准了。"

"感激不尽。我保证一定会为陛下增光！"

就这样，雷西姆的部下也秘密出动了。

●

艾德玛利斯国王的号令一下，先遣队就组编完成。

先遣队由一百名骑士和几辆马车组成，是一支强攻部队。队伍中有三个"异世界人"。

其中两人是田口省吾和橘恭弥，另外一个是女性，名叫水谷希星。

"我已经很久没有出门了——选我去果然是因为那事吧？"

"嗯，肯定是那事。"

"恭弥，你知道情况吗？"

"……你也听他们说过吧？法尔姆斯王国要出兵讨伐那只史莱姆。"

"你别逗了。他们真的要为一只史莱姆出动这么多军队？"

"谁知道呢？他有能力操纵上万只魔物，按理来说应该是个很大的威胁。"

"这可不好说。也许是因为这个国家的骑士本来就弱得离谱。这么看来，这个世界的人也太弱了，他们竟然会怕杂鱼魔物。"

"啊哈哈，那是因为省吾你太强了吧？战斗系专属技能实在强得离谱。"

"其实我觉得希星的能力（技能）才可怕。"

"是啊。我也觉得你更难对付。"

希星只是个十八岁的少女。她和省吾一样，三年前在法尔姆斯王国的一个支配领地被召唤过来。

她的能力（技能）与直接战斗无关，是影响他人思维的交涉系，所以刚被召唤出来的时候，别人都以为召唤失败了，很不重视她……

后来，希星忍无可忍，开始运用自己的能力。她叫道："别开玩笑了，你们这些畜生！小瞧我的家伙统统给我消失！！"

这句话的效果立竿见影，抵抗（Resist）失败的人全部自我消亡了。这就是希星的专属技能"狂言师"的力量。

这是极其强大的交涉系能力（技能）。只要说出命令，就能让对方言听计从。希星的措辞不是重点，关键是她的想法。

希星持续进行杀戮，直到召唤主发现并慌忙用"咒言"控制住她。

省吾和恭弥两人一被召唤出来，就确认了自己的力量。

接下来的几个月是他们通过魔法学习语言的时间，同时他们还要参加各种评测。他们无法违抗"咒言"的命令，就算不愿意也别无选择。

他们会接到命令，如实描述自己的能力（技能）。

希星当时也如实描述了自己的能力（技能），但她的表达有误，因为希星语言学得不好。

希星当时只有十五岁，对她而言，学习别国的语言十分痛苦。虽说有魔法的辅助，但希星不爱学习，这个过程像被拷问一样。

这个误会最终酿成了那出惨剧。从此以后，希星的能力受到了限制，没有许可就不能使用。

在语言方面，省吾也一样，不过也不知道是幸还是不幸，省吾无须确认就能证明自己强大的实力。

因为他刚被召唤出来就当场屠戮了身边的三十名魔法师。那是专属技能"乱暴者"释放的力量。

那项技能名副其实，可以大幅增加肉体强度和身体能力，效果简单粗暴。省吾当时十七岁，是不入流高中的一个不良少年。对世界的不满和对暴力的欲求令他这份力量觉醒。

省吾将儿时学习的空手道与专属技能"乱暴者"相结合，战斗能力有了飞跃性的提升。其结果就是三十名魔法师的悲剧。要不是拉森刚好在场，估计这出惨剧不会就此收场。

希星和恭弥也一样不愿任由自己的召唤主摆布。召唤主出于一己私利夺走了自己原有的生活，他们自然不会听话。而这个世界的居民也能理解这种想法。

召唤主的对策就是将召唤仪式魔法与拥有绝对支配力的"咒言"相结合。这样一来，那些"异世界人"就不得不对召唤主言听计从。

"不过那个臭老头……竟敢随意对我们下命令……"

"就是，他太烦人了。我迟早要灭了他。"

"算啦算啦，别这么说。如果我们听话的话，至少在衣食住方面，他会给我们提供世界顶级的待遇。"见省吾和希星一脸不满，恭弥安慰道。

省吾和希星不会因此释然，这是他们的日常。

"哈？这不是应该的吗？虽说是世界顶级，但和我们的世界相比，那些东西就是垃圾。"

"真是的——这里的衣服这么土，而且也没有化妆品。电视、网络、智能手机通通都没有。要我说，这种世界就算消失也完全OK。"

那两人不停地吐露不满，就算某一天爆发出来也不奇怪。最重要的是，没有自由，必须对别人言听计从，他们忍不了这种状态。

恭弥非常理解那两人。但和那两人不同，他的思维方式比较灵活。

他对原来的世界没有留恋，在这个世界中得到的力量对他更有吸引力。

省吾和希星的力量，还有他自己的力量，恭弥认为观察并研究这些力量更有意义。

现在发生了这件事，魔物讨伐成为他们的舞台。

在这两年里，恭弥一直期盼能进行实战，这一刻终于来临了。

（省吾和希星似乎很不满，但这反而是个机会。只要出现战争，操纵"咒言"束缚我们的人也有可能疏忽，如果顺利的话也许有机会灭了他。不，就算我们难以对他出手，他也有可能自己丧命。）

这话如果说出口，有可能会被魔法窃听，所以不能和那两人商讨。虽然这让恭弥有些为难……

总之，恭弥的目的是暂且蛰伏，等到重获自由的机会来临时再行动。

马车载着各有打算的三人朝魔国联邦（特恩佩斯特）前进。

© Mitz Vah

●

　　缪兰接到了魔王克雷曼的紧急联络，克雷曼命令她发动特殊大魔法。

　　那项大型魔法能令半径五千米范围内变为魔法禁区（Unmagic Area）。大型魔法的发动需要时间，所以克雷曼让她立即开始准备。

　　这项魔法的目的是阻止该区域与外部通信。

　　缪兰估计魔王克雷曼的目的没那么简单，但他没有进一步说明。

　　很明显，魔王克雷曼正在谋划某件大事，而且估计那件事不能让魔国联邦（特恩佩斯特）的居民知道。这件事令缪兰十分不安。

　　可是缪兰只能服从命令，不能追问。而且……

　　那项大型魔法原本是用于防御敌方魔法的。那项魔法必须以施法者，也就是缪兰为中心发动。

　　问题就在这里。

　　发动并维持大型魔法会暴露缪兰高阶魔人的身份。而且，这个国家的人一定会发现是她发动了那种大型魔法。

　　缪兰这个魔法师将在无法使用魔法的领域，与这个国家的人战斗。这项命令无异于让她送死。

　　魔王克雷曼要求的是设置型的魔法，只要发动，无论缪兰是死是活都能维持数日。也就是说，缪兰彻底成了弃子。

　　接到那个命令时，缪兰十分绝望，但她脑海中浮现出一个男人的身影。

　　如果自己拒绝这个命令，那个男人将会受到牵连从而遭受悲惨的结局。正因为缪兰比任何人都清楚这一点，所以接受魔王克雷曼的命令是她唯一的选择。

（事情果然会变成这样。虽然这是最适合我的结局，但至少要让那个人……）

想到那个向自己这种人表白的尤姆，缪兰露出了微笑。

在这几百年里，缪兰的心冻成了冰块，在她看来，尤姆的话如春风般柔和。

（只要有他这句话，我就够了……）

缪兰下定决心，正要一个人默默离开。

"缪兰，你想去哪儿？"

"是格鲁西斯啊，你有事吗？"

"事倒是没事。"

格鲁西斯过去找缪兰搭话，而且他似乎想跟着缪兰。

缪兰想起魔王克雷曼刚才的样子，急着想摆脱格鲁西斯。克雷曼总是十分冷静，但刚才下命令时有些焦急。而且，他丢下一句"要尽快发动魔法"，就单方面切断了魔法通话。

看来有意外情况发生。

"说起来，我听说食堂推出了新的点心，名叫泡芙，尤姆说超好吃。我们现在去尝尝吧！"

格鲁西斯一副无忧无虑的样子，而缪兰却有些焦躁不安。看着他的笑容，缪兰好不容易下定的决心动摇了。

"谢谢你的邀请，不过很抱歉，尤姆昨晚已经带那种点心给我尝过了。"

"喊，那个混蛋……又抢先了……"

"抢先？你在说什么？总之，我现在有事，过会儿见……"

"过会儿？过会儿，我们真的能见面吗？"

"嗯嗯，应该能吧。"

缪兰随便糊弄道，她正打算丢下格鲁西斯离开时……

"刚才我接到一个很不正常的消息。据说'兽王国接到了魔王米莉姆的宣战布告'，我正疑惑时，突然看到你形迹可疑的样子，所以有点在意。"

格鲁西斯用尖锐的目光盯着缪兰。

原来是这样——缪兰掌握了状况。

虽然不知道魔王米莉姆为什么要和魔王卡利昂开战，但这肯定是魔王克雷曼在背后搞鬼。

估计克雷曼的计划出了某个问题。

也许是魔王米莉姆的宣战布告打乱了魔王克雷曼的计划。

缪兰推测克雷曼的初衷应该是让魔王米莉姆突袭兽王国。克雷曼本来计划到那时再让缪兰发动魔法，但魔王米莉姆的失控令计划偏离了正轨。

（可是，他切断这个国家的通信有什么目的？）

兽王国和魔国联邦（特恩佩斯特）间应该也有协议，但在那个魔王米莉姆面前，魔国联邦（特恩佩斯特）的战力也指望不上。可是，克雷曼却要切断魔国联邦（特恩佩斯特）和外界的联络，此举的意义是……这时缪兰犹如得到天启般想到了答案。

（对了——克雷曼担心那个名叫利姆鲁的史莱姆来捣乱。那只史莱姆确实有可能说服魔王米莉姆。）

魔王克雷曼担心的是利姆鲁的参战，这是一个不确定因素。所以，他才会命令缪兰使用魔法，防止魔王卡利昂联系魔国联邦（特恩佩斯特）的干部，继而让利姆鲁得知这件事。

如果这个推测没错，缪兰继续这么磨蹭也会引起魔王克雷曼的不快。

缪兰认为必须尽快发动魔法。

"还有，我想你应该知道，这个国家的高层现在已经乱成一锅粥了。在这种情况下，做出可疑举动可是自杀行为哟！"

格鲁西斯说得对，此时，魔国联邦（特恩佩斯特）的高层现在十分紧张。

据说几天前有神秘武装集团正在接近，苍影率领情报部成员倾巢而出。国家似乎面临危险，全体高层忧心忡忡，如坐针毡。

"是吗？我不清楚……"

有事发生，而且是超出魔王克雷曼预想的事态——缪兰很焦急。

再不行动就糟了。如果不尽快执行命令发动魔法，暴怒的魔王克雷曼可能会杀光这座城镇的所有人……

可是，格鲁西斯却越说越来劲，似乎不会轻易放过缪兰。

"这可不是一句不清楚就能解决的。我决不会让你在这时候做出可疑的举动。"

"你在说什么傻话……而且，要和魔王米莉姆战斗的话，就算是你的主子也很危险吧？"

"呃，听这口气，你知道魔王米莉姆啊。放心吧，卡利昂大人是无敌的。无论魔王米莉姆有多强，卡利昂大人都不会输的。现在，你的事才是重点啊，缪兰！"

"我实在听不懂……"

"别装了。你是魔人吧？"

如果缪兰愿意，也许可以找借口糊弄过去，但她没有选择欺骗格鲁西斯到最后一刻。

"你平时那么迟钝，在这种时候却这么敏锐。看来是瞒不住了。反正那些鬼人应该也发现了。"

关于我变成
史莱姆
这档事5
Regarding
Reincarnated to
Slime

"所以啊！"

"可是，我非做不可！格鲁西斯，我也很喜欢你，不过是朋友那种喜欢。可是如果你要妨碍我的话——我会……杀了你。"

说完，缪兰解除了伪装，变为魔人形态。

"嗯？"

缪兰盯着格鲁西斯，眼中仿佛有熊熊燃烧的火焰。格鲁西斯退缩了。

"你竟然有这么大的决心……你想送死吗？为什么？我知道了，这是你主子的命令吧？"

"我想我没必要回答。"

缪兰没有回答，但在格鲁西斯看来，这就是回答。

"说起来，魔王克雷曼大人以拿手下当弃子而闻名。难道你是……"

"住嘴！格鲁西斯，如果你再多嘴，那我就真要杀你了！"

看到一向冷静的缪兰如此慌张，格鲁西斯全明白了。

"果然是这样。能让你不惜牺牲自己……"

格鲁西斯话还没说完就被一个男人的声音打断了。

"把那件事的来龙去脉全部告诉我。"

尤姆从树荫里走了出来，他刚才用"隐形法"成功骗过了那两个魔人。

尤姆平时一直很关注缪兰，他不可能没发现缪兰的反常举动。

"尤姆，你……"

缪兰最不想让尤姆知道自己的真实身份，但不知为何，暴露之后，她反而松了一口气。

尤姆对缪兰说了一句话，缪兰简直不敢相信自己的耳朵。

"缪兰，相信我吧。我会保护你的。"

"你是笨蛋吗？看到我这模样，你应该明白了吧，我是高阶魔人！你只是个人类，比我还弱，你要怎么保护我？"

缪兰十分疑惑。

但尤姆不管那些，就算不合时宜，他也要向缪兰表达自己强烈的感情。

"人类？魔人？这根本无关紧要！我已经被你迷住了。我喜欢你的脸，我喜欢你的气味，我也喜欢你的温度，还有你的生活方式和你冷傲的样子。我喜欢你的全部。对我而言，你就是全部！！"

"你在说什么？我的全部都是为了骗你装出来的，只不过是个幻象。"

"缪兰你放心。我有自信被你骗一辈子！！"

"呃……"

这家伙是个笨蛋……缪兰在心底感叹。可是，尤姆这个宣言却如此凛然，缪兰一时语塞。

"呼呼，我赢了。你被我迷住了吧？我可是发誓要信你一辈子。只要能永远相信你，谎言也会变成真实！"尤姆带着无比灿烂的微笑说道。

缪兰说不出话来……

（这个笨蛋，你真是个笨蛋。可是，正因为你这性格，我也……）

"呼呼呼，真是个可悲的男人。我接近你，只是为了利用你。你太蠢了，让我忍不住想笑。实在太蠢了。这场闹剧也该结束了！"

冷冷地说完这番话后，缪兰开始咏唱魔法。现在已经没时间给她犹豫了，所以她觉得脸颊上的眼泪肯定是自己的错觉。

"你个蠢货！你真的……"

"格鲁西斯，这是怎么回事？"

缪兰用优美的声音如歌颂般咏唱出咒文——改写世界的法则。

此时，尤姆和格鲁西斯已经阻止不了缪兰了。因为现在阻止缪兰的唯一一个办法就是杀了她。

就算这样，缪兰也认了，但是她无论如何都要完成这项魔法。

缪兰如祈祷般继续咏唱魔法——为了保护她倾注全身心深爱的男子。

●

魔国联邦（特恩佩斯特）一片混乱，情况比格鲁西斯预想的更严重。

在缪兰完成魔法的前一刻，又发生了一件事。

同时收到数份报告，红丸一副不胜其烦的表情。问题最大的是驻留在派出所的人几天前发回的报告。

"红丸，据说有全副武装的人类集团朝我们这边进发。我们去询问对方的来意，结果对方什么都不说，只有一句'没必要和杂兵多费口舌'。"

这是哥布塔直接告诉红丸的……

红丸慌忙派出苍影等人前去调查。那伙人由一百多名骑士组成，红丸认为不能置之不理。

苍影和他的手下苍华等人搜集到了更详细的情报。他们得知那些人其实隶属于法尔姆斯王国。

现在还不知道法尔姆斯王国的目的，难以和对方交涉。于是，红丸让苍影等人继续调查法尔姆斯王国的内部情况。

红丸认为这是个棘手的问题，于是去和利古鲁德商讨。

"这事还是应该告知利姆鲁大人吧？"

"可是，利姆鲁大人把看家的重任交给我们，什么事都劳烦他是不是不大好？"

"你这话也有道理。他经常在夜里回来，也许应该等到那时候再报告。"

他们得出了这个结论，一直等到现在。他们认为不用着急，利姆鲁随时可以用元素魔法"据点移动"回来。

红丸等人决定先处理其他琐事，晚点再向利姆鲁报告。

他们还不熟悉那些工作，这些日子总是忙得焦头烂额。

这时，苍影等人报告了法尔姆斯王国的现状。法尔姆斯王国正在紧急备战。

看到那份报告，红丸皱起了眉头。

"利古鲁德，情况可能很糟糕。"

"是啊。现在可没工夫闲聊，应该立即通知利姆鲁大人回来。"

那两人看了看对方。

他们认定那些骑士是个大问题，如果处理不好，可能会发展成两国间的战争。

红丸正准备联系利姆鲁，这时……

兽王国犹拉瑟尼亚的三兽士之一"黄蛇角"阿尔薇思传来了紧急魔法通话。

"兽王国犹拉瑟尼亚将在一周后与魔王米莉姆开战。因此，我国希望你们能接收我国的国民避难。"

由于缪兰发动魔法晚了一步，所以魔法通话才能传到。

这事魔王克雷曼也有责任。因为魔王米莉姆的飞行速度太快，提前抵达了兽王国。但这事和红丸他们没有关系。

那个消息太过重要导致氛围骤变。

"不是吧，喂！"

红丸发出一声惊愕的感叹，召集了魔国联邦（特恩佩斯特）的各位干部。

被召集的成员如下：

利古鲁德、利古鲁、娜娜莉及其他大型哥布林负责人；顾问凯金；书记官朱菜；利姆鲁的秘书紫苑；白老和克鲁特也被叫来，会议室中聚集了十多人。

顺带一提，加维鲁此时还不是干部，所以没有被叫来。红丸他们只是告知加维鲁发生了紧急事态，命令他等待后续命令。

传话的人是凯金，他也交代贝斯塔一得知状况就立即通知矮人王盖泽尔。

消息就这样传至各处，魔国联邦（特恩佩斯特）迅速进入紧急状态。

这时候，伪装成商人的那一行人终于来到了这座城镇，他们引发了问题……

●

（喂喂，这座城镇比法尔姆斯的首都发展得更好吧？）

城镇中的景象令省吾目瞪口呆。

他们这些"异世界人"和那百余名骑士分开，与驾车的骑士一

起来到了这座城镇。此时，他们发现城镇中的情景远超自己的想象，都被吸引住说不出话来。

他们本以为一个魔物国家没什么大不了的，可是这里没有任何恶臭，似乎建有下水道。不仅如此，路上来往的怎么看都是人类，一点也没有魔物的样子。法尔姆斯首都的商人和城镇居民的服装都不如这些魔物整洁美观。一眼就能看出这里的居民生活更加富足。

城镇里满是冒险者，交易热情高涨，一派生机勃勃的景象。

（可恶——开什么玩笑！为什么那些魔物过得比我们还好？！）

惊叹过后，省吾心底涌起了一团乌黑的怒气。

而希星似乎也有类似的想法。

"我说，这很奇怪吧？为什么这些家伙过得比我们还奢侈？超让人不爽。"

"希星，算啦算啦。你没必要这么生气。"

恭弥劝道，他也觉得这座城镇的发展太不合常理。他眯着眼睛，放出险恶的光芒。

"我记得它们的老大是史莱姆吧？只要杀了那家伙，我们就能当上这里的主人吧？"

"好主意，省吾！我也赞成这个提议！"

"虽然我也赞成，但现在不好轻举妄动。"

"没关系的。我们要在那些骑士大叔到达之前弄出乱子吧？这不是正好吗？"

"是啊是啊。那些人不是希望有魔物袭击我们这些善良的市民吗？那就找个借口用我的'狂言师'让那些冒险者对我言听计从。"

希星认为这事轻轻松松，她这看法也有道理。这正是省吾他们此行的目的。

"哎呀呀，拉森大人的命令确实是这样。"

恭弥轻描淡写地表示同意，他也打心底认为这事很简单。

"喊，别叫那个老头大人啊！"

"就是啊。我希望那个老头赶紧去死。这样一来，我们就能自由了吧？"

"啊哈哈，我已经习惯了。而且如果不小心在他本人面前暴露就要吃苦头了吧？"恭弥苦笑着解释道。

恭弥似乎认为现在必须继续扮演优等生，隐藏自己的本性。

至于这次的命令……

省吾想起了那个命令，心想这次终于能大干一场了。

"就算找碴也没关系，你们去惹出点事，并用希星的力量让那些冒险者加入我们！与此同时，我们也会开始行动。"

这就是拉森给他们的命令。

这三名"异世界人"算是法尔姆斯王国的王牌。他们强大的战力甚至可以毁灭一座小国。考虑到魔物那边可能有"异世界人"的协助，所以拉森这次允许那三人同时行动，这情况极其罕见。

而且雷西姆大司教似乎也准备了某种计策，等省吾他们惹出事之后，驾车的骑士会去传递消息，雷西姆那边会利用这个机会展开行动。

虽然他们不知道详细内容，但可以肯定，雷西姆非但不会影响到省吾他们，还会为他们创造出有利的状况。

省吾不喜欢拉森，但他认可拉森的能力。他们没有夺回自由就是因为拉森。

"别管那么多了。我们赶紧开始行动吧！"

省吾往上捋了捋自己用特殊树脂固定好的鸡冠头，宣布作战开始。

首先开始行动的是希星。

"呀——！！你是不是对我图谋不轨？"

希星用自己的演技挑起事端。

她发现一个表情呆滞的卫兵正适合挑事，于是故意撞了上去。那个呆得离谱的大型哥布林是哥布塔的直属部下哥布象。

"我……我可什么都没做啊！"

哥布象惊慌失措地左顾右盼，希望有人能对自己伸出援手。

"我说，你可别装傻。你为什么要摸我？你最好能解释清楚，明白了吗？"

希星逼近哥布象，强硬地要求他解释，然后故意往后摔倒。

"好痛——！救命！快帮我叫卫兵——！！"

"不……不是啊！我什么都没干！！而……而且我就是卫兵……"

哥布象慌忙大喊，他的眼中挂着泪水。

其实哥布象真的什么都没做，他才是受害者。

可是，围观者看哥布象的眼神却十分扎人。那愚钝的外表害了哥布象，他开始受到质疑。再加上希星不动声色地发动了专属技能"狂言师"，影响了围观者的意识。

"喂喂，那个大型哥布林摸了那个女孩。"

"他是这座城镇的卫兵吧？卫兵本来应该保护我们，他却做出那种事。真不敢相信。"

"那个女孩被推倒了吧？"

"真的吗？我听说这里的魔物不会乱来。"

"他们之前一直都很安分，为什么会突然这样？"

那些冒险者和商人现在还是半信半疑，但没有任何一个人站在哥布象这边。所有人都搞不清状况，他们被希星的能力（技能）完全蛊惑也只是时间问题。

省吾和恭弥见状相视而笑，走上前去煽风点火。

"喂喂，这座城镇会对外来者做出如此暴行吗？"

"你们招揽人类进来就是为了做这种事吗？你们的目的太肮脏了吧？"

那两人高声说着走上前去保护希星，希星装出一副害怕的样子。

他们利用眼前这个表情呆滞的卫兵找碴。等他的上司出来之后，好戏才正式上演。

如果他的上司认错赔罪，那就煽动周围的人引出高层。如果能惹怒他的上司，让对方动手的话就赚到了。就算不能如愿，也可以把事情闹大，等骑士团的先遣队到了之后可以单方面做出裁决。

其实省吾他们很想对那些愚蠢的魔物出手。

但事情没那么顺利。

"怎么了？"

一个队长模样的卫兵慢悠悠地走了过来——是哥布塔，他的行动出乎省吾的预料。

"啊，怎么又是哥布象？真是的，每次都是你惹出事！"哥布塔边说边轻轻戳了一下哥布象的头。

接着，哥布塔转向省吾等人说道："不好意思。我会狠狠教训他的。"

他的语气很轻松。

"哥布塔队长，可是我……"

"你什么都没做吧？不过，这不是关键。从被人怀疑的那一刻起，你就洗不干净了。利姆鲁大人也说过'被人冤枉耍流氓是很可怕的'。"

哥布塔的语气非常吓人。

听到这话，周围那些围观者中也有人表示理解。

"哥……哥布塔队长，你相信我吗？"

听到这话，哥布塔叹了一口气。

"那还用问吗？我知道你没这个胆子。"哥布塔断言道。

哥布象抱住哥布塔哭喊道："我要追随你一辈子！"

哥布塔显得有些嫌弃，但还是拍着哥布象的肩膀让他放心。

希星不快地看着他们两个。

"我说，你什么意思？难道你想说我在撒谎吗？"

"咦？难道你听不出来吗？"哥布塔吃惊地反问道。希星见状勃然大怒。

"你这混蛋开什么玩笑！你竟然瞧不起我，好大的狗胆啊！你连看都没看到，凭什么相信那家伙的话？"希星激动地叫道。

但哥布塔不以为然。

"很简单啊。我当然会相信同伴的话。"他若无其事地答道。

"开什么玩笑！你这也能算理由吗？"

"那我就告诉你，其实哥布象喜欢紫苑。这是众人皆知的事，他不可能去摸你这种小姑娘。"哥布塔不慌不忙、语气平淡地回答激动的希星。

"喂！哥布塔队长，你太过分了！"哥布象满脸通红地跳起来抗议道。

"你真烦。这事大家都知道，你现在还有什么好掩饰的？"

"大家是指……"

"大家就是所有人。哥布象你放弃挣扎吧。"

哥布塔耸了耸肩，哥布象生气地吼道："我本想追随你一辈子，现在看还是算了！"

这时，希星气爆了。

"你们两个混蛋，开什么玩笑！！别瞧不起我！你们统统'给我去死'！！"她尖叫道。

希星彻底把计划抛到脑后，想灭了所有把自己当成笑柄的人。她气得什么都不顾，只想把省吾和恭弥之外的人统统杀光。

省吾和恭弥也不关心作战的成败，所以没把这当成一回事，只是带着扭曲的笑容期待一场大骚乱。

这三个"异世界人"一直在法尔姆斯王国过着压抑的生活，他们的精神压力相当大。这种压力造成了他们现在的行为。

将会出现一场死亡的狂欢——希星的预想落空了，现实是什么都没发生。

"什……为什么……"

"咦？"

周围那些冒险者和商人继续笑着。

预想中的事态没有发生，不仅是希星，连省吾和恭弥也藏不住心中的困惑。

那三人听到了一个柔和的声音。

"原来是这样……这项能力（技能）可以改变声音的波长从而干涉脑波。这种力量十分可怕，禁止在我国使用。"

有人站在一旁用柔和的声音明确禁止使用那项能力（技能）。

那人是朱菜。

会议即将开始时，哥布塔的部下跑进去报告了情况。朱菜听后产生了一种不好的预感，于是装作护卫跟着紫苑赶了过来。

●

朱菜带着温和的微笑，视线停留在希星身上。

她用专属技能"解析者"全面解析了希星的能力，并且将妖气变为相同的波长与之相抵，令希星的能力失效。

朱菜的慧眼何其可怕。

"看来这个国家不是你们该来的地方。请回吧。"

朱菜露出温和的微笑，但她的目光冰冷。毕竟朱菜已经看出希星的攻击中包含杀意。

"不是吧……难以置信……"希星无力地瘫倒在地，她明白对方和自己的实力完全不在一个"层次"上。

希星知道这个女人不一样。眼前这个女人和那些杂鱼有根本性的区别，她是真正的怪物。

可另外那两人还没发现……不，他们也发现了，但他们觉得这事和自己无关。

希星已经输了，而那种妖异的力量不会令那两人的暴力失效。那两人对自己的实力有绝对的自信，认为正好可以借此机会证明自己的实力。

而且，计划已经开始，现在不能中止。

"哼——是吗？原来你们是这个态度啊。好啊，既然你们想动武，那我就认真做你们的对手。"

省吾似乎被朱菜的美貌迷住了，但他想到只要能打败这个国家，就能让她当奴隶。

他心想，既然这个美女也是魔物，那就让她当自己的奴隶。

欲望占据了省吾的大脑，他的所有注意力都集中在朱菜身上，考虑着要怎么处置朱菜。省吾想让朱菜吃点苦头，嘲笑她失败的模样。

这时，一个平静的声音传到省吾耳中。

"无礼之徒。你那卑劣的想法全都写在脸上了。如果你老老实实地离开城镇，我就放你一条生路。如果你不怕死的话，也可以留下来试试！"

一个冷艳的美女站在朱菜面前，她身材高挑匀称，穿着一套西服。

是紫苑。她眼中带着怒火走上前来把朱菜护在身后。

"有趣！如果你想碍事，那我就击溃你！"省吾带着狰狞的笑容吼道，展现着强者的从容，他坚信自己不会失败。

"原来如此。看来不把你打趴下，你是不会懂的。好吧，那就让我来当你的对手！"

紫苑和省吾开始了一场激战。

恭弥在一旁欣赏这场战斗。

现在没有烦人的眼线，所以也没必要扮演优等生。而且现在省吾已经开始闹事了，自己一人忍着也没意义。

"哼——既然这样，那我也随心所欲地大闹一场吧。其实我也想试试自己的力量。"

恭弥带着扭曲的笑容拔出了剑。

恭弥来到这个世界后一直在等待机会。现在，他终于有机会了。

"呵呵呵，我的实力到底如何呢？真期待啊！"

他盯着朱菜以及护在朱菜前方的哥布塔和哥布象。

"情况不妙。哥布象，你来保护朱菜公主。"

"好！"

哥布塔拔出小刀俯下身准备战斗。恭弥用剑锋指着哥布塔，与其对峙。

恭弥的特技是剑道。

他的能力——专属技能"斩断者"。

这项能力专攻斩切。恭弥用自己天生的剑术才能和高阶技能"天眼"将这种能力发挥得淋漓尽致。

"天眼"这项能力（技能）能像玩游戏一样看到画面另一侧的全局影像，把握自身及四周的状况。这项技能专门强化视觉，也能提升反应速度。最重要的是，可以通过"思维加速"将认知速度提升三百倍，迅速做出判断。

恭弥通过这三项技能，成了法尔姆斯王国内乃至西方诸国中最强的剑士之一。虽然拉森命令他隐藏自己的实力，但那个命令现在不会生效。

面对这个可以完全发挥自身实力的机会，恭弥热血沸腾。

"哈——哈哈哈！我的实力可不会输给那个老太婆日向！何况是你这种杂鱼！"

说完，恭弥大笑着砍向哥布塔。

另一方面，会议室里也……

尽管朱菜和紫苑不在，但会议正常进行。

"好，准备已经完成，呼叫利姆鲁大人吧！"

红丸宣布道，接着他用"思维传递"联系利姆鲁，却接不通。

© Mitz Vah

"联……联系不上利姆鲁大人！"

听到红丸的低语，会议室陷入了寂静，随后发生了恐慌。

会议室里一片哗然。

就连一向镇定的红丸，脸色也瞬间变青了。

那时……

缪兰咏唱的大型魔法完成了。

所有魔法效果统统失效，城镇十分混乱。

城镇的居民出动让慌乱大叫的访客去避难，但这个情况没持续多久。

不，准确地说城镇的居民已经动不了了。

继缪兰的大型魔法之后，一个秘术也发动了。

那个秘术是"四方印封魔结界（Prison Field）"——大司教雷西姆的研究成果。

这个秘术和圣骑士团正式采用的"圣净化结界"原理相同。本来以神殿骑士的实力是无法发动"圣净化结界"的，但经过改良之后可以由数人协作发动。

城镇里的魔物痛苦地倒在地上，冒险者保护着逃窜的商人。

这一天，前所未有的灾祸降临至魔国联邦（特恩佩斯特）。

诸多因素纠缠在一起，状况越来越混乱……

第三章

绝望与希望

Regarding Reincarnated to Slin

确认结界解除之后，我蠕行到外面。

与此同时，我打心底舒了一口气。就在刚才，我感觉到自己的"分身"被消灭了。

"主人，您没事吧？"

岚牙慌忙从我的影子里跳了出来。

与我的联系被切断之后，想必他非常担心吧。他的毛紧张地倒竖着。

"没问题。"我抚摸着岚牙，让他放心。

不过，这次真的很险。

幸好最初的保险起效了，但当时生死就在一纸之隔。

在被那个"圣净化结界"困住之时，我的处境就压倒性的不利。只有傻子才会在那种状况下，与身份和实力都不明朗的敌人正面战斗。于是，我当机立断留下"分身"，以史莱姆的本体逃了出去。

人形"分身"是我用全部魔素创造的"魔体"，所以本体的行动迟缓，但我认为逃跑是唯一的选择。

那个"圣净化结界"非常棘手，连我自己都佩服自己竟然在那种状况下还能维持"魔体"。

能够平安逃出来实在是太好了。

幸亏我在白老的指导下认真修行，学会了"隐形法"。

如果日向那家伙在行动时考虑到了我使用"分身"的可能性，那就一切都完了……她没有做那么严密的防备，我因此捡回了一条命。

多亏这样才逃过一劫，但我也要引以为戒不能大意。

啊，我忘了一件事。在刚才战斗时，我还隐藏了自己的妖气，但现在也许又泄漏出来了。我最近已经能够彻底隐藏自己的妖气了，但还是要以防万一。

想到这里，我在"胃"里做了一张新的面具。这是"抗魔面具"的复制品，但我只给面具附了"魔力抵抗"，并强化了这个效果。这样一来，就算多少泄漏一点妖气也不会被日向察觉。于是，我"变化"成人形并戴上面具。

话说回来——日向那家伙太强了吧。

那么强的实力简直不正常。

如果没有"圣净化结界"，我们全力战斗又会是什么结果呢？

我估计十有八九是我输。

我回想起"暴食者"被我解放之后的战斗……

觉醒后的"暴食者"是一种虚拟人格（程序）。它会吞噬目所能及的一切，唯一的感情就是破坏的冲动。

所以，细剑刺入体内时，它没有任何感觉。"暴食者"改变自身的肉体形态，同时用余光看着略显意外的日向。

"暴食者"使用"万能变化"变成完全形态。这个形态集合了我"捕食"过的魔物的所有特征，是专门用于战斗的形态。

它一边吸收周围的草、土、空气，一边创造物质性肉体。

它吞噬了周围的一切物质。

在"圣净化结界"中，就算用魔素创造"魔体"也会受阻。但"暴食者"强行吸收普通物质强化了自身。

日向似乎凭直觉察觉到了危险，她毫不犹豫地放开了细剑。

此举救了日向一命。

失控的"暴食者"吞了细剑之后又朝日向袭去，想把她也吃掉。

它靠声音、热量以及气味锁定日向的位置。

要是日向的反应慢半拍，估计她会被撕咬成碎片。

日向惊愕地看着"暴食者"完成变身。

那是一只人形野兽。金色的瞳孔和银色中夹杂着淡青的头发能看出我过去的样子。

那凶恶的相貌如恶魔一般。

"难以置信。"日向低声感叹。

吃惊的神色迅速从她的脸上退去，她像研究者一样冷静地观察研究对象。

"七彩终焉刺"能够直接伤害到精神，看到"暴食者"中剑后没有死亡，日向似乎明白了"暴食者"没有精神——也就是意识。

灵魂是人类和魔物的基础，是力量之源。

灵魂就是意识本身，但只有灵魂，还无法形成意识。

必须要有运算装置灵体，也就是星幽体。

此外，如果只有星幽体，意识仍会消散。

还需要能保存记忆的装置精神体。

但精神体和虚拟内存类似不是稳定的记录媒介，所以还需要物质体。

精神强大的人甚至可以从损伤的大脑中复原记忆。已确认魔物中有类似精神生命体的类型，这也说明了这一点。

可是如果反过来，精神遭到破坏，就算脑部没有损伤，星幽体应该也会受到重创。如果伤及灵魂，就不可能再生。就连这个世界上最强大的四个"龙种"以及那些高阶魔精也不例外。

这时，日向似乎也看穿了"暴食者"的本质。她的双眼熠熠生辉，嘴角挂着艳丽的笑容，似乎在研究对策。

她失去了自己的细剑，却一副游刃有余的神情。

这时……

"星幽束缚术（Astral Bind）！"日向从怀里取出咒符射了出去。

那项技能并非作用于物质体，而是直接束缚灵魂容器星幽体。

但"暴食者"没有停下来。

确认了这一点后，日向嘴角上扬，露出了轻蔑的笑容。

"暴食者"不停变换手脚的形态，朝日向逼近，但日向似乎没有慌张的表现，仍旧从容不迫地继续观察。

"暴食者"收放自如的攻击令被日向以一线之隔的距离躲开了。

日向彻底看穿了"暴食者"的行动。

"这样啊，你果然已经死了。"日向嘟囔道。

"哎呀呀，你直到最后一刻都是个麻烦的对手。你想恶心我吗？没想到就算死了，你也要继续攻击敌人……而且……如果我不在这里把你彻底消灭，你将会危及世界……"

日向摇了一下头继续发牢骚。

接着，日向一脸严肃地召唤出数个无属性魔精。

那些魔精遵照她的命令上前围攻"暴食者"。

魔精们的攻击没有意义，它们反而被"暴食者"吞噬了。

可是，就算牺牲了那些魔精也没有止住"暴食者"的脚步。

在这个"圣净化结界"中可以使用的魔法只有"咒符术""气斗法"以及"精灵魔法"等不受魔素影响的技术和魔法。

在那种状况下，日向选择了拥有最强净化能力的"神圣魔法"究极的一击。这一招是日向的撒手锏，是最强的攻击手段之一。

日向伸出双手结出复杂的手印，如对神明献上祈祷一般咏唱咒文。随着她的咏唱，她的前方浮现出复杂的几何图形。

那些图形迅速化为魔法阵层层叠加，对世界进行干涉。

那个魔法阵的中心是失控并吞噬了魔精的"暴食者"。

这个可悲的猎物失去了智慧和理性，连思考能力都没有。

"向神明献上祈祷。我祈求圣灵之力，去实现我的愿望。万物尽灭！'灵子崩坏（Disintegration）'！"

日向用动听的声音向神明献上咏唱。

她的愿望实现了——神迹显现。

指定范围内的物质连同灵魂都被轰得粉碎。

这是究极对人对物的破坏魔法。

日向双手迸发出银色的光芒射向魔法阵内部。

那道光一闪而过。

从发动到抵达目标的秒速为三十万千米。没人能从那与光速相当的速度下逃脱。

这项魔法能操纵灵子用神圣之力彻底消灭目标，从细胞到灵魂无一幸免。

那道光芒抹消了"暴食者"，连渣都没剩下，但没有波及周围。

这就是战斗记录。

我一直通过画面观察那边的战斗，但那实在太厉害了。

要说这场战斗的收获，就是日向那把损坏的细剑。我通过"胃"成功收回了那把武器。

更重要的收获是取得了日向的魔法及能力（技能）的信息。

虽然"暴食者"进入了失控状态，但仍在"大贤者"的控制下，不经由我的灵魂，进行完整的数据连接（Date Link）。当然，我切断了它与我灵魂间的联系，让它完全自主行动。

所以，日向那一剑"七彩终焉刺"的最终一击没有影响到我的本体……

我从一开始就没想取胜，所以命令"大贤者"收集情报以便今后制定对策。

其分析结果就是我刚才对战斗的回想。

不过——"灵子崩坏"很棘手。

其威力之大令人背脊发凉。如果是第一次见到那招，并被命中的话，根本不可能防住。估计我的"多重结界"会被彻底贯穿，我会瞬间被消灭。

要说缺点，就是发动需要时间。不过在如此强大的威力面前，那只是琐碎的问题，日向应该有合适的手段弥补这个缺点。

这不是开玩笑。

那项魔法的威力那么强，似乎连结界都是多余的……日向不仅实力强大，而且处处提防不留破绽，说真的，饶了我吧。

事实上，我的"分身"连她的一根汗毛都伤不到。

她连铠甲都不穿，自信满满地上阵……

既然日向有那么可怕的撒手锏，从被结界困住的那一刻起，我就贯彻逃跑的方针果然是正确的决定。

难道优树说的是真的？所有"异世界人"和"召唤者"都那么强？如果是这样，那与那些人战斗，就应该以对方一定拥有专属技能为前提，小心谨慎地应对。

我一直以为自己也很强，但与日向一战之后，那份自信被碾得粉碎。

能收起那份骄傲，也许反而是件好事。

　　而且能体验"灵子崩坏"也算有所收获。等日向展开积层型魔法阵后，一切都完了。

　　对付那种魔法的唯一手段就是在魔法发动前逃跑或妨碍施法。

　　如果能对那种魔法进行"解析鉴定"就好了，但当时没有机会。

　　这世上没那么好的事。

　　积层型魔法阵出现的瞬间，"大贤者"的数据链接就被切断了，连我的本体都头晕目眩。

　　魔法阵出现后就已经没有躲避的可能性了，积层型结界还有追踪效果，所以，如果无法解除结界就必将被直接命中……

　　米莉姆能承受住这样的攻击吗？

　　下次问问看吧。

　　我边对岚牙说结界内部发生的事，边确认身体的状况。

　　没事，我的本体没问题。"圣净化结界"的影响也消除了。

　　日向那家伙太乱来了。

　　她一心想杀我，根本不听我说话。

　　虽然我也应战了，我本以为自己能赢她，结果却输得很惨……

　　不，我没输。俗话说走为上策。我最初的目的就是逃跑，所以成功逃脱就是胜利。

　　虽然有些艰难，但这也算一次战略性胜利。

　　事实上，我还搜集了这么多数据，就算说是我赢也不为过。

　　一定要说的话，也可以算是我做出让步，不分胜负。

　　我这可不是嘴硬！

　　……现在可不是开玩笑的时候，我担心城镇里的那些居民。

我决定离开这里，尽快回去。

*

我尝试转移至魔国联邦（特恩佩斯特），发现有异变。
我想用元素魔法"据点移动"回到自己的房间，但无法发动魔法。

"提示。无法锁定目标地点。推测其原因是该地点受某种结界
影响与外界隔绝。"

糟糕。正如日向所说，有人想消灭魔国联邦（特恩佩斯特）。
我必须火速赶回去，否则我就真的无家可归了。
这时，"大贤者"正在搜索可以转移的地点，它发现加维鲁守
卫的洞窟内的魔法阵可以用。
"出发！"
我告知岚牙，并急忙转移至封印洞窟。

加维鲁等人正在封印洞窟的魔法阵前集合。
加维鲁一看到我就往这边跑来，看表情他明显松了一口气。
"哦！利姆鲁大人，您没事吗？"
加维鲁代表其他人为我说明了情况。
"后来，我们收到魔王米莉姆将在一周后与兽王国犹拉瑟尼亚
开战的消息，之后，我们就联系不上红丸阁下了。我不放心就和苍
华那家伙取得了联系，结果听说连她们也联系不上各位干部……"
"我也联系了盖泽尔国王，但现在情况还不明朗，不能鲁莽
行事……"

贝斯塔向矮人王报告了情况，但目前情报确实太少，不能派出救援。现在什么都做不了，他们似乎非常不安。

约一小时前，加维鲁他们突然收到了通信水晶的联络。

当时通话一切正常，本来应该会有后续联络，但他们没有再收到。而且"思维传递"也连不上，他们正在讨论该如何应对时，我回来了。

看来好的不录坏的录，肯定出大事了。不过为什么会联系不上城镇里的其他人……

我正想着，苍影突然从我的影子里冒了出来，苍华等人也从加维鲁的影子里冒了出来。

"利姆鲁大人，您没事就好……"

听得出苍影松了一口气。

他正要用"分身"通知我这场危机时，一切联络突然断开了，他似乎非常不安。

苍影浑身是伤，疲惫不堪。

"喂喂，先别管我，你怎么伤得那么重？"

贝斯塔急忙取出完全回复药让苍影喝了下去。

"请容我多嘴一句。魔国联邦（特恩佩斯特）四周展开了一个结界，苍影大人为了突破结界才会伤成这样。"

"苍华住嘴，你们别管我。先让我说，利姆鲁大人，现在的状况非常糟糕……"

苍影的话令我十分惊愕。

据说法尔姆斯王国展开军事行动，朝我们魔国联邦（特恩佩斯特）进发了。

苍影带着这份情报急忙赶回来，想向红丸报告，但他被城镇四周的结界拦住，无法进来。他说他的本体只是受了重伤，但"分身"全部被消灭了。

"只是受了重伤"这说法还真符合苍影的风格。

如果是普通人早就放弃了，但苍影不顾自身安危，召集苍华等人，还想强行突破，这时他发现我回来了。

苍影之所以会如此心急，是因为和我的联系被切断了。我确实遭到了日向的袭击，而且在这几十分钟里出了许多状况。

"让你担心了，抱歉。"

"不，只要利姆鲁大人平安无事，就没有任何问题。"

虽然苍影语气坚定，但如果我能早点回来，也许就不会遇上日向了。我的任性是这事的起因，必须反省……

但在这之前……

"既然法尔姆斯王国有动作，那展开这个结界的也是法尔姆斯王国那边的人？"

"恐怕是……"

"如果是这样，那城镇里的所有人岂不是有危险？"

想到这里，我十分焦虑。

我非常懊恼自己被日向拖住。

现在没工夫在这里闲聊，我决定立即去城镇。

"加维鲁，请你们继续守卫洞窟内部。你要保护好贝斯塔和矮人药师！如果有人侵入，就尽量活捉。"

"是，得令。"

"利姆鲁大人，盖泽尔国王的联络怎么办？"

"这事……先等我去确认情况。现在联系他只会让他担心。"

"也是，我明白了。请一定保重！"

　　我也明白贝斯塔的担心，但现在状况还不明朗，就算要说明也说不清楚。矮人王国那边也收到了第一份报告，现在只能先让他们等一等。

　　"我先去。"

　　"是！我随后就到。"

　　我正想用"潜影移动"进入城镇，这时才想起自己的能力（技能）已经进化成了"空间移动"。

　　"等一下，苍影。我们一起去。苍华你们也来。"

　　"哈?"

　　我没有回答他们的疑问，直接发动"空间移动"将现在的位置与结界的边缘连接起来。

　　我在自己面前开了一个只能过一人的洞，另一边就是我们的目的地。

　　这项能力（技能）太方便了。

　　"加维鲁，后方就交给你了！"

　　"是！我等您的消息！"

　　"嗯。"我向加维鲁和他的部下点点头。

　　然后，我一脚踏进眼前的洞里……

　　我们顺利来到了城镇外围，苍影他们也跟着我出来了。

　　苍影倒是没什么反应，但苍华她们似乎相当惊慌。

　　这也难怪。如果不是因为情况紧急，我应该要先向他们解释清楚……

　　我们眼前是一个可疑的结界。

　　这个结界十分坚固，就连苍影这么强的人都无法突破。

我对那个结界伸出左手,吸收了前方的结界并进行"解析鉴定"。

"说明。已确认受到大型魔法'魔法禁区'的影响且魔素稀薄。该结界和'圣净化结界'原理相同,但效力不同,已发现浓度有偏差。该结界净化能力较弱,推测为'圣净化结界'的弱化版。进入其中会受到影响,但可用'多重结界'进行抵抗。"

既然是弱化版,那应该没问题。

我担心里面的红丸等人,决定尽快进去。

而且,"大贤者"说大型魔法的施法者在内部,但这个结界是从外部发动的。这个结界属于大型术式,应该需要多人维持。

"苍影,我去抓发动魔法的人,你们去找展开结界的人,但不得进行战斗。你们所有人一起去确认对方的实力。"

"遵命。那我们要如何联络?"

"嗯。"

我点点头,拿出"粘钢丝"缠住苍影的手腕。

"怎么样?可以用这个进行沟通吗?"

"原来如此,这样一来就……"

我们立即进行试验,结界内外的人可以通过"粘钢丝"进行"思维传递"。

"好,出发!如果有意外,我也会过去。如果你判断能赢对手,那就不要杀对方,让对方无力反抗就行。"

"是!"

继苍影之后,苍华那五人也静悄悄地消失了。

他们简直就是忍者。苍影再加上那五人,估计就算面对高阶魔

人也不会落入下风……

　　现在不能大意，必须做好万全的准备，容不得半点闪失。

　　于是，我让"大贤者"继续进行"解析鉴定"。如果顺利的话，也许可以从内部解除结界……

　　现在先把结界交给苍影他们，我赶紧进去吧。

＊

　　城镇内部魔素稀薄，但还有残留。

　　如果只有结界，没有魔法禁区的影响，这里还能使用部分魔法。

　　在"多重结界"的保护下，我确实感觉不到影响。看来这个结界比"圣净化结界"弱得多，于是，我稍稍放下心来。

　　我在城镇中疾驰，赶往中央广场那边的办公楼。

　　中央位置人山人海，现场气氛十分沉闷。

　　附近的人让开道路跪了下来，他们似乎发现我来了。这时，有几人向我奔来。

　　利古鲁德火急火燎地跑了过来，利古鲁、娜娜莉以及人鬼族（大型哥布林）长老跟在他的后面。

　　"利姆鲁大人，您终于回来了。您没事比什么都强……"

　　利古鲁德抱住我的脚跪了下来，无限感慨。

　　"嗯。好像让你们担心了，抱歉。"

　　"您言重了！！"

　　他说完就哭了起来，想必心中的一块大石落地了吧。

　　其他人跪在周围，把我和利古鲁德围在中间，然后一齐欢庆我的归来。

　　看来我失联之后，他们比我想象中更加不安。

其中也有人比较冷静，比如凯金。

"老爷，幸亏你没事……"他对我说道。

他很担心我，但他的声音似乎很悲痛。

我多少能读取魔物的感情波动，隐约觉得凯金有事瞒着我。

矮人伽卢姆三兄弟也挡在通往广场的路上，似乎不想让我过去。

"我们先报告情况并商议对策，请去这边的对策本部……"

利古鲁德站起身说道，大哭了一场之后，他似乎恢复了平静。

他恢复了坚毅的态度，仿佛在鼓励自己现在不是哭的时候。他的语气有种不由分说的强硬，看得出他决心要完成自己该做的事。

利古鲁德想带我去的建筑物在广场相反的方向。

利古鲁德似乎也不愿让我去广场。

广场那边怎么了？我有种不好的预感。

"利古鲁德、凯金，你们让开。发生什么事了？"

"没……没事。只是出了一点小问题……"

"把话说清楚。你们让开。"

我在说话时施加了"威压"，伽卢姆他们见状似乎也死心了，慢慢让开道路。

这时，远离广场的方向传来爆炸的轰鸣。

虽然魔素稀薄，但我可以肯定那是红丸的妖气。从刚才那声音意味着他正在战斗。

"他在和什么人战斗？我们走！"

我往那边跑去。

利古鲁德等人跟在我身后，我还没注意到他们出于某种原因松了一口气……

我猜得没错，红丸正在那边与人战斗。

不……那不是战斗，只是单方面痛打对手。

身着统一漆黑铠甲的猪人族（高等半兽人）上级兵将红丸他们围在中间。克鲁特率领那些士兵在一旁观战，没有去阻止红丸。

克鲁特一向冷静，但这次他似乎和红丸一样激动。

而对手是……兽人格鲁西斯。

红丸为什么会和魔王卡利昂的部下战斗？我还有个更大的疑问，我看到尤姆倒在格鲁西斯的背后，他怀里是一个陌生的美女。

看样子，格鲁西斯在保护那两人……

红丸还没拔出剑，但他妖气迸发，很明显已经怒不可遏。

"你也要包庇那个女人吗？不好意思，我们现在没那个闲工夫。你赶紧给我退开。"

"嘿嘿，办不到。你们现在太不冷静。我不可能把这女人交给你们！"

"哦？你说我不冷静？如果我不冷静的话，你现在已经变成焦炭了。你给我老实点——"

"抱歉，无论如何，我都要保护这个女人！！"

格鲁西斯以疾风般的速度奔向仍未拔剑的红丸。他瞬间发动"兽身化"变为灰色的狼人。之前和尤姆战斗时的速度远不及现在，他迅速逼近红丸，刺出左右手中的小刀。

然而……

"我不是让你老实一点吗？"

小刀还没刺入红丸的身体，就消失在他的护身妖气里。格鲁西斯大为意外停下动作，但红丸抢先抓住了他。

红丸顺势抓住格鲁西斯的左手，把他举起来砸向地面。

格鲁西斯落地时，发出一声沉闷的响声，地面出现了裂缝。与此同时，格鲁西斯的头受到了重创。

我看着红丸打了一会儿，他和格鲁西斯的实力根本不在一个层次上。红丸还没拿出全力，这根本称不上战斗。

但格鲁西斯没有放弃，他又站了起来……

"呃，但我还没……"

"喊，我叫你老实一点。如果你再抵抗，我就真的只能杀你了。"

红丸露出无奈的表情，打算再次举起格鲁西斯。

"红丸住手！！"

这时，我终于开口制止红丸。

*

红丸看到我回来，立即放开格鲁西斯跪了下来。

他身上迸发出的妖气消失得一干二净，刚才那股紧迫感也有所缓和。

在一旁观战的克鲁特和他的部下也跪了下来，看到我回来，他们十分欣喜。

当务之急是治疗尤姆和格鲁西斯。

"我说红丸，这是什么情况？"

"其实……"

我边喂尤姆和格鲁西斯喝回复药，边听红丸说明情况。

他说有一伙人假扮成商人袭击了城镇。据说那些人的实力超出了他们的预想，引发了很大的混乱。

"当时突然用不了魔法，我们的力量也降低了。因此，这座城镇的人也……"

"红丸阁下！！"

红丸话还没说完，利古鲁德紧张的叫声盖过了他的声音。接着，红丸和利古鲁德交换了一下眼色，红丸尴尬地点了点头。

"那件事之后再说……总之，这个女人施展的魔法导致我们能力衰弱……"

说到这儿，红丸的说明结束了。

克鲁特也重重地点了点头，他告诉我他们找到了用结界笼罩城镇的施法者，并把她围困。

这时，尤姆出手阻止他们，所以他们不得不与其战斗……尤姆的同伴似乎和这事无关，所以他们把尤姆的同伴软禁在旅馆中。

看来这情况比我预想的更麻烦。

这时，尤姆恢复了神志，他跪了下来。

"利姆鲁老爷，对不起！我从来没想过要背叛你。我只是想救缪兰！"

那个陌生的美女缪兰默默地听着我们的对话，看那表情她似乎已经放弃了希望。她对尤姆的话起了反应。

"尤姆，你够了。你别管我。没必要把你也卷进来。"

说话时，她的脸上带着一丝悲伤。她无精打采，同时又带着一种坚定的决心，似乎是不想失去重要的东西。

"利姆鲁大人，我也有个请求。我只是个客人，深知自己没资格多嘴。可是……请一定听我说几句。"

连尤姆身旁的格鲁西斯也跪下来磕头。红丸的表情十分不快，但我回来之后，他似乎恢复了冷静。

刚才就连一向沉着冷静的克鲁特也很激动，想必出了很大的事……可不了解情况，我也做不出判断。

先听听双方怎么说吧。

我正想着……

"不，尤姆、格鲁西斯，我没资格受到你们的庇护。因为我，这座城镇的牺牲太大了……就是我导致了现在的局面……"

缪兰静静地说道。

这时，利古鲁德皱起了眉头，红丸垂下了眼睛，凯金窘迫地闭上双眼。

惨状……说起来，他们刚才好像一直在掩饰什么……

"喂，惨状是什么意思？"

四周一片寂静，直到缪兰站了起来。

克鲁特十分戒备，但我制止了他。

"请跟我来。"

说完，缪兰坚毅地迈出脚步。她的态度表明她决心为自己犯下的罪孽承担一切责任……这模样也有一种美感。

缪兰的目的地是我刚才没去成的地方——城镇中央的广场。

在那里……

我眼前是……

城镇里的无数魔物横卧在地上。

有男有女，甚至还有孩童。

我走近细看，地上那些魔物……

死了。

为什么会这样？

我感觉天旋地转。

到底怎么回事？

不行，我太混乱了。

地上约有百人。

所有人……都死了……

这不是真的……

这时，大型哥布林长老的话传到我的耳中。

"我们遵照利姆鲁大人的吩咐，对商人敞开大门并以礼相待，想不到那些人会混进来……"

"蠢……蠢货！你的意思是说利姆鲁大人有责任吗？"

利古鲁德激动地打断了他，但已经晚了。

那话清晰地传进我耳中，责问我的内心。

"非……非常抱歉。我不是那个意思……"

远处传来道歉的声音，但那话似乎与我无关。

这样啊，我的命令……我的话就是原因啊……

我明明是魔物。

……那是因为我曾经是人类。

我只是想和人类和睦相处。

……但现实是残酷的。

那我到底应该怎么做？

……怎么做？思考这个问题也是我的职责。

不负责任的心声痛斥我。

可是，我不能无视这一切，因为这是我造成的，我应该负起责任。

极度的后悔和无尽的愤怒从心底涌了上来。

我的头脑一片空白。我明明不需要呼吸，却喘着粗气。

我本没有心脏，却产生了心脏狂跳的错觉。

这一切毫无现实感。我差点维持不住人类形态，感觉自己快要融成一摊。

不过，我不能这样做。

我能做的只有把握状况，不能一错再错。

"怎么回事……发生了什么？"

我的声音十分遥远。

这个声音十分冰凉，十分遥远，仿佛不属于我。

我感觉自己的感情被冻住了。

我摇摇欲坠，这时缪兰的声音响了起来。

"如果我没使用大型魔法，也许就不会出这事。"

这个女人……就是原因？

所以，红丸他们才会那么激动……

那就由我来替他们雪恨——！！

"提示。单凭大型大魔法，'魔法禁区'，还不足以引发弱化。推测个体名，苍影正在调查的那些人与弱化的关系更大。"

那个向来冷静、从不受感情左右的搭档在我脑中说着话。

不，可是……对啊，要冷静。

而且这个名叫缪兰的女人似乎想激怒我，让我杀了她以免牵连尤姆和格鲁西斯。

其实只要冷静下来就能想明白……

就算盛怒之下杀了缪兰，也只能泄愤，解决不了任何问题。

多亏了"大贤者"，我才没犯下错误。

我冷静下来，决定换个地方了解情况。

*

在路上，我询问他们是否还有其他牺牲者。

"全部集中在这里。还有一些人受了伤，朱菜公主正在为他们治疗。"

我还想朱菜她们怎么不在，原来是这样。她正在治疗受伤的人。回复药全在洞窟里，所以他们只能靠朱菜的治疗魔法。

"那就先把回复药给伤者吧。"

"不……不用。没这个必要。虽说有人受伤，但袭击者相当厉害……负伤生还的人远比预想的要少……"

也就是说大多数人都是被一击毙命，很少人受伤吗……

我又快要失去理智了。

不行，我必须冷静。

"原来是这样。那就先把详细情况告诉我。"

我决定听取利古鲁德的建议，先听听之前发生了什么事。

我们进入会议室稍做整顿之后众人开始报告情况。

我刚才受到了巨大的打击，现在刚静下来，不过头脑还能正常运转、整理思绪。

最初有三个人发动了袭击。

他们盯上哥布象惹是生非。哥布象那呆滞的表情一看就很好欺负，所以才会被盯上吧。要把哥布象驳得说不出话来似乎很简单。

哥布象本性不坏，被那种麻烦的家伙盯上真是太不幸了。

哥布象被人栽赃，差点成了坏人，还好哥布塔机灵，帮他逃过一劫。之后的问题是袭击者露出本性，与他们开战。

袭击者强得离谱，能和赶来救援的白老打得有来有回。

从这描述来看，那些人并非等闲之辈。

"如果没被弱化，白老也不会输。"红丸不甘地低声说道。

伤员是白老和哥布塔。

听到这里，我终于明白了，必须要有足够强大的实力才能在敌人的攻击之下免遭一死。

听说他们输了，我有些不满，不过只要活着就好。苍影正奉命解决这个弱化结界。估计很快就能收到调查报告，下次以最佳状态取胜就行。

利古鲁德继续说明状况。

"之后，法尔姆斯王国正规骑士团的一百名骑士来到我国。袭击者向那些人求助，法尔姆斯王国的骑士以法律与神明的名义向袭击者提供帮助。那些骑士完全不听我们解释，单方面采取行动……"

那些骑士表示："我们听说魔物建立了国家，故前来调查，结果遇上了这场骚乱！根据人类的法律，我们会救助你们这些无辜民众！"

说完，一百名骑士拔出剑，站到袭击者那边。

不仅是闻讯赶来的魔物士兵，就连只是在一旁围观的居民也没能幸免，其中还有孩童。

我有命令不能与人类为敌，他们严守这个命令没有反抗……红

丸和克鲁特他们赶到现场时，已经晚了。

"如果让他们进入城镇前解除武装就好了……"红丸十分悔恨。

没有我的命令，这些家伙也不会擅自那么做。我本以为随时都能用"思维传递"进行联络，这是我的疏忽。

归根结底，这一切都是我造成的。

其中一名法尔姆斯王国骑士在离开时留下了一番话。

那人说："这座城镇受到了魔物的玷污！我们是人类法律的维护者，也是露米纳斯神忠实的子民，决不容许魔物国家存在！！因此，我们考虑通过正式渠道与西方圣教会协商，处置这个国家！时间为一周之后。指挥官为享有盛名的英杰——艾德玛利斯国王本人。你们投降顺从则罢，我们可以以神的名义保障你们的性命。别做无畏的抵抗，立即投降。否则，我们将以神的名义将你们赶尽杀绝！"

说出这番宣言之后，那些骑士就离开了，但看得出对方完全不考虑我们这边的状况。

最重要的是，据苍影报告，法尔姆斯王国已经在为军事行动做准备了，所以连那句来这座城镇调查状况也是借口。

也许他们是来调查的，但估计从一开始就决定要消灭我们了。

"这是他们演的戏。"

"嗯，您说得对……"

听到我的低语，克鲁特也点了点头。

而且我想起了日向那句"你的城镇很碍事。所以要毁了它"。

法尔姆斯王国和西方圣教会从一开始就勾结在一起了。恐怕他们之间不是某一方利用另一方，而是利益一致的关系。

我把这事告诉了其他人。

我说了自己和日向的战斗以及当时的对话内容。

"圣骑士的首领吗？"

"老爷，还好你活着回来……"

红丸和利古鲁德他们似乎不了解圣骑士，但凯金和矮人三兄弟肯定很清楚，听到这话最吃惊的就是他们。

矮人王国向来愿意接纳魔物，所以他们和西方圣教会的关系不好。可双方的关系还不至于差到敌对，现状是互相无视。但在收集情报方面，自然不能懈怠。

"事实上，就算武装国多瓦贡倾举国之力也很难对付西方圣教会。矮人王国是个天然要塞，进出会受到严密的盘查。正因为矮人王国专于防守，西方圣教会也无法将矮人王国认定为'神之敌'。双方历史悠久，过去曾有过几次冲突。"凯金说道。

西方圣教会之所以会视我们为眼中钉，估计是因为他们的教义无法容忍魔物。那法尔姆斯王国又是为什么？

"利姆鲁大人，关于这一点……"

缪鲁麦尔战战兢兢地插了一句，此前他一直默默地听我们说话。

我想听听第三方的意见，于是从布鲁姆特王国的人中叫了几名代表过来。

我只是想知道事实，让他们听到我们的谈话也没问题。

在场的人中也有人显得很担忧，似乎对我们抱有疑虑。

其他造访我国的来客都在迎宾馆中受到保护，没有出现任何一个牺牲者是不幸中的万幸。

那座豪华的建筑物平时不能进入，利古鲁德考虑到去那里可能会缓解他们的不安情绪，于是做了这个安排。要是在子鬼族（哥布林）时代，他肯定做不出这样的安排，这男人真是越来越可靠了。

缪鲁麦尔是那些人的代表之一，和其他代表布鲁姆特王国的商

人和冒险者一起参加了会议。

"哦，缪鲁麦尔君，你有想法就尽管说。"

我让他畅所欲言，不要有顾虑。

缪鲁麦尔平时态度高傲，但在这种状况下，他也不可能和平时一样。

红丸、利古鲁德还有克鲁特一个个杀气腾腾，会议室里充满了火药味。

我的心里也十分紧张，没了平时那种从容。我知道这样不行，但怎么也放松不下来。

缪鲁麦尔似乎也很识趣，他现在很老实。

"请别太放在心上，毕竟事情已经发生了。我也明白您十分心痛。"

他反而担心起我来。我对他的担心表示感谢，并让他快些说。

"那就听我一言。现在的状况是，出现了一条经由这个魔国联邦（特恩佩斯特）的新商路，人流开始出现变化。目前只有布鲁姆特王国及其周边国家知道这事……可是，这事一旦传开，就会瞬间传遍西方诸国，也就是说……"

"也就是说？"

"嗯。就算有人想在这事传开之前把这个国家收入囊中也不足为奇。"

根据缪鲁麦尔的说明，有眼光的人应该不会看不出这条商路的重要性。光是征收关税就是一笔不菲的收入，何况是法尔姆斯王国这个被称作西方诸国玄关的国家，关税是其主要收入。

这里出现新的商路，损失最大的就是法尔姆斯王国。法尔姆斯王国肯定不愿看到有这样一个地方。

因为法尔姆斯王国没有有效的手段制止访客流向这里。

虽然法尔姆斯王国也可以在国内建立便捷的交通网，但这需要巨大的预算。如果是从零开始修建道路，不仅需要预算，还需要时间。这么看来，他们没办法与我们竞争。

该国无法应对这新的变化，唯一的结局就是就此衰败。一个大国不可能老老实实地接受这种结局。

这话非常在理。

我并不想只图自己方便，不顾周边国家的关系。我的目标是共存共荣，我希望能多方共赢。

但在这方面，我终究没有经验。我无法准确理解自己与全世界的所有联系，于是踩到了老虎的尾巴。

"不，我觉得不对。"一个无名商人说道，"因为法尔姆斯王国的国王出了名的贪得无厌。"

他十分肯定。

他认为，就算两国间没有利益冲突，那个国王也会盯上我国的收益，对我国出手。

"有道理。就连我们这些粗人也觉得那种做法不大对劲。"

"嗯。他们也没通过评议会，就擅自动手……"

"我们这些冒险者不知道布鲁姆特王国会如何行动，但法尔姆斯王国这次的行动实在让人看不下去。他的做法恶心得露骨，连妇孺都不放过。"

"我们这些冒险者很喜欢这里。法尔姆斯王国要进攻这里，我们愿意帮忙迎击。"

"不过，没想到连圣教会也把这个国家当成神之敌……这就很麻烦了。"

那个商人起了一个头后，除缪鲁麦尔外的其他商人和冒险者也纷纷阐述了自己的意见。

值得高兴的是他们多是好意。

我能感觉到他们在担心我们。

因为这意味着他们和法尔姆斯王国那些骑士不同,他们没有将我们断定为危害人类的魔物,而是把我们当成了同伴。

让我意外的是甚至有人愿意站在我们这边与法尔姆斯王国交战。

我对他们的话表示感谢,但拒绝他们参战。

理由很简单,我不想把这些人卷进来。

而且……

"我很高兴你们有这份心,但这个问题要由我们自己解决。我有一事相求,我想请你们尽快回到自己的国家,把这件事传开。"

"那我现在就让人准备马车。"

"现在的状况也许不大妙……"

"这话什么意思?"

我解释了自己的想法。

这也许是我多心了,但要为最坏的情况做好准备。

我估计法尔姆斯王国和西方圣教会想通过宣传在西方诸国面前抹黑魔物之国(魔国联邦),说我们是恶人。到那时候,滞留在这个国家的人也不便出口维护我们……

法尔姆斯王国本来想拉拢布鲁姆特王国的人,既然这个策略失败,那他们会不会将布鲁姆特王国视为绊脚石?

如果那些人回到自己的国家,他们有可能会说出法尔姆斯王国的恶行,进而让法尔姆斯王国在评议会上受到追究。

那法尔姆斯王国要如何应对这一事态?

这个国家从一开始就不愿交涉,凭借自身的军事实力,单方面提出要求。

在这种国家眼里，布鲁姆特这个小国的不足百名平民的性命……

法尔姆斯王国可能会杀光那些人，并嫁祸给我国。

这么做还可以把我国塑造成一个凶恶的国家。这也与圣教会的想法相吻合，也许是个一石二鸟的办法。

所以，我应该让那些人活着回国，他们这样才能帮我们说话。

我想保护证人的生命安全。

"原来是这样。在那些家伙眼里，我们的性命一文不值啊……"

"法尔姆斯王国想杀光我们并嫁祸给这个国家吗……"

"我觉得这非常有可能。"

"而且，如果对方是魔物的话……啊……抱歉。"

我说出自己的想法之后，所有人都觉得很有道理。

"可是，如果是这样，我们很难把各位都送回去。虽然我想派护卫，但我国已经被封锁了……"

利古鲁德的担心很有道理。

当然，我也考虑过这个问题。

"无须担心。总之，请各位先做好回国的准备。我一定会把你们平安送到布鲁姆特郊外。"

我让他们开始准备。

布鲁姆特王国的人似乎十分疑惑，但也没有多问，照我说的回迎宾馆了。

*

总之，先转换心情吧。

利古鲁德和红丸说了袭击发生前的事，布鲁姆特王国的来客以

他们的立场讲述了现状。我听了各方的描述。

接下来该到缪兰了，她刚才一直默默地听着。

"那么，你为什么要插手我们的事？可以详细解释一下来龙去脉吗？"

听到我的话，缪兰用平静的声音解释道："我是魔王克雷曼的部下'五指'之一。克雷曼的异名是'人偶傀儡师'，他可以像操纵人偶一样，随心所欲地操纵自己的部下。我也是其中之一。他给我的任务是秘密侦查这座城镇，于是我利用尤姆潜入这座城镇……"

缪兰详细讲述了她的事。

缪兰态度凛然，听得出她那番话里没有虚假和谎言。

据说克雷曼这个魔王对部下十分残酷。

缪兰是克雷曼"五指"中的"无名指"，这就是她的异名。她曾经是克雷曼的智囊，地位相当高，但现在失去了利用价值，不受重用。

克雷曼答应她完成这次任务之后就放了她……

米莉姆对克雷曼的评价很差，说他最喜欢阴谋诡计，总想欺骗他人，看来她说得很对。

估计在米莉姆看来，不管克雷曼想做什么都不会影响到自己……但对那些侍奉克雷曼的魔人而言，那是生死攸关的问题。

那些魔人追随克雷曼的理由各不相同，但多数都是受到威胁，或被魔法束缚。

缪兰的人生目标是完成自身的研究，窥伺魔法的奥义。克雷曼用永恒的时间和不会衰老的肉体引诱她和自己做交易。

最终，缪兰失去了自由。

从那以后，她就不得不听从克雷曼的命令，就这么活到现在。

"我知道这很蠢。可是克雷曼用他的秘术'支配的心脏'夺走了我的心脏。如今，我的生死全都掌握在他的手上，我要想活命唯一的办法就是服从他……"

缪兰一脸悔意地说道。

缪兰只是在执行克雷曼的命令。

她在和格鲁西斯的对话中得知魔王米莉姆对兽王国犹拉瑟尼亚发出宣战布告，推测那个命令是为了防止我去救援。

可她事后才注意到，如果是出于那个目的，那只要用魔法妨碍魔法通话就行，没必要使用规模这么大而且还会导致自身暴露的魔法。

克雷曼说完成这次任务之后就让缪兰恢复自由，但他也明白这个计划的成功率非常低。然而，他威胁说如果缪兰不听话就要对尤姆那些人下手，于是缪兰决定相信这是克雷曼最后的命令，并照做。

缪兰本来也没指望自己能活下来，估计她想用自己的死来避免尤姆他们惹上麻烦。

克雷曼最后说过这样一句话。

"事情变得很有趣。发生了大规模战争！哎呀，没想到事情会变成这样……"

缪兰误以为克雷曼指的肯定是魔王米莉姆和魔王卡利昂间的战斗。其实克雷曼说的是我们魔国联邦（特恩佩斯特）和法尔姆斯王国间一触即发的战争。

他可能是故意让缪兰误会的。

克雷曼打算配合法尔姆斯王国的行动，切断魔国联邦（特恩佩斯特）与外界的联系。

在这种情况下，战争确实在所难免。

如果开战，缪兰的大型魔法将会带来非常大的麻烦。

这项大型魔法与妨害魔法不同，是设置型魔法。克雷曼的目的是封锁消息，如果这项魔法被轻松解除就没意义了。就算现在杀了缪兰，也无法解除这项魔法。

这项魔法一旦发动就要过一段时间才会消失。大概需要一周，所以就算我们想请求别国支援，也用不了魔法通信。

在用不了魔法的情况下，就算我们要将现状告诉矮人王国和布鲁姆特王国也需要花不少时间。而法尔姆斯王国已经开始行动了，这点时间不够做迎击准备。

我们被抢尽了先机……

这问题不算大。

还好我能离开结界，回到洞窟之后也能用通信水晶。从这一刻起，克雷曼的计策就出现了破绽。

我本来就没想把矮人王国和布鲁姆特王国卷进来，如果可以的话，我想靠自己解决，那两个国家只要证明我们的正当性就行。

不……准确地说，如果西方圣教会没牵扯进来的话，我想让那两个国家假装开展军事行动，以牵制法尔姆斯王国。既然现在法尔姆斯王国背后有西方圣教会的支持，那我就不能莽撞地把那两个国家卷进来。

战争看的是得失，但也有争强好胜的因素。如果法尔姆斯王国不惧威胁，继续军事行动，那会把矮人王国、布鲁姆特王国以及西方圣教会都牵扯进来，说不定会演变成一场进退两难的大战。

如果西方圣教会向全世界宣布我国是神之敌，甚至有可能把全世界都牵扯进来。

估计这就是克雷曼最期待的结果，他一定会利用这场战争趁乱搞鬼。

魔王米莉姆要与魔王卡利昂开战，但我现在无暇去阻止他们。

如果我们国家没出这么大的事的话……不，这一切都是克雷曼的阴谋。

他要制造麻烦让我陷入混乱……

那现在就先相信米莉姆，优先处理自己这边的事。

这时候，我才第一次综合考虑米莉姆和缪兰的话，断定克雷曼这个魔王是个危险的敌人。

事实上，我的判断没有错。

因为缪兰之后又提到格鲁米德也是克雷曼操纵的人偶之一。

事实与米莉姆说的不同，一切都在克雷曼的操纵之下。也就是说，虽然米莉姆说那些魔王和克雷曼是合作关系，但其实他们都被克雷曼骗了。

克雷曼操纵自己的棋子利用情报从中牟利，不留半点证据。虽然我不清楚他的实力，但他擅长在背地里搞鬼，是个棘手的家伙。

缪兰怀疑这次的事——魔王米莉姆和魔王卡利昂开战也和克雷曼有关——但这也没有证据。

米莉姆那么单纯的家伙确实容易受骗……

故意误导对方的说辞、决不吐露心声的城府、随意毁约的狡诈——无论哪件事都表明克雷曼是个不能信任的魔王。

这么看来，万一……只剩洞窟里的通信水晶能用，可能也是克雷曼的计策。

"大贤者"提示道。

他预料我会欣喜地以为自己技高一筹，并向各国请求援军。

　　我现在还不能断言这不是他的阴谋，所以应该考虑到这种可能性。

　　缪兰把话说完了。

　　现在，我明白了事情是如何发展到现在这一步的。

　　缪兰好像也没拿回心脏，看来她不过是枚弃子。

　　话虽如此，但是否原谅她又是另一回事……

　　"老爷，我知道愤怒是在所难免的，但我希望您能原谅缪兰！"

　　"我也拜托你了！她只是受制于魔王克雷曼罢了！"

　　尤姆和格鲁西斯拼命维护缪兰。这样一来，我反倒像个坏人，那我该怎么办？

　　"等这事过去之后再考虑原不原谅的问题。你现在先老老实实地待在房间里。希望你别想着逃跑。"

　　"明白了……"

　　"老爷……"

　　"抱歉，尤姆。我现在也很混乱。如果你不放心，可以让她和你的部下一起待在旅馆里。"

　　就这样，我决定推迟对缪兰的处分，下令把她软禁在尤姆一行暂住的旅馆里。

　　我让利古鲁德安排人进行监视。其实我觉得她现在应该不会在背后捅刀子，但还是要以防万一。

　　在这种状况下，缪兰若还有可疑的举动，那我是不会放过她的。尤姆似乎也察觉了这件事，他老老实实地按照我的命令回了旅馆。

＊

　　听完漫长的情况报告，我走出会议室。

　　这时，布鲁姆特王国的访客也做好了准备，他们似乎在等我出来。

"利姆鲁大人，回国的准备已经做好了，我们现在该怎么做？"

我让人拿出城镇中多余的板车和马车，所以他们的准备速度比我预想的要快。

我点点头带那些人往城镇外走去。

"利姆鲁大人，我本想安排护卫……但我们无法通过这个结界……"

红丸带着歉意说道，但这不成问题。

"没关系。现在不是吝啬的时候，虽然要消耗不少魔素（能量），但我能搞定。"

说完，我留下红丸他们，独自来到结界外。

"那我们即刻赶回国内。"

缪鲁麦尔代表其他人说道，但我举起手制止了他。

"缪鲁麦尔君，还有各位，你们要对接下来看到的事保密哟！"

"哈？你这次又想干什么……"

缪鲁麦尔明白我要做出格的事，戒备地问道，反应十分夸张。

这家伙真失礼。

"缪鲁麦尔君……你还真不客气……"

"哈哈哈，这都是因为利姆鲁大人。"

"你还真敢说啊。"

我们一起笑着拍了拍对方的肩膀。

"愿你平安。"

"放心吧。我向来不打没把握的仗。"

为了让缪鲁麦尔安心，我用"空间移动"开了一个大洞。

客人们吃惊地睁大双眼。我看到结界另一边的红丸和克鲁特也十分吃惊。

"我最多只能送你们到布鲁姆特王国近郊。时间有限，你们快过去吧。"

在我的催促下，那些吃惊的人回过神来，对我点头致意走进洞里。

所幸他们很识趣，这时候没人对我提出疑问。也有可能是因为这个世界有魔法，所以在他们看来，就算稍微有些不可思议的事也很正常。

那些访客纷纷向我道别并离开了。

他们保证一定会把这事告诉自己的国家，让国家尽早声援我们。

可声援又如何？这已经是战争了。

而且鲁莽行事可能会惹上西方圣教会，布鲁姆特王国应该不会轻举妄动。

由于两国间有协议，如果我要求布鲁姆特王国派出援军，他们也不得不行动……但我没有这个打算，所以布鲁姆特王国可能也不会有正式行动。

不能指望他们，也没这个必要。

这是我国的问题，而且我想让法尔姆斯王国自食其果。

我要亲手惩罚他们。

因为只有这样，死者才能瞑目……

*

我掌握了状况，并送走了访客。

这比我预想的多费了点事，我决定去朱菜那边帮忙。

利古鲁德好像提过还有什么事，不过我估计就算我不在，他们也能处理剩下的事。

我朝临时医院走去，朱菜和黑兵卫正在那里。

关于我变成
史莱姆
这档事 5

Regarding
Reincarnated to
Slime

有两个人躺在床上，朱菜在照顾他们，黑兵卫在帮忙。

"情况怎么样？"

"啊，利姆鲁大人！"

"利姆鲁大人，我……我不知道该说什么好……"

朱菜一脸疲惫，黑兵卫也显得很不安。

我故作轻松地询问那两人的情况并查看他们的伤情。

白老和哥布塔两人躺在床上。

他们身上有一道又长又深的刀伤，血还没有止住。

"喂，怎么伤得这么重？那就用回复药……"

我慌忙取出回复药淋了上去，但伤口没有愈合的迹象。

"非常抱歉。我们已经试过了，所以才会请朱菜公主来治疗……"利古鲁德低下头向我道歉。

我是盟主，有义务制订今后的计划，接见别国的访客也是我的职责，所以利古鲁德才不想让我担心。

"咕，利姆鲁大人，让您担心了。我没事。这伤口的状况估计是那个袭击者的能力（技能）造成的。等过一段时间，技能失效之后应该就能愈合。哥布塔那家伙也是我的徒弟之一。我们不能在这时候倒下。"

白老身负重伤，却露出了笑容。

他真不简单。

我也忍住眼泪，露出笑容。

决不能让他们看到一国之主流泪。

"哈哈，你很精神嘛。让我看看伤口，说不定，我有办法。"

说完，我查看了白老的伤口。

"利姆鲁大人，这伤是'空间属性'的攻击造成的。必须让他

们回复体力维持现状，等伤口自然痊愈……"

看来朱菜已经用"解析者"弄清了状况。我们的诊断结果一样，朱菜说的处理方式也没错。

不过，我也许有办法操纵"空间属性"。我已经解析过空间属性的高阶魔精，说不定……

"说明。已确认伤口受到'空间属性'的影响。是否使用'暴食者''捕食'该效果？

YES/NO"

我猜得没错，"大贤者"没有辜负我的期待。

我默念 YES，并把回复药淋到白老的伤口上。

"哦，哦，不愧是利姆鲁大人……"

我不顾吃惊的白老，用同样的方法治疗了哥布塔。

"利姆鲁大人果然厉害。"

朱菜也露出了开心的微笑，但她的脸上仍有阴霾。

嗯？我冒出了一个小小的疑问。

说起来……

哥布塔一恢复就跳了起来。

"哥布象，他没事吧？"哥布塔喊道。

"喂，哥布塔！"

利古鲁德慌忙叫道，哥布塔似乎终于明白了现状。

"啊，他也得救了吗？"哥布塔眨着眼睛说道。

看到哥布塔那副模样，我决定问问刚才想到的事。

我本以为那个静不下来的家伙和朱菜在一起,可是这里也没有……

"话说回来，紫苑在哪儿？我从回来到现在都没见到她……"

听到我这话，所有人都僵住了。

不仅是利古鲁德，就连朱菜、红丸和白老都一齐僵住了。

这是……什么反应？

喂喂，不是吧……

"难道那个笨蛋一个人跑去报仇了？"

"嗯？难道哥布象也是？那家伙蠢得离谱，会不会不顾自己的实力冒冒失失地跑去……"

听到我这话，哥布塔也点了点头。

"不，不，那个……其实……"

嗯？不对劲。

所有人都躲避着我的目光。

"那她去哪儿了？"

没人回答。

我突然发现朱菜忍不住流泪，背过身去。

有种不好的预感。

我突然发现哥布塔也很慌。

我想到一个糟糕的可能性。

应该不会那样，不能出那种事——我对自己说道。

"好吧。我不会生气，你们告诉我那家伙去哪儿了……"

"好……她在这边，请跟我来。"红丸代表众人答道。

听到这话，我点点头跟他过去……

*

广场中央，很多人横在地上，紫苑就在那些人中央。

她身上盖着白布静静地躺在那里，很不起眼。

他们为了不让我发现，故意把紫苑藏起来。

哈哈，想不到她就躲在这里……真是不好笑。

睁开眼睛啊——

难以置信。

给我睁开眼睛啊——

我不相信。

为什么？为什么会变成这样……

我听到哥布塔在我身边哭喊道："哥布象——"

我顾不上哥布塔，只知道其他人似乎正在对我解释，那些声音虚无缥缈，我完全听不进去。

袭击者直接攻击孩童，紫苑为了保护他们——

魔素稀薄，身体衰弱——

袭击者将动弹不得的紫苑——

哥布象为了保护朱菜大人——

哥布象体力不支——

袭击者在笑——

那些话都是说给我听的，但我不想听。每句话都像一把利刃剜进我的心脏。

紫苑，快给我睁开眼睛……

我想哭却哭不出来。

我的心脏都快被撕裂了，这副身体却认为没必要流泪。

是吗——我果然是魔物啊。

这么一想，我一下就释然了。

"抱歉。先让我一个人待一会儿……"

我说完这话，广场陷入了死寂。

我感觉到其他人和我的距离越来越远。

朱菜哭着抱了我一下，然后和其他人一起离开了。

白老也抱着哥布塔的肩膀，把他带走了。

抱歉，哥布塔。你也想和哥布象道别吧……

嗯。

现在我想一个人待着。

我搞不懂我自己。

我几近癫狂却又异常冷静。

极致的悲痛、后悔、愤怒……这些感情在我心中混杂在一起，争相寻找出口。

为什么会这样？

"提示。无法计算。无法理解。无法回答。"

怎么做才是正确的？

"提示。无法计算。无法理解。无法回答。"

和人类扯上关系是错的吗？

"提示。无法计算。无法理解。无法回答。"

喂……我错了吗？

"提示。无法计算。无法理解。无法回答。"

这样啊。就算智慧如"大贤者"，也有问题回答不了啊。

开什么玩笑。

如果这里不是我们的城镇……

我可能会控制不住自己，会在愤怒的驱使下随心所欲，不顾一切地大肆破坏。

别开玩笑了。

竟敢夺走我重要的人……

这时，我才发现这是我第一次遇到亲近的人去世。

没经历过失去的人无法理解失去的悲痛。

现在，我第一次亲身感受到这种切肤之痛。

什么"痛觉无效"？根本起不了作用。

强烈的感情（魔力）从我体内涌出。

新的面具压制不住那股魔力，出现了裂痕。

那裂痕宛如悲伤的泪痕。

我哭不出来，这面具仿佛在替我哭泣……

不知不觉已经入夜。

我抬头看着月亮。

关于我变成
史莱姆
这档事 5

Regarding
Reincarnated to
Slime

我该怎么做？

没有答案。

我思路清晰，却没有任何想法。

我看着天上的月亮，不停地自问自答。

明明不可能有答案的。

尽管如此……我依然痴痴地重复着。

我一直没注意到有东西反射着点点月光照在我身上。

*

过了三天，紫苑没睁开眼。

这个懒觉睡得太久了吧，你也该睡够了吧。

……

不，我知道。

我知道她再也不会醒了。

但我不愿承认。

你快像平常一样做傻事，快做一道难以下咽的料理。

哥布象也是。

我不怎么了解这家伙。我只是在去矮人王国的路上和他聊过几句。可是，对哥布塔而言，他是重要的部下、是同伴。

长眠于此的那些魔物也有重视自己的亲朋好友。

不，不对。长眠于此的不是没有感情的魔物。他们是我的伙伴，和家人一样重要。

我还想和他们一起快乐地生活……

可是，这个愿望已无法实现。

因为人死不能复生……

我们做了什么?

就因为我们是魔物,就不把我们当人看,就可以不顾我们的感情杀害我们,就可以随意处置我们……

既然如此,那你们也做好血债血偿的觉悟吧!

阴暗的感情在我心中肆虐。

这时……

"提示。对覆盖这一带的复合结界与大型魔法'魔法禁区'的'解析鉴定'已结束。解除复合结界较为困难,但大型魔法可以解除。是否实行?

YES/NO"

不,不必急着实行。

"大贤者"已经按照我的命令完成了结界的"解析鉴定"。与此同时,我注意到刚才有人通过"粘钢丝"向我发送"思维传递"。

在这三天里,联络接连不断。我让苍影担心了,真对不住他。

"抱歉,我没注意到。"

"您没事,那我就放心了。"

听得出苍影由衷地松了一口气,我明白如果自己继续这样下去,其他人也会担心。

唉声叹气留到以后再说。

时间有限,我不能耽误。

我询问了苍影有关的情况。

关于我变成
史莱姆
这档事 5
Regarding
Reincarnated to
Slime

他说有骑士中队镇守在城镇四角。那些骑士守卫的魔法装置应该就是生成结界致使魔物能力衰弱的原因。

遗憾的是以苍影他们的战斗力，连攻陷一角都很困难。苍影已经确认那里有转移魔法阵，如果不能速战速决，他们就会叫来援兵。

"知道了。你们不要蛮干，和加维鲁会合，去休息。"

"可是……"

"这是命令。去休息。"

"遵命。"

我不容分说地命令苍影他们去休息。不能让苍影蛮干，我决不能再失去任何一个人。

至于这个结界，只解除大型魔法没有意义，关键是要解决弱化问题……

"大贤者"说这是一个复合结界，比我预想的更难办。

不过，现在结界的事怎么样都好，另一个问题有结果了吗？

"提示。未符合条件的内容。未找到与完全的'死者复生'有关的魔法。"

这样啊。

不，这很正常。

那么强大的魔法不可能这么轻松就能找到。

这是理所当然的。

不过，说不定真的会有那种魔法。

就算这是无谓的挣扎，我也不会停止。

紫苑不会醒了，哥布象和其他人也一样。

他们又不是在睡觉，当然不会醒……

但就算是这样，我也要动用我的所有能力（技能）想办法。

我用自己的魔力保护着紫苑以及所有在此长眠的人的身体，防止腐坏，不让他们的身体还原成魔素，最终彻底消失。

估计这是无用功，但我想赌一赌那一丝希望。

然而，没有结果。

我从学园得到的魔法书中没有记载复生魔法。

这样啊，想想也是。

我不能一直在这里感叹。

我想让他们在我体内长眠，祈祷有一天他们会醒过来。

于是我下定决心，打算把他们吸收进我体内。

这时，我的"魔力感知"探测到有几个人正朝这里过来。

＊

朝我走来的是卡巴鲁那三人。

那些人没有我的命令就擅自靠近，所以他们是外来者，这是唯一合理的解释。

看来那三人坐着我送他们的马车日夜兼程赶了过来。

"老爷，抱歉。我们来晚了。"

"利姆鲁老爷，那个……那个……该说什么好呢……"

"你们等一下，我马上就站起来。"我这话还没出口，就被爱莲的话塞了回去。

"利姆鲁先生，其实……虽然可能性很低应该说可能性几乎为零……但有几个传说提到过死者复生的事……"

现在不是失落的时候，爱莲的话把我拉回了现实。

"爱莲，你能详细说说吗？"

我转过头盯着爱莲。

只要有这个可能性，我就愿意赌一把。

爱莲点点头开始讲述那些传说。

少女与宠物龙的故事——

一位少女养的龙被杀，她为唯一的朋友的死而叹息，一怒之下毁灭了一个国家。

之后，少女进化成了魔王。这时，奇迹发生了。

那条龙和少女关系密切，随着少女的进化，那头死掉的龙也发生了进化。

然而，奇迹到此为止。

那条龙死时，灵魂已经消失，它复活后成了一条没有意识的混沌龙（Chaos Dragon）。

那条龙只听从少女的命令，却会给其他所有人带来灾难，变成了一条邪恶之龙。

因愤怒觉醒为魔王的少女亲手将曾是自己朋友的混沌龙封印起来，她为此悲叹不已。

故事到少女封印了自己的龙就结束了。

爱莲的话只是传说，但内容非常具体。

此外还有吸血鬼（Vampire）的"吸血复生（Blood Raise）"，和死灵术师（Necromancer）将死者当成使魔（Servant）的死灵魔法"死

灵复生（Raise Dead）"。"大贤者"也搜索到了这些，但都不符合我的要求。因为这两种方法会令人性情大变，与生前判若两人。

据说神圣魔法中有神之奇迹"死者复生（Resurrection）"……但这项魔法有诸多限制，不是万能的。

这些都是禁断的魔法，也就是"禁咒"，只能通过口头传承。但"吸血复生"是个例外，这是种族固有能力。

这事并不重要。

问题是——"进化"吗？

魔物确实会莫名其妙地进化，光是给魔物命名就是一件大事。

说不定会有那个可能性……

如果我成为魔王……

他们就会像少女的朋友（宠物）一样进化并复生——

但如果他们成了没有意识的魔物就没意义了。就算是"大贤者"也无法通过"解析鉴定"确认他们的灵魂是否还在……

不……等等。现在这座城镇覆盖在结界中，魔物无法通过。说不定……在这状态下，灵魂会留在结界内部不会扩散？

"说明。个体名——紫苑及其他魔物的灵魂存在的概率为3.14%。"

怎么是圆周率啊？先别管这事。

感觉这个概率很低，也可能正相反。这个概率应该算高的。

应该说，起死回生的可能性很高，甚至超过了3%。

关于我变成
史莱姆
这档事 5

Regarding
Reincarnated to
Slime

而且顽强的紫苑和愚钝的哥布象不可能就这样死去，他们的灵魂不可能轻易离开。

他们肯定会靠毅力强留在现世，等我去救他们。

我终于看到了希望，剩下的就是实行。

但我不知道自己能不能当上魔王——

"说明。现已满足进化为'魔王之种'的条件，进化为'真魔王'的必要条件是用至少一万个人做养分。"

这样就行吗？那很轻松。

魔王？我要当魔王。这事比我预想的轻松。

正好有垃圾来进攻我们国家……

如果这么做能让紫苑她们起死回生，那就完全没必要犹豫。

想到这里，我回过神来。

"爱莲，谢谢你告诉我。不过，这样没问题吗？你这话——等于是叫我当魔王哟！"我盯着爱莲说道。

爱莲垂着头一言不发，但仅仅过了一瞬间，她就抬起了头，似乎下定了决心。

"我出身于魔导王朝萨利昂。其实，我曾经向往当一名自由的冒险者，但没关系。我和你一样都想救紫苑。无论是法尔姆斯王国，还是西方圣教会都不容许这种事，在他们眼里，魔物就是坏人，我讨厌这种想法。我知道，一旦把这个方法告诉你就回不了头了。不过，我无论如何都想改变现状……"

接着，爱莲又说他们继续当冒险者会给自由组合惹上麻烦，所

以决定脱离自由组合加入我国。

爱莲的真名是艾琉恩，是魔导王朝萨利昂的贵族。

她本来在王都的学园学习，因为向往冒险者的生活离开了家乡。

见爱莲坦白了自己的身份，卡巴鲁默默地摇头，基德闭上眼睛抬起头。

"那么，既然大小姐都这么说了，那我这个护卫也没有异议。"

"小姐……爱莲大小姐，你确定吗？"

那两人盯着爱莲，似乎也下定了决心。

看样子，这两人也不是单纯的冒险者。

我询问后得知卡巴鲁和基德两人是跟着爱莲离开国家的护卫，而且他们的感情看上去很深。因为这两人在这种状况下也毫不犹豫地选择了相信爱莲。

这三人小队的关系真让人羡慕。

"我猜，等利姆鲁先生当上魔王之后，我泄露情报的事也会暴露。而且情报部已经发现你和我有关系，这事肯定会暴露。我估计他们会不容分说地把我带回国。我想看看这事最后会怎么样……"

爱莲说她想在这里度过自己所剩无几的自由时间。

那三人严肃地看着我。

允许他们移居可能会让我国和魔导王朝萨利昂之间发生事端。

我不清楚魔导王朝萨利昂的反应会对我国造成什么影响，但该国应该不会坐视爱莲他们随便移民。

魔导王朝萨利昂也不至于危害她的生命安全，但如果现在让她加入……

感觉这关系有些微妙，现在先看看情况吧。

"这件事之后再考虑，我不想再给自己树敌……"

“是吗？可是，我想看看紫苑到底能不能得救。”

“好吧。这情报是爱莲给我的，你想看看结果也没问题。可是，万一我成了魔王之后，性情大变袭击你们——你们可别怪我哟！”

“嗯……我可不希望事情变成那样，可没办法，我相信利姆鲁先生！”

“喂喂！连我们也会受波及的啊。真拿你没办法。”

“这也没办法啊，队长。爱莲大小姐从来都是这样……”

那两人叹了口气，没有反对。

虽然嘴上在抱怨，但这两人对爱莲很忠诚。

多亏了他们，我今后的计划也定下来了。

我要救紫苑和哥布象他们！

如果有必要当魔王，那我就去当。

再过四天，敌人的大部队就会攻过来。

情况已经得到确认，剩下的只有执行。

*

方向决定之后，剩下的就简单了。

首先，最重要的是防止紫苑她们的灵魂消散。我用“解析鉴定”学会并发动了大型魔法，我将其做了一些改变，并增强效果覆盖这座城镇。缪兰的魔法剩余时间不确定，我担心她的魔法会突然消失，导致紫苑她们的灵魂消散。

这项魔法的魔素（能量）消耗大得惊人，但我不觉得难受。和之前的绝望相比，这感觉甚至称得上喜悦。

幸好我之前抱着死马当活马医的心态对结界进行了“解析鉴定”，所以才能把所有的线索联系在一起，发现紫苑他们还有复活

的可能性。

我发动了大型魔法之后，红丸他们慌忙赶了过来。

"利姆鲁大人，这到底是……"

"红丸，召集其他人。我要开会谈谈今后的计划！"

"咦？遵命！！"

接到我的命令后，其他人急忙行动起来。

"我让你们担心了。爱莲、卡巴鲁、基德，我已经没事了。"

"利姆鲁先生——"

我把开裂的面具收到怀里，对爱莲笑了笑。

见到我打起了精神，爱莲他们似乎也松了一口气。他们表示要来帮忙。

"如果我们帮得上忙，你就尽管开口！"

"嘿嘿，平时总是受你关照，这次轮到我们出力了。"

"是啊！"

听到他们这么说，我很高兴。虽说他们愿意帮忙，但我不想让他们也加入战斗。我想让他们在会议室再次说明让紫苑他们复活的方法，以便让其他人和我同心协力展开行动。

"那就麻烦你们也参加会议吧。我还有点事，先走一步。"

我留下这句话之后便离开了。

和卡巴鲁三人分开之后，我径直去了尤姆他们暂住的旅馆。

我打开门走进去。

"利姆鲁老爷？"尤姆吃惊地出来迎接。

"尤姆，我想好要怎么处罚缪兰了。她人在哪儿？"

"她在二楼的房间里休息……"

听到"处罚"两个字，尤姆显得很不安。

虽然对不住他，但我不能说具体内容。

暂时不能说出来……

我走进房间对缪兰说道："缪兰，我要你消失。"

"老爷！"

尤姆紧张地叫道，但我没理他。

缪兰吃惊地睁大双眼，然后点了点头，似乎放弃希望了。

估计她从一开始就有这个心理准备了。

"利姆鲁大人，这是……"

格鲁西斯想阻止我，但我不容许他这样做。

"抱歉，老爷，我要保护缪兰！"尤姆挡在我面前。

尤姆应该非常清楚我们之间的实力差距，但他依然要抗争。

我在心里感叹：这家伙不错。

我用"粘钢丝"捆住尤姆，就和格鲁西斯一样。

"我求您了，老爷——！！"尤姆呼喊道。

缪兰对尤姆露出一个微笑，用手堵住了他的嘴。

"我喜欢你，尤姆。你是我有生以来第一个喜欢上的人。如果有来生的话，我下辈子一定要和你在一起……永别了，你就当自己被坏女人骗了吧……"

说完，缪兰再次对尤姆露出微笑，接着闭上双眼。

她心意已决。这么好的女人可不多见。

老实说，做这种事，我心里也有罪恶感，可是……

我漫不经心地用手掌刺入缪兰的胸口，没有半点犹豫。

缪兰无力地垂下头，尤姆和格鲁西斯发出了尖叫。

接着……缪兰一脸茫然地睁开双眼。

"……话说，我一点也不痛苦，我好像没死……"

那是当然。

虽然我说需要她消失，但又没想杀她。

起死回生不是常有的事吗？我想让紫苑他们起死回生，所以我也想在这里增加一个成功的事例。

"啊，嗯，你不是死了三秒左右吗？"

"呃……"

"哈？"

"你这话是什么意思？"

"提示。个体名——缪兰的'虚拟心脏'已开始正常工作。"

好，应该没问题了。

听到"大贤者"的话，我知道自己成功了，于是把手从缪兰的胸腔中拔出来。

"好，既然手术已经成功，那我就来解释一下。你们也别板着个脸，坐椅子上放松一下吧。"

"老爷，您等一下！您刚才做了什么？"

"喂喂，你可以解释一下，让我们搞清状况吗？"

尤姆和格鲁西斯刚才还在掉眼泪，可一转眼就开始闹腾了。

相比之下，缪兰则很冷静。

"你们太啰唆了！这么惊慌会被缪兰笑话的哟。"

听到我这话，那两人终于老实了。

等他们静下来之后，我开始说明情况。

"其实克雷曼一直在用缪兰的临时心脏窃听。克雷曼没用魔素，而是利用无线电波和地磁场进行密文通信。"我解释道。

克雷曼将心脏的脉动混在生物电波中，转化为密文发送出去。这信息通过地面传播到克雷曼身边。

估计他让缪兰提交详细报告只是为了隐瞒这件事。从这种做法来看，他果然和传言说的一样，对部下没有半点信任。

不能小看他的实力。能用这种伎俩控制所有部下，就说明他的头脑非常好用，可以瞬间解析庞大的密文情报。

"人偶傀儡师"的异名果然名不虚传。魔王克雷曼控制部下的无形之线就是这种情报搜集能力。

我是偶然发现这件事的。

……不，也许这不是偶然，是紫苑在帮我。

这是我使用大型魔法防止紫苑他们的灵魂消散时的事。"大贤者"发现有个可疑的波长对那个结界起了反应。对"大贤者"而言，破解密文情报很简单。

所以，我想到了这个计划，利用他的窃听制造出缪兰已死的假象。

"所以，我就整了你们一下！"

"整你个头啊！！"

"喂喂！那事可没说得那么轻松吧？这不是魔王克雷曼力量的秘密吗？这事应该没人知道吧？"

我说明了情况，但那两人似乎还没闹够。他们真麻烦。

"算啦，那些琐事不是重点吧？更重要的是缪兰，如愿以偿重获新生的感觉如何？"

"咦？"

这时，缪兰似乎终于明白自己的诅咒解开了。

"缪兰，这样一来，你就自由了。虽然我想这么说，但我还有一件事想请你帮忙。"

缪兰依然一脸疑惑，但她认认真真地看向我。

"你尽管吩咐。就算要我向你宣誓效忠，我也会答应。"

"不，没这个必要。其实紫苑他们也有起死回生的可能性。就像缪兰你刚才那样，所以我希望你帮我。"

"咦？"

"起死回生吗？"

"你要我怎么做？就连我们这些高阶魔人也不可能让死者复生。"

那三人吃惊地问道。

"这暂时是个可能，但我一定要成功。"我答道。

只要能提高哪怕是一丁点的成功率，我都要尽到最大的努力。为此，我需要缪兰的协助。

取得缪兰的协助之后，我问了她今后的打算……

"是啊，虽然好不容易得到了自由，但我觉得再被束缚一段时间，陪某人度过短暂的一生也不错。"她答道。

尤姆的脸涨得通红，受他影响，缪兰的脸也变得绯红。

格鲁西斯在一旁显得很可怜，看来他彻底被甩了。

"你打起精神来啊！"

"你别用笑容安慰我！而且尤姆终究是个人类，他的寿命只有百年，之后就轮到我了！"

"你说什么！原来你在想这么肮脏的事吗？这条死狼！"

"你闭嘴！你要是不甘心就多活几年！"

"这条死狼！你说得倒是轻巧，不过你的主人魔王卡利昂会容许这种事吗？"

"哈！卡利昂大人心胸宽广，他吩咐我要广增见闻。我的忠诚永远属于那位大人，但这不代表我会被兽王国束缚！"

"原来还有这么好的事啊！"

"你话真多！"

"等等，我刚才好像失去了冷静。刚才的话就当我没说……"

"你……你可不能这样啊，缪兰？！"

状况变得相当混乱，不过我也找回了一点笑容。

要不是现在这状况，我也应该祝福他们——但还不是时候。

我打起精神，提出另一个事情。

"话说回来，尤姆，我也有事要请你帮忙……"

"说吧！只要老爷您开口，什么事我都愿意！"

太好了，我就知道他会这么说。这也是我救缪兰的目的之一。

其实我本来不是这么精于计算的人，不过没办法，我不能再失败了，所以……

"我希望你当国王。"我轻描淡写地说道。

尤姆看着我，脸上画着一个大大的问号。

我向他解释自己的想法，也就是说——我决定消灭这次来进攻的敌人。

这也是复活紫苑他们的必要条件，我不会妥协。

这样一来，下一个目标就是法尔姆斯王国。

我要杀光所有国民吗？我没理由这么做。

我决定先处理军队看看情况。

顺带一提，根据苍影的报告，军队总人数应该超过一万。

老实说，我觉得很庆幸。庆幸敌军人数够多倒是很奇怪。

虽然敌人是军队，但既然是以消灭他们为前提，那就没必要手

下留情。我现在可以轻松做到这一点。

我想尽量避免对民众出手，所以我希望多来点职业军人。

那我消灭军队成为魔王之后的事呢？如果可能的话，我想停战。

可是，我要严厉惩罚法尔姆斯王国现在的高层——要让他们对自己的行为负责。

这样一来，国家就会陷入无政府状态，一无所知的国民应该会受到影响。

"懂了吧？所以就轮到你出场了。"

我看着尤姆，等他的答复。

尤姆的职责是肃清腐败的高层。

我会消灭随军出征的家伙，我想让尤姆清扫留在法尔姆斯王国内的垃圾，同时让他当上新的国王管理国民，并且与我国建交。

"你说得轻巧。我当国王……"

"很简单吧？我也是国王。你也陪陪我吧。"

我这个国王是魔物的国王——魔王。

"尤姆，利姆鲁大人认为你能做到。我一定会支持你的，轰轰烈烈地活一场，怎么样？"

我不喜欢无聊的男人——缪兰的话里带着这个意思，那话在背后推了尤姆一把。

"我也会陪你的，尤姆。"

"我看你只是想等我死吧？"

"哈哈，你说什么呢？既然你这么想，那就多活几年呗。"

"喊，我明白了。那我就答应你！"

尤姆下定决心，对我点了点头。

我们握了握手，细节问题就留到这一切都结束之后再讨论吧。

首先，我必须成为魔王，我要让紫苑他们起死回生。

消逝的生命不会再回来，但紫苑他们的生命还未消逝。

我还有希望。

我是无神论者——这是我唯一一次祈祷。

我向所有掌管奇迹的神明祈祷。

要是在以前，我只会嘲笑这种徒劳的行为，连看都不会看。

这种行为确实是徒劳，但在祈祷的时候，我感觉到某种信任。

紫苑他们肯定没事的。

有东西反射着点点月光照在我身上，那淡淡的光辉仿佛在温柔地肯定我的祈祷。

设计草图

格鲁西斯

尤姆

缪兰

第四章

魔王诞生

Regarding Reincarnated to Sli

接到报告说干部已迅速集合完毕，我也朝会议室走去。

我带着尤姆等人走进会议室。

进门之后，我发现城镇里剩下的干部全都一脸紧张地盯着我。

"让你们担心了。我们接下来的会议要讨论让紫苑和哥布象他们复活的事！！"

听到我的宣言，会议室一片哗然。

他们为我从打击中恢复过来而感到高兴，并且也得知现在努力还有机会，这让他们的眼中燃起了希望之火。

没有人对我的话提出疑问，所有人都会为紫苑和哥布象他们的复活而努力。

"在我说自己的想法之前，我想先听听各位对法尔姆斯王国以及人类的看法。"

听到我这话，其他人开始踊跃发言。

加维鲁和苍影依然在洞窟中待命，没有参加这次会议。

其实，只有苍影一人通过"粘钢丝"和我联系在一起，所以我估计他能听到这边的会议内容。

总的来说，大多数人的看法是"不能放过偷袭我们的卑鄙人类"。

确实如此，他们说得对。

大家也认为"人类中也有好人，不能一概而论"。

有人会这么想，我很高兴，不能因愤怒、怨恨与憎恶而搞错自己的目的。

我的大体计划是综合这两种看法。

他们恪守我定的规则，就算出了这次的事，这些魔物也在认真考虑要如何与人类共存。

真是可爱的同伴，他们是我珍视的家人。

不过我从没真正爱过别人，我无法确定自己是否爱他们。

看其他人都说完之后，我说道："各位听我说。"

所有人都注视着我。

"我是'转生者'，曾经是个人类。"

会议室响起一阵低语，但没人打断我的话。

估计朱菜和岚牙，还有紫苑早已知道。我本来也没有故意隐瞒，以为他们会随口和其他人提起。结果大多数人都是一副吃惊的表情，看来他们没把这事告诉其他人。

"我曾经和你们说的'异世界人'活在同一个世界里，是个人类。我在那个世界死亡后来到了这里，变成了史莱姆。我一开始既孤独又寂寞，但后来我也有了同伴，也就是你们。也许就是因为我内心的期盼，你们才会进化成这副接近人类的样子……"

我看了看其他人的反应，他们都认真地听着。看来他们没有疑问，于是我继续说道："这也是我规定'不得袭击人类'的原因。我说自己喜欢人类，也是因为自己曾经是人类。我没想到这条规矩会伤害到你们……虽然我是魔物，但我觉得我的内心还是人类，所以我想和人类交流，所以我在人类城镇住了很长一段时间。如果我救了那些孩子之后尽早回来的话……"

突然说不出话来，我觉得不管自己说什么都是借口。

"不，不是这样。"朱菜否定了我的话。

朱菜美丽的双眸注视着我，温柔地阐述自己的看法。

"是我们自己太天真了，我们以为利姆鲁大人会永远保护我们，

所以才会酿成这次的惨剧。"

听到朱菜这话，红丸点了点头，接着说道："妹妹刚刚的话让我这个做哥哥的无地自容。利姆鲁大人，这次的事我也万分悲痛。无法用'思维传递'联系到利姆鲁大人时，我瞬间慌了神，平时那种无所不能的自信消失了。我发现是我们……不，是我的大意导致了这次的惨剧……"

"红丸，你等一下。要这么说的话，应该是我这个警备负责人的失职导致了这次的事！"利古鲁打断了红丸的话。

不仅是利古鲁，其他人似乎也认为这次的事自己有责任。他们争执不下，都说是自己的错。

我急忙制止他们。

"各位静一静，丢下正事、放松警惕的人是我。而且，我因为自己曾经是人类，所以就优先考虑自己的事。结果……忽略了潜在的威胁，造成了这局面。全部责任都在我，对不起……"

听到我这话，所有人都沉默了。

他们都认同我的话。

过了一小会儿，白老一脸严肃地说道："虽然利姆鲁大人说他优先考虑自己的事，但这没有任何问题。红丸大人和朱菜公主说得对，这次的事我们所有人都大意了。而且，是我们的弱小导致了这个结果。利姆鲁大人把这个国家托付给了我们，是因为我们玩忽职守，那些可恶的家伙才能够为所欲为。各位，我说得对吗？"

白老的话让尴尬紧张的氛围在会议室蔓延开，没过多久，所有人都点头表示同意。

想不到他们会是这种反应。

我本来担心在最坏的情况下会有人骂我"叛徒"……重点是我

公开了自己"曾经是人类"的事，但其他人都没把这当回事，似乎只有我一人在意。

"不，可是……你们的主人曾经是人类，你们没有想法吗？"我忍不住问道。

"咦？利姆鲁大人就是利姆鲁大人吧？"

"我的主人只有利姆鲁大人一人，这和以前的事没有关系。"

"这话反而让我们有点为难……"

"是啊。我们的主人是利姆鲁大人，只有这件事是明确的。"

等等……我的担心简直就是杞人忧天。

接着，利古鲁德在最后总结道："利姆鲁大人，大家的想法都是一样的。没人会在意这件事，您大可自由行动。我们要做的只有追随您！"

他的态度十分坚决。

我点点头，暗暗感慨：这里果然就是我的家。我很开心。

只要心意相通，就能消除人类与魔物间的隔阂。看到他们的反应，我确信了这一点。

凯金挂着眼泪一个劲地点头，他提出了核心问题。

"那么我想问个问题，我们今后对人类的态度是……"

会议室一片寂静，所有人的目光都集中到我身上。

嗯，这才是问题所在。

我的部下暂且不提，估计对凯金那些矮人、尤姆以及卡巴鲁他们而言，这才是最重要的问题。因为如果我与人类为敌，也会成为他们的威胁。

但我没那个打算，所以我要在这里做个明确的表态。

"我想在说结论前先说说我的想法。我之前的世界里有'性善说'和'性恶说'两种看法。性善说认为人性本善，但人会在成长的过程中学会恶行。性恶说则相反，这种看法认为人性本恶，天生利己，但能学会善行。总而言之，人类既能行善，也能作恶。人类会倾向于选择轻松的道路，走向作恶之路的人就会成为恶人。就像法尔姆斯王国那样拒绝与我们沟通，选择简单粗暴的暴力手段一样……"

而且就算个人是善良的，但归集为一个国家时，也有可能走上作恶之路。

"但将全人类与恶画上等号是不对的。人类也有矛盾的一面，会为享受而努力。事实上，我也是这样。我认为只要努力的方向不出现偏差，就会越来越好。所以，学习的环境十分重要。我想整顿他们的环境，我想培养愿意与我们为友的人，消除人类与魔物间的隔阂。这么做是不是能让法尔姆斯王国与我们互相理解，成为和我们互相帮助的好邻居呢？我相信有这个可能性……"

这就是我对人类的看法。我不想与人类为敌，基本方针是和人类携手并进。

但是……

"但这终究是我的希望。无条件相信人类导致这次的惨剧就本末倒置了。因此，我认为现在和人类携手为时尚早。首先最重要的是彰显我国国威，让人类认可我们。我们要让人类知道我们是一支不容忽视的势力。如果保持现状，人类只会轻视我们，把我们当成有利用价值的榨取对象。我们只和矮人王国和布鲁姆特王国那样善良的国家打过交道，所以忽略了国家这种组织也有险恶的一面。善良的个人成为国家这个组织的一员之后也会长出冷酷的爪牙。国家

关于我变成
史莱姆
这档事5
Regarding
Reincarnated to
Slime

是弱者的集合体，我认为从某种角度来看这是保护善良民众的无奈之举。正因为这样，我们才有必要向那些人展示我们的力量。我要当上魔王，让人类明白用武力和我们交涉是占不到便宜的。同时我也要牵制其他魔王，成为人类国家的盾。如果人类认为与我们共存比敌对更有利，我们就成功了。"

说到这，我停了一下，观察其他人的反应。

就连向来不严肃的哥布塔也认认真真地听着，没有打瞌睡。

看来我这话传到了每个人的心里，这我就放心了。

"如果西方圣教会断定我们是恶人，那我们就坚决应战。我们不能只靠武力解决问题，还要运用言论和经济等一切手段。我们要对向我们露出獠牙的家伙施以制裁，要对向我们伸出援手的朋友献上祝福。我们对他人的态度要像镜子。并且，我们的目标是拿出耐心，慢慢与人类建立起友好的关系。这就是我的想法。"

我在最后为这一段长长的讲话做了一个总结。

第一个做出反应的是凯金。

"你这也是天真的理想论。真是的，这可不是想当魔王的人的台词。不过，我倒是不讨厌……"

他叹了口气，阐述了自己的感想。

与之相对的是朱菜，她笑嘻嘻地说道："理想论又有什么不好呢？我认为利姆鲁大人能够创造出那种理想的世界。"

她表示了支持。

"不用想那么复杂。我们已经决定要追随利姆鲁大人，所以一定会相信利姆鲁大人。"

从某种意义上说，克鲁特放弃了思考，但他也十分坦诚，甚至可以说是愚直。

"既然利姆鲁大人要当魔王，那是不是要给我安排工作了？"
红丸笑道。

"我就是利姆鲁大人忠实的影子。无须一一确认，我听凭您的
调遣。"苍影也表了态，他果然在听。

"主人，我是您忠实的尖牙。我不会让任何人阻挡您。"岚牙
也在我的影子里说道。

利古鲁德、利古鲁、白老以及到场的其他人也各种表示了赞同。

尤姆也一样。

"哎，你也说过要让我们建立新的国家，改变人类的想法吧？
老爷，您不说我也知道您在想什么。老爷您真的太会使唤人了。"
他边捻头发边说。

"你很清楚嘛，尤姆小朋友。"

"喊，你说呢？"

尤姆有点闹别扭，但他的嘴角带着微笑。尤姆的右边是缪兰，
左边是格鲁西斯。

尤姆背后是仰慕他的那些同伴，副官卡吉尔和参谋隆美尔也在。

他们那些人类也用各自的话表示赞同。

"嘿嘿，利姆鲁先生，我们要永远和睦相处哟！"

听到这话，其他人也点了点头。

我知道她这话的分量。

把自己无聊的理想强加给了别人，所以我无法反驳她的话。

我要自由自在地活，所以更应该对自己的行为负责。

"谢谢。请你们今后继续陪我胡闹！"

其他人纷纷开口互相附和，对我的话表示同意。

*

接下来，打起精神来。

那么，现在转入作战会议，商讨这次军事入侵的问题。

"话说，摸清敌军的详细情况了吗？"

苍影说过敌军在一万以上，但他没说详细情况。我也想让参加这次会议的人了解情况，所以让红丸开始进行说明。

"是，根据苍影的调查报告……"

这次入侵的是法尔姆斯王国的与西方圣教会的联军。

但西方圣教会只出动了驻留在法尔姆斯王国的两支部队，部队名叫神殿骑士团，共三千人。

主力是法尔姆斯王国骑士团的一万人加佣兵团六千人，还有约一千人的魔法师。

敌军总人数两万，是强大的军事力量，在数量上超过了我国的总人口……

不过，既然传闻中最强的圣骑士团没来，那对我来说，对付这支军队就不成问题。

敌军人数超出了我的预想，但这不过是增加"养分"的数量罢了，因为我已经决心不对敌人手软……

称得上问题的只有那几名"异世界人"。

"我们怎么分工？"克鲁特斗志昂扬地问道。

"我看应该让我的部队正面御敌。"

红丸也很有干劲。他似乎悄悄组建了人鬼族（大型哥布林）战士团。

由于有白老指导，所以他们的战斗力十分值得期待。

利古鲁和哥布塔也想指挥狼鬼兵部队（哥布林骑兵）大干一场。被这次的事激怒的不只我一人。

然而……

"抱歉。这支联军由我来解决。不，希望你们交给我。"

"这话什么意思？"红丸代表众人提问。

我的解释很简单。

"我要当上魔王必须要有'养分'。我推测要进化为'真魔王'需要取得灵魂。好在入侵的蠢货一共有两万人，这数量足够了。之后就是展示我的力量。这是我成为魔王必不可少的仪式（Process），所以我必须以一人之力歼灭侵略者。"

其实没必要一个人去。

据"大贤者"说，只要收割的人和我有灵魂联系就没问题，或者收割"养分"的行为是出于我的意志，就能满足进化成魔王的条件。

进化成魔王的条件相当严格，单纯消灭一万人还不够……

不过，这事现在与我无关。

我突然想到，魔王克雷曼的目的会不会是挑起战争，攒够一万名人类的灵魂？袭击各村庄之类的手段效果有限，所以我推测他想通过战争一口气收割大量"养分"，从而进化成"真魔王"。

在我看来，他是因为不清楚正确的进化条件，所以才随机播撒不幸。我估计他想利用其他魔王帮自己进化。

我推测他是个无法独力发动战争的杂鱼，如果是这样，那只是个不需要我亲自动手的小人物。

估计他迟早会被淘汰……但现在，魔王克雷曼已经被我视作敌人。等解决了法尔姆斯王国的问题之后，下一件事就是处理这家伙。

我想毫无保留地释放出心底的愤怒，这就是我独自迎敌的理由。

我不想让任何人看到自己一心杀敌的样子。如果我因为这种琐碎的理由被杀，那就说明我的能力也不过如此。

还有……我觉得自己必须为这次的事负起责任。

这是为了根除我那天真的想法。

我知道这样很任性，但我有必须这么做的理由。

就算日向也在队伍中，我也要独自消灭所有人。

曾见过日向的招数，我不会第二次中招。因为"大贤者"已经把完美的对策告诉我了。

"……"

我感觉"大贤者"好像想说什么，但我这个想法肯定没错，要最大限度地将情报转化为优势。

如果要使用出奇制胜的招数，就必须将对手一击命中。因为生还者会把那种招数传出去，别人就能有针对性地制定对策。

我不会输给任何人，也不会放过任何人。

红丸似乎看出了我的决心，不情愿地答应了。

"明白了。这次就交给利姆鲁大人。"

红丸点了点头，我也点头回应。

但我也不会让红丸他们默默坐在一旁等待。

"我有事要交给你们。现在，这座城镇的四个方向设置了产生结界的魔法装置，保护那些装置的是中队规模的骑士。那些骑士似乎很强，我希望你们同时攻陷那些骑士。"

"嚯？"

"原来如此，也就是说我们也有机会出场。"

"请务必将这项任务交给我利古鲁！"

"我这次也真的生气了！"

没等我说完，人人都急着说想参加这次作战。

我举起手制止了他们，继续说道："别着急，我已经定好人了。因为我想派出最少的人数通过结界。首先，东方交给红丸，西方交给白老、利古鲁、哥布塔以及克鲁特，南方交给加维鲁及其部下，北方交给苍影等人。还有岚牙是预备战力，在我的影子里待命。敌人有转移魔法阵，要在援军到来之前击溃他们！万一敌人叫来援军，就立即呼叫岚牙。如果认为需要支援也可以叫他。苍影，你听到了吗？"

"没问题。感谢您赐予我们这个机会。加维鲁也很有干劲，他说他没那么容易失败。"

"你觉得能赢吗？"

"只有一角，轻而易举。"

"好。"我点点头。

苍影加上苍华那五人也只有六人，但暗杀是他们的专长，他们的战斗力比杂牌部队强得多。而且最重要的是他们的移动速度特别快，就算有万一，也能扰乱敌人。

加维鲁他们也进化成了龙人族，实力有了大幅提升。他们每个人的实力现在都有 B$^+$ 级，似乎还在进行集团战的特训。只要有一百人从空中发动奇袭，就算敌人是训练有素的骑士，估计也会被打个措手不及。而且他们还有回复药，只要没被一击毙命，就不用担心会因为伤势影响到后续的战斗。

北方和南方应该没问题。

东方也有红丸在。

"红丸，我对你倒是很放心，但你要独自面对近百名骑士。如果有危险……"

"利姆鲁大人，您不必担心。敌人当然……"

"这次没必要手下留情。"

"哼，那我就赢定了。"

我不担心红丸。因为他的实力仅次于我，而且拥有克制军队的能力（技能）。

东方也没问题。

问题是西方。

"白老、利古鲁、哥布塔、克鲁特……"

"利姆鲁大人，交给我吧。我不会再失败了。而且……利姆鲁大人担心的是……那些家伙很可能会在那里吧？"

白老说得没错。

西方的魔法装置紧挨着直通布鲁姆特王国的道路。如果敌人预计那些商人会逃回国家并采取行动的话，我估计很可能会把之前袭击我们城镇的那些家伙安排在那里。

"能赢吗？袭击者是'异世界人'的可能性很高。"

"呵呵呵，没问题。当时的失败是因为我的大意，但我已经看透了那家伙的刀法。"

"利姆鲁大人，我们已经不是过去那种弱小的魔物了。我们也能成为一份战力，不会一味仰赖白老阁下保护。"

"是啊！我要为哥布象报仇！"

"虽然只有四人，但请你相信我们。我会充分发挥利姆鲁大人赐予我的猪人王的力量！"

白老自不必说。虽然比不上红丸，但克鲁特也很强。利古鲁也是警备部门的负责人，实力不比利古鲁德差。哥布塔倒是让我有点

不放心，但这个笨蛋应该不会胡来。

"好，那破坏魔法装置的事就交给你们了。解除这个可恶的结界，消除弱化的影响！"

"遵命！！"

我们的御敌计划就这样定了下来，解除结界的事交给其他人，我独自迎击来犯的军队。

还有一件重要的事不能忘。

"那么，朱菜……"

"在。"

"正如我刚才所说，红丸他们会去解除结界，但帮我们留住紫苑他们灵魂的很可能就是这个结界。你明白我的意思了吧？"

"利姆鲁大人，我明白。您是要我们再展开一个结界吧？"

"没错。你能做到吗？"

"这还用说吗？请一定将这项任务交给我！"

我正在维持特殊的大型魔法，同时释放出大量魔素（能量），充斥在整个空间中。我正在维持结界并补充结界内的魔素（能量）。我让朱菜展开新的结界，以增强这个效果。

当然，城镇里的其他人也会帮忙。

这是为了增加紫苑她们的复活概率，哪怕是一点也好……

魔素和水一样会往低处流，在这方面，物理和魔法的规则是一样的。

总而言之，我认为只要空间里充满了魔素，就能抑制灵魂容器的能量消散。

如果灵魂失去保护，就会透过结界彻底消散。灵魂是纯粹的能量，所以任何东西都困不住灵魂。

魔物的星幽体由魔素构成，我这么做是为了防止其能量消散，好将灵魂留在其中。这是"大贤者"的见解，我相信它。

顺带一提，人类进出结界之所以不会受阻是因为体内的魔素很少，而魔物体内的魔素会受到影响，二者的区别十分明显。

"请务必让我来帮忙。"

缪兰提出了申请。

实施大型魔法和构筑结界是缪兰的擅长领域。她这么说，我很感激。

"朱菜……"

"好的，利姆鲁大人。请多关照咯，缪兰。"

"请交给我吧。我保证一定全力以赴。"

最终决定让朱菜与缪兰一起维持我的大型魔法，并进行增强。

这样我也可以安心迎敌了。

"利古鲁德，剩下的所有人全部去保护朱菜她们。"

"是！！"

"哦，我也会保护朱菜公主！"

"老爷，还有我们呢！"

"哦。就交给我格鲁西斯吧！"

"我们也会保护朱菜的！"

"交给我们吧，利姆鲁先生。"

"是啊，利姆鲁老爷！"

黑兵卫、尤姆、格鲁西斯纷纷表态。

而且利古鲁德和卡巴鲁那三人也在，城镇的防卫也万无一失。

"好！敌人把决战时间定在四天后，但这和我们没关系。我们

立即开始行动，歼灭敌军！！"

随着我一声令下，形势有了转变。

我们所有人同心协力为紫苑和哥布象他们的复活奋勇前进。

●

东面——

红丸步步向前。

他堂堂正正地从正面走过去。

一名神殿骑士发现了他。

"有人从前方靠近！全员，战斗准备！！"

神殿骑士团中队奉大司教的命令展开"四方印封魔结界"，令魔物能力弱化。

一共有一百多名骑士，他们的个人评级相当于 B^+ 级。

他们分散至东西南北四个方向执行任务，各自展开结界。

他们是一群训练有素的骑士，特别擅长对付魔物，战斗力比普通骑士更强。

这些人隶属于西方圣教会，从不放松警惕。因此，哨兵也一直保持着注意力，迅速发现了红丸。

然而……

"不好意思，陪我发泄一下吧。"

没人抱怨他那傲慢的措辞，因为那些人瞬间就被消灭了。

他包裹着漆黑火焰的太刀将那些骑士连同铠甲一切两断，比割纸还简单。

有个人勉勉强强发出了抱怨。

"我……我可没听说……会有这样的……怪……怪物……"

骑士队长留下这声悲叹之后就被永不熄灭的漆黑火焰吞噬,化为了灰烬。

红丸如跳舞般挥动太刀,没有任何多余的动作,不到三十秒就将骑士中队全灭。

红丸轻轻挥动太刀将魔法装置一切两断,他低声说道:"任务,结束。会不会有人陷入苦战呢?"

应该不会——红丸边想边观察另外三个方向的情况。

南面——

加维鲁情绪高涨。

"哇哈哈哈!我终于有机会大显身手了。回复药的销售成果不错,我现在本来也应该当上干部了……他们竟敢妨碍我,简直岂有此理。我说得对吗?"

"加维鲁大人说得对!"

"嗯。我们原本期待通过自己的努力,让加维鲁大人赐予我们荣誉,结果……"

"就是就是。不过!如果我们能在这场战斗中证明自己也能为利姆鲁大人效力的话,我一定能当上干部!各位,你们要发挥出自己的所有力量,让敌人见识见识我们龙人的厉害!!"

"哦——!!"

士气昂扬。

底层的部下有他们的想法。

就算不提那个小小的干部,他们也知道加维鲁很有才能。所以在加维鲁被放逐时,他们也无怨无悔地跟着加维鲁。

© Mitz Vah

　　而且他们知道，虽然加维鲁说的是不值一提的小事，但加维鲁其实是希望他们这些部下能够出人头地，不被人小看。

　　"就因为他老把那种事挂在嘴边，才会被苍华小姐她们小瞧。"

　　"嘘！会被听到的。"

　　"不过，这正是我们头儿的优点！"

　　"是啊，你说得没错。"

　　部下们偷偷摸摸地低声说道。

　　加维鲁飞过去说道："你们在闲聊什么？要拿出气势来！气势！正因为你们总是这副模样，我才会这么辛苦。"

　　"没那回事啊，头儿！"

　　这话引得众人哄堂大笑。

　　"现在出击！！"

　　战意高昂，也没了之前的自负。

　　他们从洞窟飞上高空，直插云霄往南面飞去。

　　等时间一到，他们就和其他人同时发起攻击。

　　上空的奇袭令守卫南面的神殿骑士团全员陷入混乱。从天而降的各属性的吐息（Breath）打倒了三成骑士。

　　"调整阵势！组成对空防御阵型，防备魔法攻击！！"

　　听到高级骑士的喊声，那些神殿骑士慌忙遵从指示行动。但为时已晚，加维鲁他们的第二波攻击从天而降。

　　"可恶！这些家伙不是蜥蜴人族吗？蜥蜴人可没有这么高的攻击力，更没有能飞上天空的翅膀啊！？"

　　"别慌！这些家伙是龙人！虽然是稀有种族，但我们也不是没有胜算。"

"龙人？难以置信。他们竟然有这么多，还会集体行动……"

神殿骑士团终于在第三波攻击到来之前搞清状况，从混乱中清醒了过来。但这时他们已经减员过半，剩下的人也全部带着伤。

"可恶！联络总部，呼叫支援。"

一名骑士接到骑士队长的命令，想去联系总部，这时加维鲁落到了他面前。

"哼！"

一枪闪过，骑士的心脏被贯穿。

"你这混蛋！"

骑士队长叫着挥舞长矛与加维鲁短兵相接。

"哇哈哈哈！看来阁下就是队长。我叫加维鲁，你就不用报名字了。你的自我介绍留到冥界再做吧！"

"可恶，竟然是持名魔物！也好，正适合当我的对手！"

加维鲁发现这人是中队中最强的骑士，也是个有才干的指挥官，于是牵制住他，阻止他指挥其他骑士。

龙人战士团见机发动突击。论个人实力，双方相差无几，但加维鲁的部下凭借飞行能力占据了优势。而且他们还有高阶回复药，就算受伤也可以立即治愈，回归战线。

"可恶！不管怎么砍他们都会复活！"

"别害怕。我们有神明的加护——呃……"

奇袭造成的减员加上魔物一丝不乱的配合让那些骑士大为震惊。而且就算对魔物造成伤害，魔物也可以用药复活，在这恐惧与震惊之下，那些骑士坚定的信心出现了动摇。

这时，骑士们的队长败在了加维鲁手上，他们失去了精神支柱。

"哇哈哈哈！我赢了！！"

这一刻，整场战斗的结局已无悬念。

失去指挥官之后，那些骑士已无力回天，最终败给了加维鲁他们。

北面——

苍影等人用"潜影移动"悄无声息地潜入敌方阵地。

咚！一个沉闷的声响。

苍影斩落了指挥官的首级。

这个声音成了战斗开始的信号。

"不，不可能！到底是从哪冒出……"

"啊！"

"呜，呜哇——！！"

神出鬼没的暗杀者让北方阵地陷入了恐慌。

"苍影大人，我之前没想到这些人会这么弱。非常抱歉。"

道歉的人是苍华，她在苍影面前垂下了头。

"你的道歉没有意义，做出最终判断的人是我，而且……"

苍影无视了苍华的道歉，在心里想道。

苍华说得对，这些人确实很弱。早知道敌人这么弱小，就不用这么大费周章了，单凭苍影这些人破坏四个方向的魔法装置绰绰有余。

歼灭敌人倒是比较难，但完成目标、立即脱离应该很轻松。

但问题的关键不是他们所在的北面。

"我本来期望他们会来这边，看来和利姆鲁大人预料的一样，是西面。"

"是！确实如此——"

可以肯定，"异世界人"在西面。

苍影之前考虑如果只凭自己这些人对四个地点同时发起攻击，

苍华她们可能会碰到"异世界人"，这有可能会导致作战失败。

正是出于这个考虑，苍影才选择回去向利姆鲁报告。因此，苍影说得对，苍华的道歉没有意义。

"不幸的到底是哪一方呢？"

苍影低声嘟囔道，他的嘴角露出了笑容。他想起了白老出击前的样子。

白老当时气势逼人，形如恶鬼，苍影不禁庆幸他不是自己的敌人。

据说袭击城镇的那些"异世界人"当时简直是在狩猎魔物取乐。但估计这次情况不同。

毕竟他们的对手是剑鬼白老……

"结束了。"苍华用冰冷透彻的声音告诉苍影任务完成。

北面——神殿骑士团，无人生还。

苍影等人毫发无伤。

不出所料，他们取得了一场完胜。

●

西面——

这里的魔法装置在山丘上，这位置能一览道路上的状况。

镇守这里的神殿骑士明显比其他阵地的骑士更从容。因为这里是最安全、战力最集中的地方。

总人数在两百以上。

这里的战力是其他阵地的两倍以上，这自然是有原因的。

"喂，还没人逃出来吗？"

"哦，省吾先生！今天也没有敌人的踪影！"被"异世界人"

田口省吾问到的那名骑士紧张地答道。

"喊，他们到底想花多少天为逃跑做准备？还是说那些商人和保护他们的冒险者打算和城镇共存亡？"省吾焦躁地说道。

"哈哈哈，别那么着急。其他阵地也没有联络，而且这是他们唯一逃跑的路线，所以他们肯定会从这里走的。"

"哼，最好是这样。"听到恭弥类似安慰的话，省吾不快地答道。

现在已经是第三天了，可是还没人逃出来，省吾觉得很不对劲。

省吾他们的目标是从魔物城镇逃出来的商人和冒险者。恭弥似乎只想遵守命令封锁道路，但省吾不同。

你可以杀光通过这条路的所有人——这是王宫魔术师长拉森对他的命令。

正如利姆鲁所料，法尔姆斯王国已经决定要杀掉对自己不利的那些布鲁姆特王国的人。

虽然省吾不是杀人狂，但他欣然接受了那个命令。

省吾来这个世界之后发现了一件事，那就是能力(技能)的进化。

省吾曾在练习时没控制好专属技能"乱暴者"的力道，不慎杀害了骑士。从那以后，他就感觉自己的力量略有增加。

使用这份力量打败敌人说不定可以增加力量。他现在仍无法违抗拉森的"咒言"，但力量增强之后也许有可能。这是省吾的想法。

就算打败那些魔物，他也感觉不到自己的力量有增强。在这份期待落空的同时，省吾又得知布鲁姆特王国那些人应该会逃出去，而他可以杀死那些人，这个机会让他在心里欢呼。

然而过了三天，那些人还没有出来的迹象，省吾已经等得不耐烦了。省吾是个性急的人，他的忍耐即将到达极限。

恭弥边宽慰省吾，边忍耐着自己心中纯粹的杀戮的欲求。

在上次袭击中，恭弥发现自己在斩杀时会感到喜悦。

特别是那个刚步入老年的恶鬼，即便是在恭弥眼中，他的剑术也是一流的。

（啊，我忘不了那副吃惊的表情。斩断他人的自信时的感觉实在爽翻天了。）

想到这里，他用舌头舔了舔嘴唇。

虽然原因和省吾完全不同，但恭弥也在等待那些可能会逃过来的人。

这时，他们听到有人跑来传令。

"前方出现敌人踪影！数量为——四人。"

与此同时，西面的部队也开始紧张备战。

那些骑士立即咏唱强化肉体的魔法，完成了迎击准备。他们迅速列队，保证至少能有三人同时对付一名敌人。

虽说多少有些松懈，但他们毕竟隶属于西方圣教会，是狩猎魔物的专家。

他们不慌不忙地按照规定采取行动，应对魔物。

就这样，西面的战斗也开始了。

白老、利古鲁、哥布塔、克鲁特四人朝那些骑士的方向前进。

"那就来场华丽的表演吧！"

哥布塔嗖的一下拔出小刀，左手拿着刀鞘准备射击。

他让座下的星狼族高高跃起，自己在狼背上再来一个大跳，然后顺势在空中回旋一圈，用鞘瞄准一个趾高气扬发号施令的骑士的头部，发射了鞘形电磁炮。

直径两厘米的铁块以超音速直接命中骑士的头部。

咻！！随着一个微弱的响声，那人——骑士队长身后的那些骑士被染成了红色。

咚！骑士队长当场倒地。

"好！命中！"

哥布塔发出喝彩的同时，那些骑士也反应过来发生了什么事，骑士们发出了悲鸣与怒吼。

"神明的敌人！竟然用妖术！"

"别聚在一起，散开！会被瞄准的！"

骑士们急忙散开，但这正中哥布塔他们的下怀。

"干得不错，哥布塔。继续搅乱他们的阵型，别被那些家伙抓住。"

"明白！"

"你总是那么机灵啊，哥布塔。你一向很擅长狙击。"利古鲁夸道。

"嘿嘿，是吧？"

"别得意忘形啊，笨蛋。"

哥布塔极少被利古鲁夸奖，他高兴得忘乎所以。但他又马上就被骂了，变得很沮丧。

"别大意啊！我们两人配合好，减轻白老阁下和克鲁特阁下的负担！"

"好！"

利古鲁和哥布塔驾着星狼，巧妙地打乱了那些骑士的配合。克鲁特正在一旁等待。

那两人的配合天衣无缝。克鲁特看准他们驾着星狼跃起的那一瞬间，用右脚猛踩大地。

那股冲击波沿着地面直抵那些骑士脚下，令他们左右摇晃。

烈震脚——将妖气汇聚在脚上，通过踩踏将力量注入地面以显著提升威力与范围。这是克鲁特学会的技术之一。

"哦！"

"呀！"

震动只有一瞬间，但这已经够了。

利古鲁与哥布塔落地之处有几名骑士失去平衡倒在地上。战斗时决不能露出这样的破绽，等待那些骑士的是被星狼咬断气管的命运。

"哇，真有一手……"

"难以置信。我们从未进行过协作训练，但克鲁特阁下的时机却掌握得这么完美。"

利古鲁和哥布塔带着苦笑看了看对方。

接着，那三人继续用令人瞠目结舌的完美配合将那骑士玩弄于股掌之中。就算只有三人，他们也能面不改色地面对数量占压倒性优势的敌人。

不过，有个黑发青年站在那三人面前。

"呀哈哈哈——不错，你们挺强的嘛！有意思，我来当你们的对手！"

"哦，哦！省吾大人！"

"拜托了，请阻止那些怪物！"

省吾沉醉在弥漫于四周的死亡芬芳之中，表情扭曲，十分凶恶。他感觉到自己身上充满了前所未有的强大力量。

（没错，这样就好！我猜得没错，看来人类死亡时，我的力量也会增强。）

他格外兴奋，斗志昂扬。

省吾带着这种前所未有的愉快心情朝哥布塔他们跑去。

"你来了啊，可你的对手不是我。"

哥布塔瞪着省吾，极少生气的他眼中燃着罕见的怒火。

据说哥布象为了保护朱菜被眼前这个飞奔而来的省吾踢死了。刚听说这事时，哥布塔激愤万分，但他没有失去冷静，他知道自己和省吾的实力差距有多大。

现在按照最初的计划，让克鲁特当省吾的对手。

"放心吧，哥布塔阁下。我会制裁那个人。"克鲁特用强有力的声音说出这番可靠的话。

"嘿嘿，叫我哥布塔就好了，克鲁特先生！"

"嗯，了解了。哥布塔，剩下的就交给我吧！"

"拜托了，克鲁特阁下。你别看哥布象那副模样，那家伙的脾气其实非常好……"

听到利古鲁的话，克鲁特点了点头，与省吾开始了正面交锋——

●

在这场骚乱中，有两人专心致志地对峙着。

是白老和恭弥。

"呃，老爷爷，你还活着啊。好不容易保住了一条命，不卷起尾巴逃跑真是可惜了。凭老爷爷你的本事，要单独逃命应该很简单吧。"

"呵呵呵。别看我这样，其实我是很不服输的。而且，我还没拿出真本事，年轻人把尾巴翘得那么高，这也让我有些不快呢。"

"呃，你指的不是我吧？"

　　"你听不出来吗？那还真是不好意思。想不到你不仅性格糟糕，连脑子也这么不好使……"

　　"哈哈，看样子只被砍一刀，你还学不乖啊？还是说你得了老年痴呆？"

　　那一瞬间，锵——！响起一个清脆的声音。是白老用拐杖刀将恭弥瞬间挥动的剑弹开的声音。

　　恭弥若无其事地边说边砍向白老。白老看透了他的伎俩，自然而然地拔出了刀。

　　"你真性急啊。但我们彼此彼此，因为我的愤怒也快到极限了。"

　　那一瞬间，恭弥感觉到脊梁发凉，往后退了一步。

　　他被白老的鬼气镇住了，但他恼羞成怒，不愿承认这点。

　　"太搞笑了。你之前对我这把剑束手无策。糟老头，别得意！"

　　恭弥之前眯成一条缝的眼睛现在睁得老大，眼中沾染了砍杀的欲望。

　　"我没有败给你的剑，而是败给了你的力量。据利姆鲁大人说，你的力量是'空间属性'，就连我也接不下你的剑——不过，只要知道原因就有办法应对。"

　　"有意思。那就和我用剑堂堂正正地比一场吧。"

　　恭弥边说边举起剑，用剑尖直指白老的眼睛。但他眼中带着邪光，嘴角挂着卑劣的笑容。

　　"好啊。我就让你见识一下剑的真髓。"

　　白老刀尖向下摆出应战的姿势。看到白老这样，恭弥笑得更邪了。

　　"那我就上了？"

　　他把剑举过头顶，当场挥下。白老还没进入剑的攻击范围，那一击应该砍不到白老。但恭弥另有目的。

关于我变成
史莱姆
这档事 5
Regarding
Reincarnated to
Slime

剑身飞离剑柄射了出去，并化为无数碎片直逼白老，那些碎片小得看不见，但每一片都蕴含着一击必杀的威力。

恭弥的剑是专属技能"斩断者"创造出的虚拟刀剑（Dummy Sword）。恭弥分别使用这把剑和真剑欺骗敌人，将其玩弄于股掌之中。这是他的战斗方式。

"呀哈哈！这蠢货又被骗了！"恭弥抱着肚子哈哈大笑。

但一个声音如一盆冷水泼到了恭弥身上。

"嗯。你的手段就是那种无聊的暗算吗？看来我高估你了。"

白老低声说道，他显得很扫兴。

"不是吧？"

恭弥慌忙环顾四周，结果发现白老就站在原地，毫发无伤。

"糟老头，你刚才做了什么？"

"嗯，原来是这样。你果然看不清，连二流都算不上。"

"什么？"

"我说你连二流都算不上。看清之后就能发现你的剑术平平无奇。"

"别小看人，你这臭老头！！"

恭弥怒目圆睁，气得失去了理智。

恭弥没注意到，"斩断者"无坚不摧的刀刃竟然被白老弹开了，他却没当回事。

而且——就连白老的头上长出了"第三只眼"，恭弥也完全没注意到。

白老迸发出压倒性的强大妖气，以魔物等级评价，这份妖气远远凌驾于 A 级之上。

"我刚才保证过要让你见识见识剑之真髓。看清现实吧！"

"闭嘴，区区一个杂鱼也敢口出狂言！"

恭弥还没恢复冷静，他创造出新的剑身砍向白老。

而白老却一动不动，他冷静地将自己的激愤化作力量。

恭弥逼近，一剑斩下。

白老依然没有慌张。他冷静地睁开头上的"第三只眼"——高阶技能"天空眼"，以一纸之隔躲开了恭弥那把无形的剑。

"就算你夸下海口，还不是照样对我束手无策？你做什么都是徒劳的。你只会被我这把无形的剑剁成碎片！"恭弥癫笑着叫道。

"时机正好。你的'天眼'差不多也能跟上我的速度了。"

"哈？你说什么……"

恭弥还没理解白老的话，但他听出这话里有种不祥的意味，往后退了一步。

但为时已晚。

一闪。

恭弥的"天眼"看清了白老使出的剑技——胧流水斩。这时，他才发现有异变。他的身体动不了，不，不是动不了，而是行动慢到了极致。

刀刃如激流般迫近。"天眼"看清了白老的动作，本来恭弥完全可以避开刀刃，但那把刀刃渐渐逼近，触及恭弥的脖子……头颅从身上斩落。

噗，咕噜。

白老回刀贯穿恭弥的心脏，并在落地前抓住了恭弥的头颅。

这一切前后不到一秒。

"结束了。你利用这延长了千倍的时间好好反省吧……"

这是恭弥在最后听到的话——白老的"思维传递"。

白老随时可以杀掉恭弥。城镇里那次也是，如果白老有心杀他，

© Mitz Vah

也不会让他取得先机。

由于利姆鲁的命令，白老不想伤他性命，只想赶走他，所以才会失败。

但现在白老洗刷了这份耻辱。

白老等到恭弥的"天眼"发挥出最大效果之后才取他性命，白老想让他看清自己的剑技，就当是临别的赠礼。

白老让恭弥看到了无法逾越的"层次"差距。

而恭弥，他从大脑失去供氧直至死亡的时间只有短短几秒，从失去供氧到意识模糊的时间更短。

恭弥用"思维加速"强制将感知速度提升至千倍。

这是白老的诱导，但恭弥并不知情。

恭弥能做的只有——在永恒的痛楚与折磨中品味自己死亡的瞬间。

这就是想耍小聪明的"异世界人"橘恭弥的结局。

●

省吾十分焦急。

他的力量对屹立于自己跟前的武者不起作用。他来这个世界之后从没发生过这种事。在他看来，任何人都应该狼狈地拜倒在他面前求饶……

"开什么玩笑，可恶！"

省吾将浑身的力量注入专属技能"乱暴者"，踢向克鲁特，但被克鲁特厚重的盾鳞之盾（Scale Shield）挡了下来。

这自然是伽卢姆用暴风大妖涡（卡律布狄斯）的盾鳞加工而成的特异级（独特）装备。

"你太卑鄙了！男人就应该徒手战斗！"

听到省吾这莫名其妙的要求，克鲁特疑惑地歪过头："我听不懂你的话。这可是战争啊。不管是卑鄙还是什么，拿出自己的全力才是对敌人的礼仪。"

"开什么玩笑？我赤手空拳，而你却全副武装，你就没有羞耻心吗？"

省吾越说越没边，克鲁特十分困惑。

省吾根本不知忍耐为何物，成人之后依然会像孩子一样说任性的话，一切想法都以自我为中心。正因为这种思维方式，省吾觉得克鲁特不合自己的意，顿时大动肝火。

这与克鲁特无关，省吾的话太不合常理，他无言以对。

"我开玩笑的，抱歉抱歉。我只是想试试看能不能让你把那碍事的盾扔掉。我现在已经热完身，也该认真上了。"

克鲁特是个典型的武者，跟不上省吾那种随心所欲的想法。

这里是战场，就算对手不好对付，也不能弃而不战。

"认真吗？好，那我也拿出全力……"

"呀——！！"

省吾气沉丹田气势十足地大吼，似乎根本没听克鲁特的话。

他两腿一蹬，势如猛虎，疾驰而出，接着对克鲁特使出一记飞踢。

"呵——呀哈！！"

随着一声怒吼般的大喝，省吾那一踢在克鲁特的盾上炸出了裂缝。

"再来一脚！哈！！"

省吾利用反作用力落地，并趁势使出一记后踢。

那一脚成功踢碎了克鲁特的盾。

这是专属技能"乱暴者"的特殊效果"武器破坏"造成的。

本来，一两次攻击是很难破坏特异级（独特）装备的，所以省吾才装疯卖傻，装出一副束手无策的样子，重复攻击同一个位置。

省吾擅长的是徒手战斗，对他而言，这是最理想的能力（技能）。

省吾看似头脑简单，其实拥有优秀的战斗天赋。

"活该！现在你没了盾，我看你怎么防住下一击！"

省吾夸耀自己的胜利，但克鲁特一点也不慌。

"原来如此……你装出一副心急无谋的样子就是因为这个啊。"克鲁特感叹道。

接着，他若无其事地从"胃"里取出一面新的盾牌。

"哈？什么？太肮脏了！"

"哪里肮脏了？我说过了吧？这是战争，拿出全部手段才是礼仪。所以，我绝对不能容忍你那种卑鄙的做法。"

克鲁特从始至终秉持自己的信念，挡在省吾面前，与之对峙。

他要对省吾施以制裁，替哥布象报仇。

"卑鄙？你说我卑鄙？你这头猪别瞧不起人！！"

"……我不是猪，算了。"

"真啰唆！"

面对举着盾牌的克鲁特，省吾轻轻叹了口气。他重整心情，将克鲁特视为强敌，冷静地观察着。

举着盾牌的克鲁特无懈可击，但省吾决定强行击溃克鲁特的防御。

他摆出正头、正身、正步的空手道中独特的基本架势——三正，深深地吸了一口气，"哈——"地大喝一声。同时，他全身的肌肉紧绷，提高自己的集中力。

这种呼吸方式名叫息吹，是基础，也是奥义。

省吾重复了三次，在呼吸的同时，吸收空气中的魔素（能量），并转变为自身的血肉。

省吾结实的身体经过"乱暴者"的"金刚之身"的强化，硬度在钢铁之上。这是纯粹地将自己的身体变为武器进行战斗。

"久等了。我会拿出真本事和你战斗，你多少要让我尽点兴哟！"

"那是自然。来吧！"

省吾短短地吐了一口气，朝克鲁特攻去。由于他的肉体能力大幅提升，此前用于保护肉体的脑内限制（Limiter）也解除了。现在的力量大大超过之前，行动速度也有所增加。

"吼哈——！！"

省吾抓住机会，一口气打出直拳。他从脚趾开始凝聚力量，通过丹田将巨大的能量汇聚至拳头。

龙卷直拳——这一招将"乱暴者"的"武器破坏"效果与"金刚之身"相结合，威力惊人。

那一击击碎克鲁特的盾牌时，省吾认为自己已经胜券在握。

（嘿，只要我拿出真本事，这种……嗯？什么情况？）

下一瞬间，省吾发现情况不对。他感到四肢疼痛，很快这种疼痛就转变为剧痛折磨着自己。

"哦！这是什么？混账！！"

那是缠在省吾身上的黄色妖气——混沌喰。

克鲁特转守为攻。

"你的身体相当强。虽然我们战斗的时间不长，但我也看得出来，你的身体承受不住'腐蚀'。"

"腐……腐蚀？可恶！把这个拿掉，快拿掉！"

剧烈的疼痛让省吾满地打滚。

克鲁特拿起切肉刀俯视地上的省吾，眼中没有任何怜悯。

"我帮你解脱。"

"呀！等……等一下！给我等一下！"

在省吾眼中，步步逼近的克鲁特如恶鬼罗刹般可怕。

虽然在攻击时盛气凌人，但形势转变遭到攻击时，他十分脆弱。他开始后退着想要逃走，只有此前从未经历过这种遭遇的人才会有如此狼狈的举动。

但这没有意义，只是徒增痛苦罢了。因为省吾无法解除缠在自己身上的混沌喰。黄色妖气慢慢侵蚀省吾，腐蚀他的手脚……

即便如此，省吾仍想尽可能与克鲁特拉开距离——

"克鲁特，你还没好吗？"

"原来是白老阁下，看来你那边已经结束了。我现在正要做个了断。"

省吾看到本应在与恭弥战斗的白老走到克鲁特身边，而且现在战场上仍不断有骑士倒下。

"可恶，恭弥到底在干什么？"省吾对白老叫道。

白老回答他："那家伙已经死了。"

白老一副理所当然的样子，接着把一个东西轻轻丢了过去。

那东西就是铁证。因为这是他们提到的那个人的头颅。

"呜，呜哇啊啊啊啊啊啊——！！"省吾不顾手脚的剧痛，一溜烟逃开了。他害怕再这样下去，自己也会落得和恭弥一样的下场，打心底感到恐惧。

（畜生！可恶，为什么我会遇上这种事？）

关于我变成
史莱姆
这档事 5
Regarding
Reincarnated to
Slime

剧痛、恐惧还有混乱。

（畜生！这样下去，我会没命的……）

他的脑袋高速运转，思考如何打破现状。省吾发现了一道曙光。

他想到自己眼前的帐篷里还有一个"异世界人"。

省吾全力奔跑，想抱住那道曙光。

*

省吾打开帐篷的门走进去，希星正在里面休息。

"搞定了？你们这次花的时间……"

"闭嘴——！！希星，不好意思……"

说着，省吾跑到了希星身边。

然后……

"为我而消失吧！"

"哈？你这蠢货说什么啊！你想找我的碴……"

希星把省吾的话当成了玩笑，这是一个致命的错误。

嘎！

"喂……你真……唔……"

希星根本没把省吾的话当回事，省吾全力扭过她的脖子。

喀！

省吾用力极猛，折断了希星的颈椎，但希星剧烈的挣扎没有停止，但她的挣扎越来越无力……

希星想起了自己在日本的生活——喜欢的男友、要好的朋友、满足自己任性要求的父母——希星只是想回去而已。

拉森说过，只要希星听话，拉森迟早会研究出送她回去的魔法。

对希星而言，这个世界不是现实，所以她做什么都没人怪她——

否则她就必须承认自己犯下的罪行：承认自己的杀人罪。

希星的心态太过稚嫩，无法承担这份压力。

希星曾在冲动之下杀过人，又逃避了那份罪恶感。

现在，死期临近，现在已经感受不到痛苦了。

她看到了一个个熟悉的面孔……

"妈妈——"

那是不愿面对自身的懦弱，将一切归咎于他人的"异世界人"水谷希星的结局。

白老和克鲁特追着省吾过来。

他们看到了省吾的同伴希星遇害的一幕。

"残酷的行径。你竟然堕落到这个地步吗？"

"没必要怜悯你。你不是武者。"

这时，异变出现了。

"已确认。已成功获得专属技能'生存者'。"

省吾以希星的灵魂为代价，获得了新的力量，他的求生欲得到了满足。

腐蚀省吾身体的黄色妖气消散，他的身体超速恢复原状。

那是"超速再生"专属技能"生存者"的能力（技能）。

"'世界通知'……这才是这家伙的目的吗？"

"杀死同伴，这是利姆鲁大人定下的极恶之罪。你的所作所为连没有灵魂的魔物都不如。"

"闭嘴，你们这些臭虫！只要能赢就行吧？这很简单。因为得到了力量！"

省吾叫着释放出自己的力量——专于攻击的专属技能"乱暴者"和专于防御的专属技能"生存者"。

省吾以为自己现在是无敌的。

他拥有可怕的力量，以及"超速再生"和"各属性无效"。这是无敌的力量，只要没被一击毙命，他就可以无数次再生。

是的——

估计就算被白老的居合斩斩落头颅，他也可以瞬间恢复原状。

事实上，省吾的双臂已被克鲁特的蛮力捏成了粉碎性骨折，但也立即恢复了原状，并获得了更加强韧的力量。

"怎么样？该死的魔物！这是……这就是……我的力量！！"

也难怪省吾一副得意扬扬的样子，毕竟那两项能力简直是绝配。

然而，省吾太无知了，他不知道这世上人外有人。

"需要帮忙吗？"

"没必要。白老阁下，请你去支援利古鲁阁下他们。"

"他们似乎也不需要支援。"

白老后退一步，给克鲁特让出空间来。

克鲁特走上前去，摆好架势。

"哈？你要和我单挑？我现在和刚才不一样了，你们两个一起上也行哟！"

"你似乎对自己的格斗技术很有信心。那我也空手和你战斗吧。"

"别耍帅啊。我看你只是想在输的时候给自己一个台阶下吧！"

省吾断言，他一口气展开攻势。

他的脸上洋溢着自信，似乎想试试自己的新力量——可省吾的

从容没能持续多久。

他只是稍微强化了肉体，变得没那么容易死而已，依然不是克鲁特的对手。

"哦唔！！"

克鲁特的蛮力击碎了省吾的手臂，他的拳头陷进省吾的腹中。

"原来是这样。你的再生能力确实在我之上。那我就看看你能忍多久。"

说着，克鲁特的双手缠上混沌喰开始痛殴省吾。

无数次的重复，省吾还没复活又被打趴下了。

省吾的"生存者"也有"痛觉无效"的效果，所以，无论身体受到多少重伤都感受不到疼痛和苦楚。

然而……

克鲁特继续若无其事地痛打省吾。他没拿武器，用的是拳头。

混沌喰的特性是吞噬一切，不只是省吾的物质体，连他的精神体也会受到伤害。

专属技能"生存者"可以将肉体完全再生，但没有将精神再生的功能。再加上省吾的精神本来就脆弱，在克鲁特那仿佛永不停歇的密集攻击面前，他的内心迟早会崩溃。

"住手，给我住手！请住手！"

对省吾而言，这不到十分钟的时间简直是一场没有止境的漫长拷问。省吾毫无尊严地求饶，期望自己能够活命。

克鲁特十分意外，白老也一样。

这一瞬间，省吾的内心崩溃了。

© Mitz Vah

*

"看来都结束了。"

"是的。接下来就给他一个痛快……"

"呀！等……等一下，请别这样！我是开玩笑的！我不是认真的，只是有点得意忘形……救救我……"

省吾十分混乱，在这不讲道理的现实面前，他十分害怕。

在这个世界中，只要是"异世界人"就能获得压倒性的优待。这加速了省吾的膨胀，将他的性格扭曲到无法挽回的地步。

还有最重要的一点，因法尔姆斯王国被召唤来的人全部拥有那种以自我为中心的人格。

其原因是……

"嗯，这样看来……生还者应该只剩省吾一人。看来我误判了那些魔物的实力。"一个老人出现在省吾面前说道。

那个老人身上的法袍是用豪华的魔法丝编织而成，手中的法杖蕴含强大的魔力，他正是法尔姆斯王国最强的魔法师——王宫魔术师拉森。

拉森举起手，在克鲁特面前展开元素魔法"魔法屏障"，抵消了攻击。这项魔法通常用于遮罩自身，但拉森却用它拖住敌人的脚步。

"啊！拉……拉森先生，你是来救我的？"

省吾发现是拉森，慌忙抱住他的后背。

"嗯。"

拉森瞥了省吾一眼，视线又回到了克鲁特和白老身上。

"原来如此，难怪省吾他们赢不了。难以置信，没想到有 A 级，而且是灾厄级魔物。现在形势对我们不利，暂且撤退。"

说完，他在魔法屏障失效之前咏唱了高级转移魔法。

与需要基点的元素魔法"据点移动"不同，这项魔法可以跳跃（Jump）至某个目标地点，要使用这项秘术至少要有魔导师级的实力。拉森强大的实力可见一斑。

白老拦下了正要追击的克鲁特。

"克鲁特，别莽撞。那家伙没那么简单。"

"什么？"

克鲁特听从了白老的忠告，这时他眼前的空间发生了爆炸。

拉森在发动魔法屏障的同时还施加了一个延时爆炸的陷阱魔法（Trap）。

"哈哈哈！你看穿这个陷阱了啊，眼睛真尖啊。看来我应该提防的人是你啊。说不定，对我们而言这一战并不乐观……"

看出克鲁特的魔素量（能量）之后，拉森一直在提防他，这时他才发现白老是个威胁，但这不过是拉森的演技。

"老狐狸，你明明从一开始就在提防我……"

"没那回事啊，鬼人族。从实力来看，那个猪头帝自然更引人注目。时间到了，我还想再聊一会儿，但我的魔法已经完成，我要走了。如果你能活下去，说不定我们有机会在战场上再会……"

"没这个机会。因为我的主人会亲自去那个战场。你们太不知轻重了，激怒了决不能惹怒的大人。真同情你，估计你会死得很痛苦。"

"哈哈哈！装腔作势没有意义。我姑且收下你的忠告。那就告辞了！"

留下这句话，拉森带着省吾消失了。

这里恢复了平静，帐篷外传来了战斗的声音。

"这样好吗？放走那个名叫拉森的魔法师……"

"这样不好，但如果和他战斗，我们可能会死一个，搞不好所有人都会死。因为那家伙藏着另一个魔法，他一死亡就会发动。"

"什么……那项魔法有那么强？"

"估计是究极'元素魔法'核击魔法。利古鲁和哥布塔也在这里，不能把他们也卷进来……"

白老苦闷地说如此对赌太不合算。"天空眼"对魔素流动和力量强弱等信息的读取得比"魔力感知"更详细。

白老根据那些情报发现拉森将高密度的魔力集中在自己的心脏位置。白老推测，需要这么做的恐怕是"禁咒"级的危险魔法。

"原来是这样……"

"利姆鲁大人应该没问题，但我们没办法应对那种魔法。必须转告其他人要多加提防这个危险人物。"

"明白了。我也把这事告诉我的部下。"

克鲁特也点头表示理解。

接着，这两人去外面帮忙，西面的战斗没多久就结束了。

●

拉森带着省吾回到大本营去找弗尔根。

在这么短的时间内连续施展魔法令拉森疲惫不堪，近几年来他从未如此疲劳过，但现在还不能休息，还有事要做。

"不……不好意思。多亏你救了我，拉森先生。"

"省吾，你别放在心上。因为你是我重要的部下，是法尔姆斯王国宝贵的战力。"

"嗯，嗯。虽然这次是我输了，但下次我会赢。我会赢给你看！"

"是啊。"

拉森慈祥地对省吾点点头，但他眼中泛着寒光。然而，省吾没有发现。

"看来你身上的伤已经好了，我会再给你施加一个安眠魔法。现在先好好休息。"

"嗯，那就麻烦你了。"

省吾答应了拉森的话，没有任何疑虑。拉森毫不犹豫地对省吾施放了魔法。

幻觉魔法"精神破坏（Mental Crash）"，能粉碎目标精神体和星幽体的魔法。

省吾受到克鲁特的攻击，精神体受到重创，他现在根本承受不住这种魔法。而且省吾十分信任拉森，没有进行抵抗，不管怎么说，他必死无疑……

那是心灵的死亡。

这就是一切以自我为中心的"异世界人"田口省吾的结局。

省吾的心灵死亡之后，拉森在他面前准备施展最后的大型魔法。

"拉森阁下，这是不是比计划早了点？"

"弗尔根，这也是无奈之举。这家伙对魔物产生了恐惧，恐怕已经不能用了。时机到了。"

"呵呵呵，他真可悲。他一直以为自己是最强的吧？"

"是啊。就连恭弥那点实力也深信自己能赢圣骑士团长坂口日向。"

"哈哈哈哈！别开玩笑了。就连我的实力都不及那个魔女，那种小鬼怎么能赢？"弗尔根大笑道。

这也难怪，弗尔根也是拉森在几十年前召唤的"异世界人"。

弗尔根的灵魂没受到"咒言"的限制。他纯粹是拉森的朋友，自愿帮助拉森。

就算在弗尔根眼里，日向也强得不正常。他知道自己和日向之间有一道无法逾越的鸿沟，不用比也能确信自己赢不了她。

拉森对弗尔根说："不过很遗憾。专属技能'斩断者'这么宝贵，但还没给你就消失了。"

"没关系。我等下次机会。"

弗尔根的能力（技能）是专属技能"统率者"。

他可以理解并使用自己部下的力量，而且他可以从消失在自己视线范围内的部下身上选择并取得能力（技能）。

取得数量有限制，所以无法全部学会，这应该是弗尔根最痛恨的一点。

"是啊。比起召唤强者，我更想创造出强大的能力（技能），美中不足的是被召唤的人都有以自我为中心的倾向，真是遗憾。不完全（随机）召唤倒是很简单，但似乎召唤不出强者，所以也只能出此下策。他们只是我们夺取力量的牺牲品，性格问题无关紧要。"

"没错。他们能得到我国最高战力的待遇，所以也没什么可抱怨的。"

说完，拉森与弗尔根相视一笑。

这就是原因。所以，法尔姆斯王国的召唤者多是以自我为中心的人，抱着"我最强"的想法。

拉森边笑边继续他的工作。

"这倒是个意外的成果，省吾也在最后一刻派上了用场。虽然不清楚发生了什么，但他似乎获得了另一项专属技能。接下来……"

拉森的工作迎来了收尾阶段。他将重置省吾的大脑，并载入自己的记忆，最后把灵魂转移过去，工作就结束了。

"你没事吧？不会失败吧？"

"放心吧。这又不是第一次了。我的师父卡德拉可是会用真秘术将灵魂脱胎换骨进行转生。相比之下，我的附体转生（Possession）不过是儿戏罢了。"

拉森为了占据省吾的肉体，彻底破坏了他的星幽体。接着又破坏了他的大脑，并用"生存者"进行完全再生。拉森没有修复灵魂的记忆，他将自己的记忆烙进这个全新的大脑……之后再将自己的灵魂附到省吾的肉体上。

拉森发动了大秘术"附体转生"，这是他师父大法师卡德拉创造的神秘奥义"轮回转生"的简易版，是拉森的独创魔法（Original Spell）。

王宫魔术师拉森就是更替了数个强韧肉体，长年为法尔姆斯王国服务的人。

拉森得到了省吾的肉体之后，在脱胎换骨的同时拥有不屈的精神和强韧的肉体，成了法尔姆斯王国有史以来最强的魔人。

"哦，好久没有这种感觉了，年轻的身体真好。"

"呵呵呵，你的脸和语气一点也不搭。"

"别这么说嘛。那我们去向国王报告，顺便做个重获新生后的自我介绍。"

说着，拉森披上了之前脱下的法袍，他拿起法杖潇洒地迈出脚步。

他的身上充斥着自信，得到了新的肉体与力量之后霸气十足。

即便是在弗尔根眼里，那份力量也十分可怕，自己的朋友兼同僚的拉森现在显得十分靠得住。

"异世界人"是国家战力，失去那三人可谓损失惨重，但现在国家多了拉森这个超越特 A 级的强者，相比之下，那点损失微不足道。

就算现在拉森与刚才那两名敌国魔物（白老与克鲁特）战斗，他也有自信能轻松取胜。拉森甚至在想，说不定自己现在能打败号称特 S 级的魔王。

他突然想起一件事。

他想起了那句话——白老最后留下的忠告。

（不能惹怒的人吗？你们的主人应该已经被那个魔女解决了……难道他还活着……）

他的脑海里冒出了这个疑问，不禁停下了脚步。

"怎么了？"

"嗯，嗯……没事。"

在弗尔根的催促下，拉森继续往前走。

（是我想太多了吧？那地方似乎有出人意料的强敌，我有点太在意了。如果他真的从那个魔女手中活了下来，那估计到时候就由我来解决。）

想到这，拉森露出了自信的笑容，朝国王的帐篷走去。

●

第三天日挂中天之时，法尔姆斯王国军队的噩梦开始了。

众多敌兵在我的下方行军。

但在我眼里，他们不过是用于进化的饵料。

这些家伙把紫苑他们给……

本来应该事先警告或发表攻击宣言，但是……我已经确认对方单方面发来了宣战布告，既然他们敢展开军事行动，想必已经有受死的心理准备了。

而且这不是战争，我已经决定要将这些人一个不剩地吞下。

既然不想留活口，那是否堂堂正正都无关紧要。

在我的统治领域（领地），胡作非为的垃圾给我通通消失。至少还能帮助我进化，这是他们的荣幸。

我停在上空。

现在是人类形态，戴着面具，用翅膀飞行。

我用"操纵重力"完全控制自己的姿势，就和走路一样，不需要刻意进行控制，我展望下方查看状况。

这时，红丸传来"思维传递"，他报告说已成功破坏了结界的魔法装置。白老说敌方有个难缠的魔法师，不过这不成问题。我把那个魔法师一并解决就行了。

我让他们回到城镇，防备敌军的别动队。

接下来，轮到我出场了。

我花了一点时间完成了对下方军队的"解析鉴定"，掌握了敌人的数量和具体战力。

与此同时，新型魔法术式的计算也完成了。

万事俱备——那就开始吧。

我展开了一个大型魔法阵覆盖了法尔姆斯王国的全部军队。那是从缪兰那里得到的大魔法"魔法禁区"。

　　依靠完美的位置信息在地上画出了一个直径五十千米的完美圆形，完全覆盖了近三米高的空间，遮断了天空与大地。

　　这样一来，敌军的魔法就被彻底封住了。

　　这项魔法纯粹是为了防止逃亡。我不想放过任何一个人，所以要防止他们用魔法进行转移。

　　而我接下来要发动的魔法才是重点。

　　我要发动一个最适合用来消灭这些家伙的大规模杀伤魔法。

　　其名字是——

　　"消失吧！被神之怒火烧穿——'神之怒（Megiddo）'！！"

　　光线从天而降，在地面不断反射乱舞，骑士还来不及做出反应就被贯穿。

　　没有开战的号角声，杀戮静悄悄地开始了。

＊

　　通常来说，军队会有专属的魔术师团展开防御结界。

　　那是军团魔法，用于防御各属性的魔法。

　　就算双方战力相差巨大，也可以从远距离发动"核击魔法"扭转战局。

　　防备一切魔法是这个世界军事行动的常识。

　　当然，法尔姆斯王国的军队也没有懈怠，他们布满了防御结界以御不测。

　　他们已经确认魔物国家中有超越 A 级的魔物，朝这个国家进军时，如果不多加防备，就太蠢了。

但这一切在我的新型魔法面前没有意义。

因为这个世界的结界都将重点放在防御魔素上，这和抵抗完全的物理法则有根本性的区别。

经过对结界的解析，我发现了这一事实。

仔细想想也很简单。

要对什么进行干涉，结界才能防住数千度的火焰热量呢？

这个世界的"元素魔法"发动时是通过操纵魔素对物理法则进行干涉的。

所以，想防御这种魔法，只要展开结界防止魔素进入就行。

需要用更强大的魔力贯穿结界，否则魔素就会被挡在外面，也就无法对内部进行物理干涉。换句话说，就是魔法发动将以失败告终。

而"精灵魔法"是用魔精的干涉力改写物理法则，所以威力施展的规模较小。

当然，敌军也展开了抗魔精结界，对"精灵魔法"进行干涉。

这是单纯的魔精间的力量比拼，要想阻碍对方的魔法很容易。只要能够防备偷袭，剩下的就是力量的正面交锋。

只要能够解析出魔法的原理，并加以利用就能将其化解。因此战斗的基础是准备全面的防御手段。所以，至少要综合使用两种结界。

于是，我转变思路，决定用魔法创造出纯粹的物理能量。

通过和卡律布狄斯的战斗以及对"魔力操纵"的解析，我大致理解了发动魔法的原理。而且经历过日向的"灵子崩坏"之后，我得到了灵感，这个想法终于成形了。最终，我让"大贤者"针对现有防御魔法的盲点，开发了能够有效突破防御魔法的新型魔法。

就在刚才，我完成了最终的调整，并投入了实战。

*

我的身边飘浮着一千多个水珠。

我在上空布下了十多个凸透镜状的巨大水珠。

阳光被那些水珠聚焦成细细的一束，并且可以通过下方的镜面水珠反射至任意地点。而且地面附近也有凸透镜状水珠将阳光聚焦到目标上。

那聚焦至铅笔般粗细的光线温度可达数千度，要夺人性命，热量绰绰有余。

水珠是我召唤的水之魔精变成的。

那些水珠中有吸收、反射、聚焦阳光能量的魔法。

这就是我的新型魔法术式——物理魔法"神之怒"。

最初的齐发乱射夺去了一千多名骑士的性命。

下方军队的行军被打乱了，"神之怒"令他们陷入了恐慌。

这当然还没结束。

我通过运算找出最合适的位置并自动进行调整，射出了第二击，又有一千多名士兵无力抵抗直接丧命。

这项魔法的可怕之处在于能量成本很低。最终射击点的凸透镜会被聚焦的热量蒸发掉，但瞬间就能创造一个新的补上。所以，我只需要提供一点能量给水之魔精收集空气中的水分就行。

创造新的凸透镜只要不到三十秒时间，可以进行连续照射。

而且，我只需要消耗召唤并维持水之魔精的魔素（成本）就行。因为这项魔法的能量基本来自象征自然能量的太阳。

这项魔法的缺点是只能在有阳光的情况下使用，现在是正午。

万事俱备，剩下的只有解决眼前这些垃圾。

光速的一击悄无声息地飞来，那些骑士还没反应过来就被烧穿。

我在上空用"魔力感知"精确捕捉位置信息，从死角准确无误地射穿要害。我的大型魔法只会阻碍魔素的操纵，不会影响到视觉，这也是一个优点。

穿着劣质皮甲的佣兵和穿着高级金属铠的骑士——被一视同仁，平等地共享恶果。

我没攻击特别华丽的马车和帐篷。

我不知道国王在哪里，如果杀了他，那我岂不是没法让他忏悔了？

我没那么仁慈。他碰了我的逆鳞，必须为此付出代价……

我单方面开战仅仅过了五分钟，入侵军队的三分之二就已经无法战斗了。

据我计算，我已经夺去了一万多人的灵魂。

数量刚好——

缓缓扇动翅膀朝地面飞去，我要给那些愚者更大的绝望。

大型魔法"魔法禁区"发动时，那夸张的规模令拉森惊愕。但他当即判断那项魔法没有意义，没把问题想得那么严重。

矮人王国的魔法部队是攻击的王牌，但法尔姆斯王国不同，他们的魔法部队的职责是防御，在此基础上，重点进行强化和辅助。肉体强化之类的内部魔法不受魔法阻害的影响，所以就算不能使用攻击魔法也没有任何问题。

而且各类防御性军团魔法已经展开，消除魔法效果唯一的办法就是使用解咒魔法（Dispel）。魔法禁区只能阻止施法，不能消除已发动的魔法。

为防万一，他做过确认，魔法效果依然存在。

"嗯，看来没问题。那么，那个敌人应该是对自己的近战能力相当有自信。"

"那就该我出场了。我要鼓舞一下骑士们！"

弗尔根对拉森的话有了反应，这时……

一道闪光扫过。

拉森不理解自己眼前发生了什么。

不，不只是拉森，在场的所有人都不理解。

咚！一个沉闷的声音响起，站岗的骑士倒下了。他的眉间有一个小洞……

"嗯？刚才那是什么？"拉森惊愕地叫道。

"别惊慌！保护国王！！"

弗尔根当即下令，那些骑士强忍着心中的慌乱遵照命令行动，但这没有意义。

最初的闪光不过是试探射击，接下来是射线的乱舞。

那些骑士瞬间倒下。

没有还手的机会，因为所有人都被射穿要害当场毙命。

"呀——！！"

"救救我，救救我——"

"呜哇啊啊啊啊，到底是从哪儿来的？"

战场在一瞬间化作阿鼻地狱。

前一刻他们还斗志昂扬，深信胜利属于自己……

法尔姆斯佣兵游击团的团长不快地咂了咂嘴。

数次驰骋沙场、经验丰富的强大佣兵被不知从哪飞来的光束贯

关于我变成
史莱姆
这档事5

Regarding
Reincarnated to
Slime

穿胸口。年轻的新人被吓得不知所措抱头乱窜。

那只是一瞬间的事。

炫目的光束乱舞，轻松夺走被照到的人的性命。

抵抗没有意义。

没过多久，第二波攻击来了。

看到自己的左膀右臂副团长在自己眼前倒下，团长终于认识到这是敌人的攻击。

与此同时，他打心底后悔参加了这次远征。

（混账！！这玩意是什么——！！）

这种现象远超他的理解范围，更别提什么对策了。

但团长是幸运的。

第三波袭来的光束照在他身上，他刚感觉到痛苦就被杀了。

法尔姆斯佣兵游击团团长是有名的Ａ级勇士，他甚至还没明白发生了什么。

神殿骑士团是隶属于西方圣教会的魔物专家，在这异常事态下，他们忠实于基本原则。

"全员整列！各队以密集防御阵型，发动多重抗魔结界！让敌人知道，在神圣之力面前，任何攻击都是无力的！"

即便同伴一个个倒下，他们依然以训练有素的动作立即做出反应。他们的训练成效显著。

然而……

那些骑士自信满满地展开结界，紧接着他们被一一射穿。

集中在一起是自杀行为。这样会使多人进入射线的轨迹，令他们同时丧命。

在神之怒面前，对神明的信心一文不值。

第五波射线结束时，神殿骑士团覆灭了。

所有人都在恐惧中战栗，强者和弱者没有区别。

他们完全束手无策。

法尔姆斯贵族子弟集中的法尔姆斯贵族联合骑士团早早瓦解，人人都想逃出去……最后甚至出现了自相残杀的丑陋局面。

但也正因为那份丑陋，他们活的时间最长。

这到底算不算幸运，则有待商榷……

拉森的徒弟们——法尔姆斯王国魔法士连团的魔法师们也毫无抵抗之力，一个个在不甘中倒下。

在无法使用魔法的状态下，单方面承受敌人的魔法攻击。这真的是魔法吗——他们想不明白，带着这份遗憾倒下了。

他们在临死时依然是学徒。

经过七次光束乱舞，法尔姆斯王国的军队只剩下不到一半。

在这过程中拉森和弗尔根也呆了一瞬间，然后决定与国王会合。

军队已经失控了，所有人都在拼命自保。

他们判断在这种情况下，先去保护国王才是上策。

他们还不清楚那光束到底是什么。就算把认知速度提高到极限，也看不出来。

一出现闪光，就有人倒下。

那是残光——没过多久他们便发现自己看到的是残光，那时攻击已经结束了。

总之，他们明白那攻击的速度远超自己的想象。

但面对这一状况，拉森在心里提出了一个假设：那光束最多只能贯穿数名骑士。

他注意到，这光也遵循着某种法则。

如果有墙壁，能挡住这道光就行。最坏的情况下，就算用人墙也能保护国王的安全。

拉森想赌一把，赌自己能承受住这道光。

"艾德玛利斯国王没事吧？"

拉森和弗尔根慌忙叫着跑向王的帐篷。

艾德玛利斯国王拼命忍着从心底喷涌而出的恐惧，差点无法呼吸。

他一心想保持国王的冷静，他混乱的头脑拼命地思考。

不管怎么看，这次远征都失败了，在这状况下，根本不可能活着逃出去。

为什么会变成这样？艾德玛利斯国王很想这样大叫，但现在不能这么做。

"雷西姆，怎么办？现在该怎么办？"

"要……要冷静，要冷静！"

豪华的帐篷中，国王和大司教吓得抱在一起。

就在刚才，出去查看状况的近侍瞬间丧命。

国王送走先头部队并等待陆续抵达的增援骑士。

看到那可靠的景象，国王深信这次远征必将胜利，自己也会获得光荣的头衔……

可是仅仅几分钟，状况骤变。

炫目的美丽光束在战场上驰骋乱舞，在战场上散播死亡。

那情景太超现实，艾德玛利斯国王不可能知道事情为什么会变成这样。他能做的只有害怕地待在帐篷里。

雷西姆大司教也一样。他完全没想过要保护国王，只是认为这里是最安全的地方，所以才没逃出去。

他的想法没有任何根据，但碰巧是对的。因为那无情的光束没有射进这个帐篷。

"国王，您没事吧！"

"骑士团团长弗尔根前来护驾！"

"哦，弗尔根，来得好。还有省吾也是。快，快带我逃出这地方。我们先回国重整旗鼓！"

"是啊。我们还不知道现在出了什么事，如果不尽早离开，我们也会受到牵连！"

见到法尔姆斯王国引以为傲的、最强大的两个人到来，艾德玛利斯国王也稍稍放下心来，恢复了些许从容。

他跑过去抓住弗尔根继续说道："快，快走！拉森在哪儿？让那家伙尽快用转移魔法把我们从这里——"

第九次射线乱舞。

"呀！！"

艾德玛利斯国王抱着头蹲下去，大司教雷西姆当场瘫坐下去。

"国王，请冷静。我在这里。"

"省吾？不，你是……拉森吗？"

"正是我，国王。"

"哦，哦！拉森……终于……你终于来了。快……我们快回去！"

"请等一下。虽然我有很多事要报告，但现在先放到一边吧。

简单来说，现在这一带用不了魔法。我们必须想办法聚拢骑士，以他们为盾强行撤退。"

"什么？"

"能……能做到吗？骑士的数量……那个……"

"请放心，雷西姆大司教。我可以用专属技能'统率者'强制召集幸存者，用他们的肉身保护艾德玛利斯国王和雷西姆阁下。"

"哦，哦。不，不愧是弗尔根！"

"太好了！弗尔根阁下果然靠得住！"

"那我就去召集部下，两位先进行撤退的准备！"

"哦，明白了！"

"明白！祝弗尔根阁下武运昌隆！"

弗尔根点点头往外跑去。

艾德玛利斯国王看着他那可靠的背影，询问起占据了省吾肉身的拉森。

"那么拉森，准备指的是……"

"是。"拉森点点头把两双鞋子递给王和雷西姆。

那是顶级魔法道具"飞翔鞋（Wing Shoes）"。这鞋子可以提升使用者的移动速度，并缓解疲劳，熟练之后甚至可以飞起来。这东西虽好，但国王并不熟练，没法指望他飞行。但在撤退时国王也需要奔跑，他考虑用这魔法鞋至少可以加快速度。

魔法禁区不会打消已经生效的魔法。拉森已经做过确认，魔法道具不会受到影响。

"那么，国王，下一波光束过后，我们就一口气冲出去。雷西姆阁下也没问题吧？"

"嗯。明白。"

“了解了，拉森阁下！”

接着，他们带上必备的随身之物，完成了准备。

第十波——最后的光束乱舞将战场装扮成美丽的舞台。

“就是现在！”

拉森话音一落，那三人就一口气往外跑。

他们看到弗尔根高大的背影屹立在帐篷外。

艾德玛利斯国王看到这一幕，便问可靠的骑士团团长：“情况如何？”

这个“异世界人”实力超越了 A 级，是法尔姆斯王国身经百战的杰出勇士。

弗尔根被誉为“王国最强”，是深得艾德玛利斯国王信赖的心腹之一。可是，他没有回答艾德玛利斯国王的问题。

“弗尔根，你怎么了？你怎么不回答，弗尔根？”

这声音中带着恐惧与混乱，以及愤怒。

艾德玛利斯国王拍了拍骑士团团长的肩膀。

结果——咚！那魁梧的身躯倾斜之后，倒下了。

细看之下才发现他头部侧面有个洞，从右侧贯通至左侧。伤口没流什么血，似乎是高温烧穿的……

“呀，呀呀呀呀啊啊啊啊啊啊啊啊！！”

艾德玛利斯国王惊恐地大吼，瘫软在地，想爬着逃回帐篷。

匍匐状态下，宝贵的飞翔鞋也不会起作用。

国王的优雅早已不见了踪影。

艾德玛利斯国王的两腿间滴下温热的液体，他挂着眼泪和鼻涕边抽泣边想：我会死，再待在这里，我会死的。

他十分惊恐，拼命想逃走，但腿已经软了，连站都站不起来。

然而，没人注意到王这副模样。

弗尔根召集的骑士也在第十波光束乱舞中覆灭了。

幸存者也失去了理性，拼命自保。

秩序荡然无存。

这个骑士团以西方诸国最强的军事力量著称，但他们现在连不堪一击的乌合之众都不如。

所有人都体验到了深深的无力感。

陷入恐慌状态是必然的结果，因为他们对魔物的绝对优势瞬间土崩瓦解……

这时，战场的士气变了。

逃窜的士兵陆续停下来，将目光停留在空中的一点。

艾德玛利斯国王见状也抬起头。

这一切的"元凶"就在那里。

一个长着蝙蝠般黑色翅膀的人从空中飘落。

那人戴着有裂痕的面具，个子不高，他披着庄重美丽的漆黑和服。

显眼的武器只有一把插在腰间的直刀。这身装束的防护效果还不如战场上的轻装。

但他散发出的霸气足以轻松颠覆常识。

就连法尔姆斯王国的精锐部队也被他如散步般轻松践踏。

那是……恶魔？不，那是——魔王！

光凭直觉就能发现这一点。

这时候，艾德玛利斯国王终于意识到自己犯下了天大的过错。

他不应该对那个国家出手，应该像布鲁姆特王国一样与之建交。

那衣装——应该是用那个国家的美丽布匹制作而成的。

那风度——肯定是那个国家的国主。

想到这个事实，艾德玛利斯国王脸色铁青。他似乎反而突破了恐惧的界限，又恢复了冷静。

艾德玛利斯国王心想：被称为西方诸国最强的魔女已经去讨伐魔物国家的盟主了，但现实是那个盟主就在这里。

他从未听说过那个计算精准的冷酷魔女会失败。

"魔物国家的主人……吗？难道他真的……活下来了……"

拉森迷茫的声音传入艾德玛利斯国王耳中。

听到自己的心腹——王宫魔术师的想法和自己一样，艾德玛利斯国王确信了：那个魔女失败了。而且他明白，眼前的魔物拥有强大的力量，足以让那个魔女失败。

这事可以理解。

既然他有魔王般的风度……

（怎么办？怎么做才能活下去？）

艾德玛利斯国王拼命思考。

这时，一个想法从他脑中闪过。

（不，说不定这是个机会！我是国王。如果我说自己是来交涉的，他应该会和我对话。从那份报告来看，他应该是个天真的老好人！）

他认为这是个非常好的主意。但这不是好主意，根本行不通，而且还会让事情变得更糟。

（和布鲁姆特那样的效果交涉就能让那家伙十分高兴，我是大国法尔姆斯的国王，只要我和他说话，他肯定会欣喜地跪倒在地！）

艾德玛利斯国王无视现状，单凭自己的愿望做出判断。

总之先想办法离开这地方，回国之后还可以再做反击的准备——出于这个肤浅的想法，艾德玛利斯国王开始了行动。

他没细想就开始行动，这种想法才叫天真……

●

我飞降至离地三米的高度，看到战场一片狼藉。

这状况和我的想象以及"大贤者"的计算结果一样，但我还是觉得自己有点过分。

不，不对，我不能因为这种事产生动摇。

幸存者看到我之后瘫坐在地上。

"呀！救……救命！"

但……我没有给他机会。

我花了一点时间才习惯了那项魔法，现在我可以随心所欲地操纵光束。

反射的角度是关键。这项魔法消耗很低，我可以随意发动。

将热源集中到一点，温度就能达到数千度，足以把人射穿。

掌握了窍门之后就可以随心所欲地进行最合适的设计。

虽然有延迟，但这魔法的本质是光束，光速之快，等看到之时就已经来不及躲避了。

就算这魔法是从一万千米外射出的，其抵达所需的时间也就0.034 秒左右，人类通过神经将视觉信息传达到大脑所需的时间都没那么短。

如果没有"大贤者"的运算，我也无法操纵这项魔法准确命中目标。

真不愧是"大贤者"——我再次认识到它的可怕。

如果有人在近距离朝我射出这项魔法，就算有"大贤者"的辅助，我也难以躲开。我可以瞬间处理视觉信息，所以也许可以勉强躲过……但应该要看运气。

可以肯定，人类是躲不开的。

我在第十次齐发乱射时听到了那睽违已久的"声音"。

"确认完毕。已成功获得专属技能'心无者'。"

这不是大贤者，是久违的"世界通知"。

话说，我不需要那种能力（技能）啊，但现在木已成舟。

我正想确认能力的具体内容时，那家伙对我说道："等……等一下！你是那个国家的国主吧？我是艾德玛利斯，是法尔姆斯王国的国王！请你等一下！我有话对你说。"

他是个不太干净的大叔，在这种状况下，还敢和我说话，也不知道他是个无谋的蠢货还是真有勇气。

细看之下，我发现他两腿间是湿的，似乎吓得失禁了，而且他脸上眼泪、鼻涕和口水混在一起惨不忍睹。

如果他是国王就太搞笑了。

"啊？你是影武者之类的吗？放心，我暂时不会对真国王出手的。"

我本来不想和那蠢货浪费时间，只想尽快射杀他，但我突然改变了主意。

万一他是真国王呢？

"他……他可不是什么影武者！我用我西方圣教会大司教雷西姆的名义担保！"

嗯？另一个长相寒酸的大叔开口了。

听到这话，我才开始仔细观察，这两人衣着豪华，看起来不像骑士。

好险。我觉得不用怀疑，他是真国王。

总之，我先确认一下吧。

"那我就把除你之外的人全部消灭，不会误杀真国王吧？"

"千真万确，我就是国王！可……可是……你要消灭……"

"咦！等一下，请等一下！还有我，请你至少放过我！！我在圣教会内部的影响力很大。我会证明你绝不是人类的敌人！"

自称大司教雷西姆的大叔跪下来央求道。

不管杀不杀这个大叔都不会影响到状况，但也许他能派上用场……而且，他肯定也是负责人之一，现在就留他一命吧。

至于另一个人……

自称国王的大叔似乎注意到我瞄了那人一眼，慌忙站了起来。

"等……等一下！我说过我有话要说！"

既然他说自己是我要找的国王，那就听听他怎么说吧。

"什么事？我听一听也无妨。"本着宽大的原则，我问道。

结果那个大叔激动地叫唤道："无……无礼之徒！我可是大国法尔姆斯王国的国王！你这种人本来连和我说话的机会都没有。现在可是我亲自和你说话……算了。这次就……"

刀光一闪，失去了手臂。

他那不知好歹的言行实在令人不快。

对这种人没必要以礼相待。

我的原则是礼尚往来，这家伙是不是真国王无关紧要。

那副模样本来也逞不了威风。他似乎还没认识到自己的处境，

我要让他看清现实，只要留下他的命就行。

我没想杀他，所以考虑得很周全，还用"黑炎"灼烧伤口为他止血。

我估计他最终会很痛苦……不过那不是我该做的事，受害者（紫苑）估计对他恨之入骨，我想让她亲自来。

"听好了，我可没那么好欺负。别以为我心软就可以蹬鼻子上脸。我允许你说话。继续。"

那个大叔一开始只是呆呆地看着自己空荡荡的左臂位置。

在他感受到疼痛的同时，他似乎搞清了状况。

"呀哦哦哦哦哦——！！"

他开始惨叫着打滚。

他是……英杰？享有盛名？

我实在没法把那个听上去好像很厉害的家伙和眼前这个大叔画上等号……

我怀疑他是不是真的国王，但除了这家伙，这里的其他人都不可能是国王。因为我说要消灭其他人的时候，没人想要站出来。

于是，我决定暂且当这个大叔是国王，并听听他怎么说。

我正想着，突然发现这家伙的哭声中少了一点愤怒。不过万一这家伙死了，可能会变成愤怒的恶鬼来找我，那就太可怕了。我一定要注意别失手杀了他。

"喂，你不是有话要说吗？如果你只是想让我看你跳舞的话，我已经看够了，你可以停下来了。"

听到我这话，大叔的嘴不停地一张一合，似乎想说什么。

看来恐惧与疼痛令他说不出话来。这大叔真爱给人添麻烦。

没办法，我就帮他暂时忘记疼痛吧。

关于我变成
史莱姆
这档事5
Regarding
Reincarnated to
Slime

我抓住大叔的头发，凝视着他的眼睛。

"机会只有一次，不会有下次哟！"我隔着面具恐吓道。

那大叔吓得浑身僵硬，一个劲地点头。我这句话似乎让他恢复了冷静。也许应该说是令他更加恐惧，麻痹了知觉。

他的嘴继续无声地张合了几下，但很快就流畅地说出话来。

"这是误会！这一切都是源于误会。我只是来这里缔结友谊的。看到我带着军队，你很不满吗？这只是为了保护我的安全，我想亲自去见你，所以不能不带军队！"

"哈？你单方面发出宣战布告，事到如今还在胡说八道？既然我有同伴牺牲，那你们就是敌人。"

听到大叔那该死的胡说八道，我冷冷地抛出这番话。

但大叔没有放弃，更加激动地喋喋不休道："等……等一下！不是的。这里面有误会。因为西方圣教会敌视魔物，所以我只是想确认缔结友谊是否有价值。而我派出的'异世界人'又不听命令擅自行动。我也被骗了，我没想到那些人那么危险。这反而是一种幸运！因为我知道了你的国家有勇士可以打败那些人。既然一个国家拥有如此强大的英雄，那自然是合格了。我的国家想和你的国家建交。这是件好事吧？这是份荣誉吧？和布鲁姆特那样的小国不同，法尔姆斯可是大国。这样你们脸上也有光吧？这样一来，我国也能安心，而你们也有我国做后盾。我会找机会介绍你们加入评议会，这事对双方都有利吧？我之后会就这次军队的损失提出赔偿要求，不过这对我们双方而言都是惨痛的教训。怎么样？你肯定会接受吧？"

我说……这家伙是天才吗？

他到底有多自大，一定要把我惹怒才甘心吗？

为什么对话的前提是我方要进行赔偿……

他就那么想惹怒我，那么想让我给他尝尝更加痛苦的滋味，然后让他彻底闭嘴吗？

大叔没注意到我的不快，不识趣地说到了最后。

总之他的右脚也没什么用，让他闭嘴。

他发出了惨叫，但我做了一些处理，他不会死，所以放着不管也没关系。

我不用特地为他做止血处理，直接用"黑炎"灼烧伤口的血管就不会出血了。

我不想杀他，这时候使用这项技能非常方便。

我突然发现静了下来，环顾四周看到生还的士兵敬畏地对我磕头。他们咽了咽口水看着我和大叔对话，看到交涉决裂，他们似乎绝望了。

开始有人拼命祈祷，希望我能饶他们性命，一种悲壮的气氛出现了。

遗憾的是他们的求饶没有意义，因为我宽容的心已经彻底被愤怒占据了，而且专属技能"心无者"的解析正好也完成了。

这项技能的效果是可以掌握求饶者或求助者的灵魂。

也就是说，在这项能力（技能）面前丧失战意就意味着死亡。

这项技能似乎很难派上用场，但现在似乎会有用。

"询问。是否使用专属技能'心无者'？
YES/NO"

如果进化成魔王所需的灵魂已经足够，饶他们一命也没关系。

233

但遗憾的是，还不够。

YES——我默念道。

我很平静，没有心痛，也没有罪恶感。

紧接着，除了被我排除在外的大叔和雷西姆，其他人全部暴露在"心无者"凶暴的威势之下。

那些骑士无力抵抗，瞬间消失。

专属技能"心无者"……

不，这真的没有怜悯之心。

如果只是怕我倒还没事，但敌方的内心一旦崩溃，我就能发动这项技能。

也就是说，敌方在屈服的瞬间就会将自己的灵魂交给我，是死是活全在我一念之间。

就算在我放走敌人之后，如果对方有违逆之心，我也可以发动该技能。

我十分惊愕，这项技能对逃走的人一样有效。

目标是一开始就被我视作敌人的所有人。这次的作用目标就是我在上空看到的军队——每个人都是我的目标。

虽然我说过要消灭所有人，但我知道总会有漏网之鱼。逃亡者往各地逃去，追捕非常麻烦。但发动了这个"心无者"之后，存活人数立即归零。

这项能力也许比我想的更有用。只要对手内心崩溃，战斗就结束了，今后似乎也能派上用场。

弥漫于战场的混乱与恐惧消失得一干二净，让他们从痛苦与恐

惧中解脱也算我的仁慈。

因为还有更大的恐惧与痛苦等待着现在还活着的人……

这时，"世界通知"响了起来。

"提示。正在确认进化条件（种子萌芽）所需的人类灵魂（养分）……已满足。已满足规定的条件。即将开始魔王的进化（丰收庆典）。"

那个声音在我脑中响起的同时，我感觉到力量正急剧从我身体中流失。

接着，我的身体不顾我的意志，开始变异重组。

我开始了魔王的进化，这不是自称，而是得到这个世界认可的"真魔王"之一。

*

我浑身无力，身体融化，变回了史莱姆。

糟糕。我困得要命。

我的视线渐渐模糊，眼看就要维持不住"魔力感知"了。

我开始头晕目眩。

啊，虽说要开始进化，但我感觉自己快失去意识了。

我不想在这堆满尸体的地方睡觉，回城镇吧。

我也抓住了两个主谋。我的目的达到了，现在可以回去了吧。

我正想着，"魔力感知"这时有了反应。

"魔力感知"探测到一个人。

可是，那人活着意味着他没有失去战意，不能掉以轻心。

偏偏在我困得不行的时候还有敌人……

如果不能驱散这睡意的话——

"提示。魔王的进化（丰收庆典）无法中途停止。"

怎么会这样！

我岂不是突然陷入了危机？

我急忙呼叫岚牙，为防万一让他潜伏在影子里是明智的。

"岚牙，在吗？"

"主人，我在！"

他在！太好了。

岚牙从我的影子里冒了出来。

看到他可靠的身影，我舒了一口气。

"岚牙，这是最重要的命令。保护我并把我带回城镇！还有，把这两人也一起带回城镇。传我的话严禁对他们出手。在我醒之前，把这两人交给卡巴鲁他们看管。"

不行了，我快维持不住意识了。如果能使用"空间移动"的话更快，但现在这么做似乎会害了我自己。

"遵命。那还活着的敌人怎么处置？"

岚牙似乎也发现了。

我先想想该怎么办。

刚才有一个人在装死。但在使用"心无者"之后没有生命反应，所以他应该是死而复生？

这意味着我没能夺走那人的灵魂，看来不能掉以轻心。

我觉得岚牙应该也能赢他，但还是小心为好。

安全第一。

但我也不想轻易放他走，而且万一他追来也很麻烦。

至少要拖住他，于是我决定召唤恶魔。

"神之怒"是出奇制胜的魔法，信息泄露是个大忌，但现在我的安全才是重中之重。

"我另有安排。如果能顺利抓住那人，我会让人把他带到你身边，你负责和他们接触。"

"是，明白！"

听到岚牙的确认，我集中起涣散的精神。

我瞬间解除魔法禁区并发动召唤魔法"恶魔召唤"。

我献上的代价是眼前的士兵。

我曾想过用"暴食者（Gluttony）"吞食，但那些人的能力似乎都没什么特点。

我不知道这会召唤出怎样的恶魔，但只要不浪费这两万名士兵就好。

这随心所欲的做法很有魔王的风格，但这也算是一点超度。

"我已经准备了供品，出来吧，恶魔。为我效力！"

这太麻烦，于是我就随便说了几句。

估计被召唤出来的是好奇心很重的笨蛋吧。

我脑中闪过了这样一个想法，我顺利召唤出了三个恶魔。

我本以为能召唤出约三十个高阶恶魔（Greater Demon），结果只出现了三个。

不过我记得高阶恶魔实力有 A⁻ 级，是非常强大的魔物。

而且灵魂都被我消耗了，所以变成这样也是在所难免的。

不行了，我来到这个世界之后第一次感受到如此强烈的睡意，

© Mitz Vah

我的脑袋转不动了。

也许让他们抓一个人也有些困难，但只能这样了。

"喂，这里有个人装死躲起来了。你们把那人活捉，并交给这个岚牙。"

史莱姆对大恶魔下命令——在旁人看来这似乎是一幅超现实的画面——我不禁胡思乱想起来。

看来我的大脑真的很不清醒。

我头晕得厉害，难以控制身体。

必须尽快回到安全的地方……

"呵呵呵呵。新魔王的诞生，真怀念这种感觉。实在太棒了！这么棒的供品以及第一份工作，不胜荣幸。我似乎有了一些干劲。我今后也能为您工作吗？"

其中一个强大的恶魔向我问好时说道，但我意识模糊，没完全听清。

"以后再说。先向我证明你的作用。去吧。"

说这句话是我的极限。

"小事一桩。请放心，伟大的召唤主——"

那些恶魔恭敬地行了一个礼，我无视了他们，意识沉入黑暗之中。

我来到这个世界之后第一次完全失去意识，这是进化的休眠——通过仪式（initiation）。

于是，这个世界诞生了新的魔王。

圆溜溜的眼睛
呆滞的表情

被解放者

Regarding Reincarnated to Slim

关于我变成
史莱姆
这档事 5
Regarding
Reincarnated to
Slime

利姆鲁出战之后，城镇的居民在中央广场集合，开始了祈祷。
他们在朱菜的指挥下共同维持结界。

实力较强的人正列队保卫城镇外围，防备外敌，与此同时将魔力释放至结界内部，提高结界内部的魔素浓度。

每个人都非常清楚自己的职责，并认真执行。

紫苑等人的身体安置在广场中间，朱菜正在用魔法维持他们肉身不坏。

中央是为利姆鲁准备的宝座，这是举办魔王进化仪式的场所。
他期盼在紫苑等牺牲者身边进行进化能提高一点复生的可能性。

居民围在四周。

朱菜和缪兰也并排站在那里。

朱菜心想，利姆鲁似乎很在意自己曾经是人类的事，但这不过是琐碎的问题。

对朱菜他们而言，灵魂的联系就是一切，他们通过这种联系获得了绝对的安心感。

朱菜希望利姆鲁也能知道这一点。

她自己经常沉浸在不会消失的幸福感中。如果失去了利姆鲁，自己也许会疯掉——朱菜有这种感觉。

光是想象这件事，身体就会因那种巨大的失落感止不住地颤抖。

"利姆鲁大人……只要有利姆鲁大人在，我们别无所求。可是，也许少了我们中的任何一个，利姆鲁大人的精神就会严重失衡……"

朱菜低语道。

　　红丸也点点头，他已经回来了。

　　他打心底认同朱菜的话。

　　和善的利姆鲁性情大变就是因为精神失衡——这种观点很有说服力。

　　如果可能的话，红丸也相信曾经的日常生活还会再回来。

　　"成为魔王之后请不要凶暴得像变了一个人……"

　　众人忍不住祈祷。

　　完成破坏结界的任务之后，他们围在宝座周围待机。

　　那是利姆鲁的命令。

　　万一我也成了没有理性的怪物就迅速把我解决掉——这是利姆鲁给他们的命令。

　　唯独这件事，他们无论如何都要避免。

　　这是在场所有人的愿望。

　　"你到底要睡到什么时候啊，紫苑……快点起来啊……"

　　红丸嘟囔着再次开始祈祷。

　　他们信奉的不是神，而是一只史莱姆。

　　那只史莱姆从未辜负过他们的期待，这次应该也会实现他们的愿望……

　　所有人深信不疑。

　　这时——

　　"提示。个体名——利姆鲁·特恩佩斯特已开始魔王的进化（丰收庆典）。在其进化结束的同时将会赐予系谱魔物祝福（Gift）。"

这座城镇中的所有魔物心中都响起了"世界通知",所有人都紧张起来。

看来利姆鲁成功剿灭了来犯的敌人,和计划一样。而且,他顺利开始了魔王的进化。

那么现在就轮到他们自己努力了。

"打起精神来!主人胜利了。接下来就轮到我们奋战了!"

众魔物回应着红丸洪亮的声音。

状况开始变化了。

失去紫苑他们可能会让利姆鲁的内心崩溃。他们现在要尽己所能防止出现这种状况。

不久之后,在岚牙小心翼翼的保护下,利姆鲁回来了。

魔物们按照之前的指示,将他放到宝座上让他休息。

红丸忽然想起了那件事。

他想起了那个用于确认利姆鲁醒来时是否还有理性的暗号——

"那我就问'紫苑的料理怎么样'。"

"明白了。我回答'难吃得要命',可以吧?这是谁想出来的?那种暗号真的没问题吗……"

万一利姆鲁失去了理性,他们可以及时采取措施。

虽然利姆鲁一直在发牢骚,但也勉勉强强同意了。

想出这个暗号的人自然是红丸。

他忘不了自己总是被迫品尝新菜因此受到了数不清的伤害,不胜烦恼……

可是现在……他想在紫苑身边说这话,他希望紫苑会睁开眼睛生气地抱怨——他打心底期盼着。

之后要做的就是按照计划执行任务。

红丸他们对"世界通知"无动于衷。

他们拼命打起精神一步步执行计划，完全没心思去想祝福是什么。

不过那个祝福会反映他们内心深处的愿望，准备已经悄悄开始了……

利姆鲁陷入了深度睡眠。

他现在彻底没了意识，连流线型都维持不住，形状很不稳定。

在利姆鲁意识无法抵达的深沉的黑暗之中……

"提示。魔王的进化（丰收庆典）已开始。即将重构身体，进化为新的种族。"

"确认完毕。种族已成功从黏性生物（史莱姆）超进化为魔黏性精神体（恶魔史莱姆）。各项肉体能力均大幅提升，可自由在物质体与精神体间转变形态。已获得固有技能'无限再生、魔力操纵、万能感知、万能变化、魔王霸气、强化分身、空间移动、黑炎雷、万能丝'，并成功取得各类耐性。已成功获得'痛觉无效、物理攻击无效、自然影响无效、异常状态无效、精神攻击耐性、圣魔攻击耐性'。进化已完成。"

而且——

"大贤者"只是抽象智能，没有自我，却主动依照创造主的心愿寻求进化。

"提示。再度尝试获得之前申请的能力……专属技能'大贤者'尝试进行进化……已失败。"

失败。
再度尝试……
失败。
再度尝试……
失败。
……
……
……

——（无限循环）ENDLESS——

"提示。专属技能'大贤者'尝试统合（献祭）'异变者'并进行进化……已成功。专属技能'大贤者'已进化为'智慧之王（拉斐尔）'。"

"大贤者"经过数亿次的尝试，不惜一切代价，不断挑战。在经历了无数次的失败之后，终于……

得到了魔王的进化（丰收庆典）的祝福——成功攻克了难关。

进化为这个世界的顶峰，究极能力。

本来这种进化的概率极小，几乎不可能发生。

"大贤者"孜孜不倦的尝试似乎有了回报。

成功进化之后达成创造主愿望的可能性也会提高，但没有意识的抽象智能感受不到喜悦。因为它不理解感情。

然而……

它明明不懂感情，也感受不到喜悦——却很满足。

接着，那个进化后的能力（技能），再次实现创造主的愿望。

它一心想为创造主实现愿望……也许……

进化继续进行。

"暴食者"消耗统合了"心无者"进化为"暴食之王（别西卜）"。

这是为了更好地实现创造主的愿望。

就这样，在利姆鲁的意识无法触及的灵魂深渊——他的能力（技能）为了实现他的愿望，静静地发生了深度进化。

不过，灵魂的收获庆典（Harvest Festival）并没有就此结束。

为了庆祝利姆鲁的进化，和他在灵魂上系谱相连的人都会得到祝福。

这是庆祝进化的狂欢，是给成功从"魔王之种"进化为"真魔王"的人的祝福。

庆典才刚刚开始。

关于我变成
史莱姆
这档事 5
Regarding
Reincarnated to
Slime

●

拉森躲了起来，全力隐藏自己。

幸运的是他曾死过一次。拉森完全掌握了省吾的能力（技能），他用"生存者"让自己过了一段时间再复苏。

他的大脑还没搞清眼前这难以置信的景象，他的本能就已经理解并执行了这个命令。

本能告诉他，凭人类的肉身无法战胜那样的敌人。

盟友弗尔根被杀了，毫无抵抗之力。别说是当艾德玛利斯国王的盾，他就连站到那个魔物面前都做不到……

拉森想去救国王，但现在出去只会白白送死，他慎重地选择了静观其变。

拉森一直屏着呼吸装死，直到那个面具魔人离开。现在用不了魔法，而且也不知道那个神秘攻击到底是什么，他判断现在很难逃掉。

光束闪过的同时就有数千名士兵死亡，估计现在只要他一动就会成为靶子。虽然这攻击不致命，但引起那个魔物的注意可不是什么好主意。

为了提高一点生存概率，拉森选择静观其变。

看到那一幕，拉森感受到了。

他感受到了恐惧。

虽然拉森对恐惧有耐性，但面对那副情景，他不禁产生了怯意。

幸存的近万名骑士瞬间丧命，拉森活了那么久从没听过这种事。他的实力可不仅仅是英雄或"异世界人"的层次（等级），不管拥有多少专属技能都不可能胜过那种怪物。

这正是灾祸级的实力。

拉森自认为有与魔王匹敌的实力，但他明白那个怪物的实力比自己预想的要强。

拉森心想：那个怪物是怎么回事？我从没听说过……魔物国家的主人不是史莱姆吗？

他的内心没有崩溃是因为他忠心耿耿，一心想救国王。

然而，拉森没能如愿。因为对方已经发现他还活着。

如果拉森抱着必死的决心，不顾一切地发动攻击，要是运气好，说不定能打败那个魔物。

虽然没机会杀掉对方，但应该能达到救出国王的目的。

然而，拉森太过谨慎。

那个魔物采取了措施。

那个魔物召唤出一头巨狼魔物，那头巨狼小心翼翼将变成史莱姆的魔物衔在嘴里。

接着，巨狼又用分叉的尾巴卷起艾德玛利斯国王和雷西姆大司教放到背上，以疾风般的速度离开了。

这里只剩下三个高阶恶魔。

戴着面具的可怕魔人变成史莱姆时，拉森十分惊愕，与此同时，他恍然大悟。

（看来他果然是国主，而且连续使用那种大魔法当然会耗尽魔力。如果他召唤恶魔是为了保护自己，说不定现在有机会救出国王——）

这个想法对错参半。

那些恶魔，不——那个恶魔已经被召唤出来了。

关于我变成
史莱姆
这档事5

Regarding
Reincarnated to
Slime

对那个恶魔而言，拉森不过是单纯的猎物。

那个恶魔要完成召唤主的命令，然后去邀功——所以他才会留那个可悲的猎物一命。

拉森认为自己能赢三个恶魔，于是从尸体中站了起来。

幸运的是，面具魔人为了进行恶魔召唤，解除了魔法禁区。

这样一来，拉森也可以拿出全力战斗。虽说高阶恶魔的实力有A级，但只有三个，拉森应该不会输。

拉森简单做了做准备活动，准备悄悄绕到高阶恶魔背后——这时，他发现那两个恶魔就在自己面前。

"嚯！是'空间转移'啊。你们这些高阶恶魔相当有经验嘛。"

那两个恶魔没有回应拉森的话，而且也没有动手的迹象。因为他们接到的命令只是拖住拉森。

下令者是那个悠然朝这边走来的美丽恶魔。

那个恶魔独自站在拉森面前。

"呵呵呵呵。舒展好筋骨了吗？那就束手就擒吧。只要不抵抗，其他事随你便。虽然我不会杀你，但我可以让你吃点苦头，请你注意——"

那个恶魔对拉森说道，他脸上挂着美丽而扭曲的笑容，无法分辨男女。

"哈？你要当我的对手？"

"对手？呵呵，这玩笑真有意思。"

"哪里像玩笑了？你不过是个恶魔！"

"呵呵呵呵。好啊，这好像很有趣。我就稍微陪你玩玩，就当是饭后运动。"

那个恶魔开心地低声说道，表情扭曲。

那副笑容会让恐惧从目击者的灵魂根源喷涌而出。

那个恶魔瞄了上空一眼。

用视线转移敌人的注意力不过是雕虫小技——拉森在心中嗤笑。

"别大意！核击魔法'热收束炮（Nuclear Cannon）'！！"

拉森事先准备好这项魔法，可以省去咏唱过程，只用简单的键言就能发动魔法效果，这是他的撒手锏。

但这种做法有引发魔法爆炸的危险，所以使用者必须有丰富的魔力使用经验，至少要是魔导师级才行。

这种做法效果显著。

咏唱时间是魔法师的弱点，省去咏唱意义重大。拉森一出手就用了胜算最大的一招。

而且，拉森使用的魔法是元素系的奥义——"核击魔法"。这是单击的最强魔法。

恶魔显现时必须要有肉体，只要破坏肉体就行。虽然恶魔不会就此被消灭，但恶魔会失去对世界的影响力，从而无法构成威胁。收束的超高温射线足以消灭任何恶魔。在拉森看来，自己已经胜券在握了。

然而，蕴含必杀热量的超高温射线在恶魔举起的左手前方折向上方，笔直朝天空延伸。

"哑炮……喊，竟然在这关键时刻……"

这是预先准备好的魔法，所以有极低的概率出现威力降低、魔法失败的情况。

拉森愤恨地咂了咂舌，和恶魔拉开了一大段距离。

"咦，你刚才的魔法很不错嘛。"

"你说什么！发挥不出效果就没意义了吧？"

"嗯，原来是这样。如果你口中的效果是打败我的话，我给你一个忠告，你靠魔法是达不到那个效果的。"

那个恶魔显得十分从容，看上去情况很不妙。

这话让拉森十分恼火，但他隐约觉得有种挥之不去的淡淡寒意。

"嚯，你口气倒不小。那这招怎么样！魔精召唤'土之骑士（War Gnome）'——出来吧，根源大地的高阶魔精！！"

拉森打出了王牌，他要用自己最强的魔法一决胜负。

他召唤的是超越A级的高阶魔精。这是只有英雄级的人物才能召唤的最强魔精之一，对付高阶恶魔根本不在话下。

大地回应了拉森的召唤，地面隆起，变出了一个身穿坚硬铠甲的骑士。

感受到那股可怕的能量之后，拉森终于放下心来，有余力考虑其他问题。

这是最强的高阶魔精，别说是高阶恶魔，就算面对传说在其之上的高阶魔将（Archdemon）也可一战。

（如果魔法没出问题，也不用使出这张王牌……不过这个恶魔很强。我有种不祥的感觉，现在不能大意……）

拉森认为这样就能赢。

他认为只要有这份战力，不管敌人有多强都没问题。

拉森打算将眼前这个恶魔连同他身后的两名恶魔一起击败，然后去救艾德玛利斯国王。

然而……

"原来如此，原来如此。恶魔克制天使，天使克制魔精，魔精克制恶魔，确实是这样。从这三者互相牵制的关系来看，召唤高阶

魔精是正确的选择。但是……"

即便面对拉森召唤的土之骑士，那个恶魔也没有慌张。

"你太嫩了。"

他什么时候行动的……

拉森已将认知速度提高到了极限，却看不清那个恶魔的动作。

坚固的矿石铠甲上破了一个大洞，美丽的手扯掉了精灵之核。

接着，恶魔把精灵之核放进嘴里，咔一下咬碎。

"你看，对吧？你的经验不足。徒有力量的傀儡不是我的对手。"

那个恶魔呵呵笑着告诉拉森。

"不可能！！那是魔精啊！那可是高阶魔精啊！！"

拉森的王牌瞬间被击败，极度的混乱向他袭来。不可能——他的大脑用尽全力拒绝这个现实。

因为这太奇怪了。

高阶魔精足以匹敌高阶魔将，如果陷入苦战还能理解，可他竟然被秒杀了，这怎么可能？

恶魔温和地对混乱中的拉森说道："魔法就到此为止吧。我想试试召唤主给我的这具肉身，我们换个玩法吧。"

说着，恶魔打了个响指发动了一项魔法。

那个恶魔以自己为中心，发动了一个半径两千米的魔法禁区。

"好，这样就用不了魔法了。现在请随意发动物理攻击。"

拉森很疑惑，想不通对方要干什么。

（哈？为什么要封锁魔法？魔法才是恶魔最强的武器……不，更重要的是，他既没进行魔法仪式，也没咏唱咒文，就能使用这种大魔法——不，现在不是想那种事的时候！！）

拉森把疑问抛到一边，像猫一样踮起脚摆好架势。现在得到了省吾的身体，所以他也掌握了空手道的招数。

"唏！！"

他短短地吸了一口气，气势十足地对恶魔拳脚相向。

他攻击的威力被专属技能"乱暴者"提升至极限，以超出人眼处理能力的速度宣泄到恶魔身上。

猛烈的拳头连击，足以踢断大树的脚法。

恶魔没有抵抗，如数吃下了那些伤害——

（不，不对！）

那个恶魔应对自如，完美地将攻击全数化解，就像事先演练过一样。

这根本不是没有抵抗。那个恶魔的技量（等级）远远凌驾于拉森之上，完美地应对他的每一击。

现在，拉森终于打心底明白了。

他不愿承认这个可怕的事实，但现在别无选择。

站在自己眼前的恶魔。

一金一红的一对瞳孔，白色的皮肤，美丽的黑发中挑染着红色与金色，很有特点。

他和普通的恶魔不同，外表几乎与人类无异。这证明了他在恶魔中地位很高。

不幸的是，拉森的实力太强了。

他孜孜不倦地探索世界的真相，窥视魔法的奥义。他头脑冷静，对自己的实力一清二楚。A级的人是屈指可数的超一流强者，就算在这些人中，拉森也是一枝独秀。否则，沐浴在那个恶魔放出的恐惧波动时，他可能就丧失了战意。也许那才是幸福的结果……

而拉森的知识、拉森的强大给他带来了更加不幸的结果。

无知者无畏。

那个恶魔连高阶魔精都能打败——证明了他的级别至少是高阶魔将。

那个恶魔既不用仪式也没有咏唱就能施放大魔法——证明了他所积累的知识与技术比拉森更渊博。热收束炮偏折向别处不是因为什么意外……

而且，拉森竭尽全力的攻击看不出效果证明了那个恶魔的力量远在拉森之上。

如果拉森没有渊博的知识和强大的实力，他就不会发现那个恶魔强得异常。

但是，拉森明白了。

（难……难道是……原……原初……）

现在魔法已经被封锁了，拉森无处可逃。绝望淹没了拉森的内心。

（他竟然……他竟然给如此可怕的家伙肉身，解放这家伙来到这世上——）

如果这个恶魔没有肉身的话，至少等时间到了，他就会回到恶魔界。他现在有了肉身，人类将会面临前所未有的危机……

拉森深陷恐惧之中，这时他听到……

"你也该累了吧？那就轮到我了。"

这是一个既动听又可怕的声音。

拉森一听到那声音就两腿发抖，失禁了。

他现在明白了一切，彻底没了抵抗的勇气。拉森钢铁般的意志彻底粉碎，他的内心瞬间崩溃。

"呼……呼。啊……啊……啊啊啊啊……"

无法言表的恐惧。

高阶魔将是灾厄级的怪物，是统领恶魔族的最高阶级，已确认的记录屈指可数，几乎算得上传说中的魔物。

据说其力量和高阶魔精一样，相当于 A^+ 级，是被视为准魔王的危险魔物。

以拉森现在的实力，即便面对如此危险的魔物，他也有信心能赢。拉森守护了大国法尔姆斯长达数百年，他曾在几人的帮助下击退过高阶魔将。

然而，眼前的恶魔不同。

（如果这家伙是……原初恶魔之一……）

没有胜算。不仅如此，拉森连逃都逃不掉。拉森绝望地瘫坐在地。那种恶魔被解放出来了，这一现实令他深陷绝望之中……

恶魔一脸遗憾地看着拉森低声说道："咦？已经结束了吗？"

他显得有些无奈，让两名手下抓住拉森，带去指定的城镇。

他要完成最初的工作，并向召唤主邀功。

●

在红丸他们面前，史莱姆的身体不停地变成各种奇怪的形状。

不久之后，变化停止，他恢复了原本的流线型并稳定下来。

这时，利姆鲁的身体又不停地忽明忽暗出现了赤、青、黄、绿、紫、白、黑等各种颜色，很是怪异。

就这样过了一段时间，其他人对时间的感觉都错乱了。

也不知道过了多久，那些担心利姆鲁的人心中响起了"世界通知"。

"提示。个体名——利姆鲁·特恩佩斯特的魔王进化（丰收庆典）已完成，即将授予其系谱下的魔物祝福。"

接着，一股猛烈的睡意袭来。

"呃，这是怎么回事？"

"咦？这是祝福？我感觉自己和利姆鲁大人间有种紧密的联系！"

面对这突如其来的事态，红丸、朱菜以及其他魔物都掩藏不住心中的惊愕。

红丸明白利姆鲁已经成功完成了进化。

接下来就轮到红丸他们了，但没人会想到连他们自己也会这么困。

从无法进行抵抗的人开始，他们一个个陷入了深度睡眠。但红丸和利姆鲁有约，他不会轻易睡过去。

红丸拼命抵抗睡意。

这时，利姆鲁的身体在他眼前放出了炫目的光芒。

光线消失之后，一个长发飘扬的美丽人物站在那里，那头发是光彩照人的银色。

那是利姆鲁，他没戴面具，个子长高了一点，如月光般美丽的柔顺银发贴在脸上，展现出天仙般的美貌。

遗憾的是利姆鲁没有性别，但红丸仍看得出神。

"提示。剩下的交给我，你睡吧。"

一个柔和的声音直接在他脑中响起。

那是不可违逆的声音，也给红丸带来了深深的安心感。

那个声音引导红丸陷入了无法抵抗的睡眠之中。

看到这一幕之后，化作人形的利姆鲁开始确认是否还有其他人醒着。

缪兰环视四周睡着的人，感到很不可思议。其他人一个个睡过去，现在似乎只有她一人醒着。

留在这座城镇中的人类和矮人全部转移到远离中央广场的建筑物中了。这里的魔素浓度很高，人类可能承受不住，为了避免危险，他们无奈地开始了避难。

爱莲应该会在建筑物中展开结界，在那里观察这边的状况。

尤姆和他的同伴本打算一直留在这里保护缪兰，但他们还要去把岚牙带来的法尔姆斯的国王和大司教交给卡巴鲁等人，所以离开了。估计现在他们已经把那两人交给了卡巴鲁他们，并严加看管防止那两人逃跑。

缪兰心想尤姆他们也快坚持不住了，这正好是个不错的借口。因为如果没有这个理由，尤姆他们可能会一直留在缪兰身边，直到承受不住高浓度魔素而死去。缪兰觉得尤姆真的很蠢，但也有些开心。

缪兰没告诉尤姆。因为如果说出来，尤姆可能会得意忘形做出更蠢的事。

这也是缪兰为尤姆担心、希望尤姆平安的证据……

总之，现在只有缪兰一人留在这里。

化作人形的利姆鲁用不带感情的目光确认了这一状况。

他瞥了缪兰一眼后慢慢张开了双手，似乎认为这不成问题。

他把长长的银发捋到后背，放出天使翅膀般耀眼的光辉。

"提示。我以'智慧之王（拉斐尔）'的名义下令。'暴食之王（别西卜）'吃光这个结界内的全部魔素——一片灵魂碎片都不能留下。"

听到这话，"暴食之王（别西卜）"开始行动了——凶恶的权能（力量）被释放了出来。

不过这次，这份力量被用在某种目的上。

"暴食之王（别西卜）"将要描绘出"智慧之王（拉斐尔）"推导出的结果。

覆盖整座城镇的结界内部的魔素全部被吸光，变成了一个纯粹的空间。之后，连结界也被吃得一干二净。"暴食之王（别西卜）"的力量停止了。

仿佛什么事都没发生过。

化作利姆鲁外形的人——主人意志的代行者（拉斐尔）朝躺在前方的紫苑走去。

他举起手开始进行"解析鉴定"。

他的行动细心谨慎。这是为了实现主人的愿望。

缪兰惊愕地看着这一幕。

他们展开的结界瞬间被吃得一干二净，这也是个威胁，何况……

（这不可能！！）

能力（技能）竟然能在没有主人指示的情况下自主行动。

如果主人事先下了命令倒还能理解，但现在的情况似乎不是这样。

关于我变成
史莱姆
这档事 5
Regarding
Reincarnated to
Slime

最重要的是——那庄严的身姿简直与利姆鲁无异。

比起魔物，他更像是魔精。

缪兰不可能对这么离谱的事一笑了之。

可缪兰唯一能做的就是在一旁看着，不要妨碍到他……

●

岚牙把法尔姆斯国王和大司教给尤姆之后，就回到城镇入口待命。

他接到利姆鲁的命令，等那些恶魔回来时，要和他们碰头。其实岚牙也想留在利姆鲁身边，但他必须优先执行利姆鲁陷入昏睡之前留给他的命令。

魔人格鲁西斯饶有兴致地看着岚牙那副模样。

红丸——应该说是朱菜，请他和岚牙一起守在这里防备入侵者。如果有敌人，格鲁西斯就趁岚牙应战的时候去请红丸他们。

但在警戒期间，完全没有敌人的踪迹。为了打发时间，格鲁西斯对岚牙说道："话说，既然那个名叫朱菜的鬼姬能轻松改良这个结界，那她应该也是个很厉害的施法者吧。"

聊天的话题是覆盖这座城镇的结界。

由于有结界，所以他们现在无法离开城镇。

要是利姆鲁在的话倒是另当别论，但除了他，这座城镇的任何一个魔物都出不去。

格鲁西斯也不例外。他被强大的结界困在里面出不去。

为了让在上一次袭击中牺牲的紫苑她们复生，这一切是必不可

少的。

红丸他们能穿过这个结界回来，是有原因的。

鬼姬朱菜很厉害，她解析了缪兰的大魔法，并进行改良，提高了性能。她把结界设置为防止魔素流出，同时又不限制魔素流入。

这是单向通行的结界。虽然在理论上有可能，但能轻松创造出这种结界是很可怕的。

对格鲁西斯而言，最重要的是缪兰那吃惊的表情。她那表情非常可爱，但格鲁西斯不会把这个秘密告诉任何人……

而且，和岚牙谈论感情问题似乎没有意义，格鲁西斯也没蠢到那地步。

"嗯。我看也是。因为朱菜公主是仅次于利姆鲁大人的智者。"

岚牙开心地点点头说道，他似乎也认可朱菜的实力。这座城镇的魔物在听到自己的同伴被人夸奖时几乎都很高兴。

格鲁西斯觉得他们对自己的主人利姆鲁的评价言过其实，但把那种事说出来就太不识趣了。

格鲁西斯很喜欢这种气氛。他觉得这些魔物虽然会斗嘴，但关系很好，这种氛围和自己的兽王国一样。

（卡利昂大人果然没看错。法比欧大人说得也没错，这座城镇中的每个魔物都过得很开心。）

格鲁西斯边想边和岚牙聊了很多。

"话说，格鲁西斯阁下，有件事我很在意。我听说魔物卡利昂大人要和魔王米莉姆大人战斗……不会有问题吧？"岚牙的眼中带着担忧。

"啊，是这事啊。"

格鲁西斯对这事也很在意。

现在魔素被结界挡住了，他无法和兽王国的同伴取得任何联系。

不过，格鲁西斯也不是特别担心。因为决战的日期在三天后，而且他也说过，自己相信魔王卡利昂会赢。

利姆鲁已经具备了成为魔王的条件，估计等见证完这一切之后，再去支援也来得及。

而且三兽士也在卡利昂身边，他们比格鲁西斯强得多，所以他相信，就算强如魔王米莉姆也不会真的发动战争。

格鲁西斯判断，现在着急也没用，因为所有人都比他预想的要勇敢。

格鲁西斯更关心的是……

"能活过来就好了。"

他最关心的是这座城镇的牺牲者能否复活。直觉告诉他，如果失败，利姆鲁肯定会变成一个威胁。

"没问题的，魔物很顽强。而且……我们所有人的灵魂都连接在一起。只要有利姆鲁大人的保护，我们就不可能那么轻松地被消灭。"

"是啊，我猜应该没问题……"

"呵呵呵，不必担心。只要我的主人完成进化，所有人都能顺利复活。"

岚牙断言道，他十分信赖利姆鲁。他似乎看出了格鲁西斯的担心，那语气就像在说自己从没考虑过利姆鲁大人会失去理智。

格鲁西斯笑着点点头，说："肯定没问题。"

是不是威胁另当别论，但在不希望利姆鲁改变这一点上，两人的想法是一致的。

格鲁西斯不是利姆鲁的部下，但也被他的人格魅力所折服。最重要的是，利姆鲁也是拯救缪兰的大恩人。

（不过，我看上的那个女人似乎爱上了别人。如果她爱上的是个混蛋，那我不会善罢甘休，但既然是尤姆，那就没办法了。在那个笨蛋被甩掉之前，我就先老老实实等着吧……不，稍微妨碍一下他们也……）

格鲁西斯还没放弃。他知道不能继续胡思乱想，于是换了个话题。

"我没想到自己竟然有机会亲眼看到魔王的进化……"

话题转向正在进行的新魔王的诞生。

"那可是利姆鲁大人。不管发生什么都不足为奇。"

"不不不！每隔数百年才会有一个魔物成为魔王之种啊！"

"魔王……之种……"

"是的。这是魔物的实力得到这个世界承认的证据。包括卡利昂大人在内，全世界只有十人，是世界的最强者。"

"哦？加上利姆鲁大人之后，世界上就有十一个大魔王了吧？"

"是啊。我不清楚其他魔王会做何判断。因为这次的事会打乱魔王间的力量均衡，搞不好会成为一个动荡时代的序幕。"

"如果事情变成那样，那我们就用自己的力量保护利姆鲁大人！"

"关于这一点，我也一样。我将是卡利昂大人的剑，但我希望不会和你们为敌。"

"呵呵呵，同感。"

格鲁西斯和岚牙一起笑了起来。他们发现对方的想法和自己一样，所以很开心。

接着，他们继续闲聊。

格鲁西斯认为不会有万一。

可是过了一会儿，岚牙突然一副昏昏欲睡的样子。

看来朱菜也考虑到了这个可能性。

据说魔王诞生时其部下会得到祝福。这和进化差不多，在其诱导下，魔王的部下会毫无抵抗地陷入深度睡眠。

岚牙在睡着前把一切托付给了格鲁西斯。

"呼呼……我也……快坚持……不住了……好困……如果我就这么睡过去，任务就……格鲁西斯……阁下……之后……的事……可以拜托你吗……"

岚牙说可能会有三个恶魔过来。

那些恶魔是利姆鲁召唤出来的，利姆鲁命令他们抓住法尔姆斯王国的幸存者……岚牙奉命和那些恶魔接触，不能完成任务，他显得很不甘心。

可他似乎扛不住那股睡意，把之后的事交代给格鲁西斯之后就不情愿地睡着了。

幸存者有一个，似乎实力很强。不能排除那人打败恶魔、袭击城镇的可能性，所以有必要进行防备。

知道自己深受信任，格鲁西斯有些开心。

所以，格鲁西斯开始绷紧精神，防备四周，保护岚牙和这座城镇中的其他魔物。

过了不到半刻……

那些人出现在了格鲁西斯面前。

"咦，岚牙阁下……已经陷入进化的睡眠了啊。"一个十分美丽的恶魔看着睡着的岚牙说道。

格鲁西斯惊愕万分。

他从那些恶魔身上感受到了被召唤的恶魔族无法企及的力量，不用看也知道那些恶魔得到了肉身。岚牙说过利姆鲁召唤的是高阶恶魔，可是不管怎么看，这些恶魔都没那么简单。

一丝恐惧涌上格鲁西斯心头，令他浑身毛发倒竖。

那是格鲁西斯的本能发出的最强警报。

"喂喂，我可是头一次见。你们是高阶魔将吗？"

"呵呵呵呵。正是如此，高阶魔人先生。"

格鲁西斯此前从未见过高阶魔将，他一眼就看出了那些恶魔的危险性。

那股不可抵抗的压迫感和红丸以及三兽士一样。不，说不定还在他们之上……

"呵呵呵呵。请不要如此提防。我是新魔王召唤出来的无名恶魔。后面两位是我的随从，不必在意。"恶魔直爽地对格鲁西斯说道。

"随从？"

听到这话，格鲁西斯往那个恶魔身后看去，发现两个高阶恶魔站在那里。其中一个恶魔背着一个昏迷的男性。

从那两个恶魔身上也能感受到非同小可的魔力。他们的战斗力似乎堪比高阶魔人。

那是高阶恶魔？

"开什么玩笑？"格鲁西斯心想。他没说出口，只是耸耸肩点了点头。

"原来如此。我听岚牙阁下说会有三个恶魔过来。那么，那个男人就是从利姆鲁大人的攻击下生还的混蛋？"

"那不是攻击。对那位大人而言，那和游戏差不多。而且，多亏这人活了下来，我才会被召唤出来。所以，我对他有点感激，想以礼相待。"

"呃，以礼相待啊……"

让高阶恶魔背着他算不算以礼相待估计有待商榷吧。可明智的格鲁西斯没有往下说。

"算了。城镇中的魔素浓度很高，用结界保护他吧。"

"这样是不是对他太好了？"

"……是你说要以礼相待的吧？"

"哦，是的。如果他死了就糟了。要是那样，我就无法向那位大人证明我的价值了。"

格鲁西斯爽快地解除戒备，决定带那些恶魔进去。

他认为既然这些恶魔知道岚牙的名字，那他们肯定就是利姆鲁召唤出来的恶魔。

那些恶魔也不像被人操纵的样子，更重要的是，如果有人能操纵这种怪物，那就算抵抗也无济于事。

就算在这种情况下，格鲁西斯也能完全发挥出自己的优点。

格鲁西斯转过身正准备给那些恶魔带路。可是，那一瞬间覆盖城镇的结界突然消失了。

似乎有情况。

"什么？"

"嗯？这……这是……"

有那么一瞬间，格鲁西斯将视线投向恶魔。

"抱歉，我很担心里面的情况，你在这里等我！"

格鲁西斯留下这句话之后便跑向中央广场。

接着，这一天发生的最后一件事开始了。

恶魔高兴得差点失了神，他对部下做出指示。

"绝不能让这个男人逃走，也不要杀他。"

接着，他独自使用了空间转移。附近几千米都是他"魔力感知"的感知范围，对他而言，空间转移到这个范围内就和散步一样轻松自然。

他下属的两个高阶恶魔没有那种能力，他们表示知悉并开始追着主人移动。他们不慌不忙自然地往城镇中心疾驰而去。

恶魔转移到了利姆鲁身旁。

"主君，我回来了。"

他恭敬地对银发飘扬的利姆鲁行了一个礼，跪了下来。

利姆鲁是恶魔的召唤主，他现在和召唤时的史莱姆形态不同，是一个美貌的人类。不过，恶魔不会认错人。

只要有那神圣的霸气，无论变成什么形态，恶魔都认得出来。因为那是灵魂发出的光辉。

对恶魔而言，辨别灵魂的色彩是轻而易举的事。

他的召唤主正在对躺在地上的死亡魔物进行庄严的仪式。

好美。恶魔由衷地在心中感慨。他想放下一切，专心地观看，但不能这么做。有件事让他很在意。

他悄悄靠近以免打扰到利姆鲁，并小心翼翼地说道："恕我冒昧，看样子魔素量（能量）不够——本来应该等待仪式结束，可是……"

正如恶魔所说，利姆鲁收集的分量不够进行这个仪式。

恶魔根据已知的知识判断，召唤主现在进行的仪式是"返魂秘术"。

这是死者复生的前置阶段，尝试让灵魂完全再生的秘术。

如果这项秘术失败，复生者的人格将会和生前似是而非，变成一个怪物。这项秘术难度极高，如果复生者只缺失知识或记忆的话就称得上成功。

这是根据超出人类理解范围的智慧创造出的秘法——返魂秘术。

当然，行使这种秘术必须要有足够的魔素量（能量），控制这些魔素需要的魔力也是难以想象的，就连高阶魔人也不可能做到。

只有擅长操纵灵魂的恶魔族，而且是其中屈指可数的强者才能发动这项秘术。

呵呵呵呵，不愧是我的主君——恶魔感动地想道。

眼前这个秘术正同时对近百名魔物行使。对一人行使就需要巨量的魔素量（能量），他却同时对百人行使。

也难怪魔素量会不够。所以，恶魔考虑自己是不是能帮得上忙，于是小心翼翼地问道。

"现状。魔素量（能量）达不到规定标准，将消耗生命力作为替代品。"

听到这话，恶魔慌了。

"请等一下，主君！您无须用自己的生命当替代品……对了，我有一个好主意！"

接着，恶魔说了一个提议。

他的视线停留在迅速赶来的两个高阶恶魔身上，似乎在估量什

么，接着满意地点了点头。

"请使用他们！"

听到这话，站在他背后的高阶恶魔挺身上前，跪了下来。

"能为您效力是他们的荣幸。对我们而言，这是无上的喜悦。"

高阶恶魔也点头表示同意。对他们而言，这是理所当然的。

利姆鲁——"智慧之王（拉斐尔）"转向那两个恶魔，用泛着金色光辉的瞳孔观察着。

那美丽的瞳孔中没有感情，他静静地说道："明白。"

接着，他毫不犹豫地用"暴食之王（别西卜）"将他们"捕食"。

高阶恶魔瞬间消失。他们连同空间，一起被"捕食"并被分解，转化为纯粹的魔素（能量）。

恶魔看着那些能量面露喜色。他认为自己应该为主人尽了一份力，十分满足。

"哦……真羡慕。不愧是主君，魔王的进化非常完美。您身上有种压倒性的力量，和之前简直判若两人。"

恶魔羡慕地看着召唤主的进化。

美丽的主人脱胎换骨，成了魔王，恶魔的心愿就是侍奉这个主人。为此，他必须证明自己能为主人效力……

为了不妨碍到仪式，恶魔带着这份决心站在一旁静静等候。

无须多费口舌，他认为多余的举动可能会招致主人的反感。

因为急于为主人效力可能会妨碍到仪式，那就本末倒置了……

"经确认，魔素量（能量）已达到规定标准。现在继续进行'返魂秘术'。"

恶魔悄悄压制住自己的气息，仪式在他面前重新开始。

●

接着，这个世界展现出了深奥的神秘。

透明的美丽光球被透明的淡紫色薄膜紧紧包住。

那是魔核（Core），也就是灵魂，以及保护魔核的星幽体。

然后转入下一个阶段——进行死者复生的秘术，让魔物们再生的灵魂回归肉体。

成功率为 3.14%——不过这是利姆鲁在进化为魔王前的概率。

受到祝福的影响，广场上那些魔物的灵魂获得了"完全记忆"。

他们的那份祝福带着利姆鲁的期望。

高阶技能"完全记忆"——这项能力（技能）能从损伤的脑部中恢复完整记忆。

有了这份力量，只要灵魂没有受损，他们就可以无数次从死亡状态下复生。

灵魂与肉体的连接已经建立。魔物们的魔核发挥出力量，心脏再次开始鼓动。

此时此地——死者复生实现了。

所有要素汇聚在一起，诞生了"神秘"。

利姆鲁他们所有人的祈祷开花结果，这是必然的奇迹。

可是，为此诞生的"智慧之王（拉斐尔）"却没有对成功感到喜悦。

他只是在实行自己推导出的答案，并得到了概率之内的结果——仅此而已，他看不出这有什么意义。

他不会为成功感到高兴，估计就算失败也不会悲伤。因为他连这种感受的意义也无法理解。

他的头脑掌管着所有智慧，拥有无穷的才智，却无法理解人类的感情。

可是……

他本来没有心，但毫无疑问，利姆鲁的灵魂在他心底诞生了一个意识——一个坚实的自我，否则能力（技能）也不可能为了实现主人的心愿而主动进化。

而且……

为什么自己会做出这样的行动？"智慧之王（拉斐尔）"对自身的存在产生了一丝疑问（这是他与主人分化并产生自我意识的铁证）。

然而，"智慧之王（拉斐尔）"却没有直面这个问题。

"我思故我在。"

对"智慧之王（拉斐尔）"而言，这是一个今后会一直困扰着他的、没有答案的问题。

"智慧之王（拉斐尔）"没受到内心纠葛的影响，无比精确地进行工作。

他同时对百余名魔物进行"解析鉴定"，接着是肉体的修复、灵魂的再生以及起死回生。

他动作流畅，采取了最恰当的措施，没有任何多余的动作。

在城镇的魔物不知情的情况下，奇迹悄悄发生了。

●

只有三个魔物知道这一切。

缪兰、格鲁西斯和那个恶魔。

缪兰没发出任何声音，她被那个仪式吸引住了，脸色铁青。

她所追求的魂之秘术的究极正清晰地展现在自己面前。

那项秘术是魔法的奥义，是利姆鲁成为魔王后其实力的冰山一角。

缪兰这种高阶魔人变得根本不值一提，就连魔王克雷曼在那份力量面前也会黯然失色。

缪兰庆幸自己能见识到这一切，她心怀感激地发誓："决不能让尤姆与利姆鲁为敌。"

缪兰明白，如果尤姆与利姆鲁为敌，他们必将覆灭。所以，她要引导并保护一无所知的尤姆。

她遵守着那个誓言——

格鲁西斯出神地看着眼前的奇迹。

他对魔法没什么了解，但也明白这个秘术非比寻常，是一般人难以理解的。

他动摇了。

他对能够轻松完成那项秘术的人产生了畏惧。

（混账，这么强的魔力是怎么回事？他竟然能完美地控制那无穷无尽的庞大魔素（能量）。这是刚诞生的魔王？这怎么可能！就连卡利昂大人也不可能做到……）

与此同时，他感觉到了恐怖。

（而且，他的眼睛……似乎在他眼里一切都没有价值。他在复活死去的同伴时，就像在修理有用的工具一样……难道他认为就算失败了也能重新再来？这到底是怎么回事？难道平时那种温厚的态度都是装出来的？这才是他的本性吗……）

格鲁西斯所见的既是利姆鲁又不是利姆鲁。他并不知情，在他眼里，那只是一位超出人类智慧认知范围的魔王。

此后，格鲁西斯便开始劝诫自己以及其他兽人不能对利姆鲁有任何敌意——

与另外两人不同，那个恶魔沉浸在欣喜之中。

他一言不发，痴迷地凝视着利姆鲁。

这时，他突然冒出一个疑问，并开始思考。

也许刚才和自己说话的不是召唤主？他隐隐有这种感觉。

不过，他立即抛开了那个想法。

（不不，这不可能，是我想太多了——）

就连这个经历了漫长岁月的恶魔也从没听说过这种先例。

能力（技能）拥有自我太离谱，根本没人会信。能力（技能）自主行动去实现创造主的心愿……

或许，正因为他是潜伏在这个世界的深渊中的恶魔，所以他的脑中才会闪过这种可能性。

总之，恶魔把那个可能性抛到了一边。

而且，还有一个更重要的问题。

（呵呵呵呵，我一定要成为他的部下，就算是末席也行……）

恶魔再次下定决心，思考着该如何向利姆鲁展现自己的价值——

●

　　就这样，利姆鲁得偿所愿，在工作完成的同时再度陷入了深度睡眠。他因魔素（能量）用尽而陷入了低活跃度状态（睡眠模式）。

　　见到利姆鲁再次变回史莱姆状态，恶魔恭敬地将其抱了起来。缪兰见状给他指出了安置场所，他小心翼翼地把利姆鲁带到宝座上。

　　恶魔与缪兰的推测一致，他们认为利姆鲁只是能量耗尽，过几天就会醒。但他醒来之后会是什么人格只能听天由命……

　　这时，抱着各自想法的三人听到了脚步声，有几个人正朝这边跑来。

　　爱莲展开的结界突然没了压力，于是她发现城镇中的魔素浓度比平常低，解除结界之后，她才知道魔素浓度已经降到零了。

　　尤姆和卡巴鲁等人慌忙赶过来，看到了那些沉睡的魔物。

　　"缪兰、格鲁西斯，你们没事吧？利姆鲁老爷呢？"

　　"喂喂……他们好像全睡着了，到底出了什么事？"

　　"紫苑他们顺利复活了吗？"

　　面对那些人接连不断的问题，缪兰苦恼了一会儿，格鲁西斯还没理解现状，恶魔一副事不关己的样子，根本没想说明情况。那些人的视线自然都集中到了缪兰身上。

　　缪兰无奈地叹了口气，说明道："唔，利姆鲁大人完美地完成了魔王的进化。受他恩泽，其他魔物都陷入了进化的睡眠中。至于紫苑他们……已经顺利复生。因为利姆鲁大人醒来后实施了秘仪。利姆鲁大人因此耗尽魔力，现在又陷入了睡眠。"

　　听了缪兰的说明，所有人都放下心来。

"真不愧是老爷，看来已经没什么可担心的了。"

缪兰提醒凯金先别太乐观："现在放心为时过早。虽说灵魂已经成功复原，但他们毕竟死过一次，还不能保证他们的记忆没有受损。"

"不过我估计没事。"缪兰用没人听得到的声音嘟囔道。虽然她提醒其他人不能放松警惕，但其实她认为危险已经过去了。

她那话让其他人瞬间安静下来，因为他们知道现在高兴还太早了。

这时，爱莲说道："先别管那事，我们先把大家搬进房间吧！他们在大会议室里准备了被褥，似乎预想到了这个事态！"

"这主意倒是不错，但要我们这点人把他们全部搬进去有点……"

"光是这个广场上就不只千人了……"

"明白了。那我们就负责把朱菜公主抬回房间吧！"

"喂，大叔等一下！就算是凯金老板，我也不会退让！"

"是啊！这么重要的任务应该让我们来！"

爱莲那句话差点在凯金那伙矮人与卡巴鲁及基德之间引发激烈的争执……

"你们这些蠢货！！"爱莲大喝一声浇灭了火种。

看来这场争执根本就是多余的。

在他们争吵时，城镇的人陆续醒来了。

他们发现结界消失，空气中没有魔素后十分慌乱，但在注意到紫苑她们已经复活之后又欣喜若狂。

城镇沉浸在喜悦的气氛中。

只有三名目击者知道紫苑的复活不是奇迹，是究极能力（拉斐尔）的功劳。

没人知道，仅仅是那项能力（技能）的"智慧之王（拉斐尔）"萌生了自我意识。

●

崭新的早晨来了！

我心中冒出了这句令人怀念的短语。

一觉醒来十分舒畅，我已经很久没有这种感觉了。

和强行入睡的感觉不同，我睡得饱饱的，感觉十分清爽。不用说，这是我转生到这个世界后第一次拥有这种体验。

但我起来之后发现周围的人忙成了一锅粥。

好像又出了什么事。

说真的，饶了我吧。

我感觉到那些魔物的脉动更强有力，于是随手用"解析鉴定"看了看，他们的魔素（能量）增加了。换句话说，他们变强了，看来我的进化成功了，可是……

"现状。魔王的进化（丰收庆典）已成功。与你灵魂系谱相连的人得到了祝福，因此他们发生了个体进化。"

原来是这样，因为我成了魔王，所以部下也发生了进化。话说回来，"大贤者"那家伙说话似乎流畅了很多。

"否认。这是你的错觉。"

是吗？是我的错觉啊……这有可能吗！

"大贤者"对我的吐槽没有反应。

这真是我的错觉吗？

不，现在不是关心这事的时候。

紫苑他们怎么样了？其他人没事吧？刚才出了什么事？

数不清的疑问……

一个声音回答了我的疑问——

"啊！利姆鲁大人，您醒啦！"

我听到一个熟悉的声音，背后传来一种熟悉的触感。

柔软、温暖将我包在其中……

我已经顺利进化成了魔王，但我的史莱姆形态没多大变化。

一定要说的话，就是我偶尔会泛起黄金般的颜色。

我变成那个了吗？黄金史莱姆？

感觉我的速度能到达光速。

事实上，我并没有那种力量，但我感觉自己似乎散发着史莱姆系最高阶种族的气质。

我和之前一样，看上去并不强……

将我放在自己膝盖上，用脸颊蹭我的是——

"紫苑，你顺利复活了啊！"

是紫苑。

嗯！我心情大好。

一切都和以前一样，没有任何变化。

"是的，利姆鲁大人！他们也和我一样，全部复活了！"

听到这话，我才注意到，不知何时，有百名魔物跪在我的四周。
他们全都热切地等待我醒过来。

"我们所有人，一个不少，全部顺利生还！！"

太好了！实在太好了！
最前面的是那个面目可憎的哥布象。
和计划一样，受进化的影响，所有人都顺利复活了。
我这个魔王没白当。
我很担心那个与圆周率一样的成功率，但竟然全员都复活了，
我欣喜至极。
原来"大贤者（老师）"也有出错的时候，我非常欢迎这种令
人欣喜的错误。
我为紫苑的复活感到高兴，享受着那久违的触感。
这是一段优雅的时光。
然而，这极乐的时光没持续多久。
"利姆鲁大人，您醒了啊？太好了！有很多问题——在这之
前……必须确认您是否还有理性，否则我们无法安心。您肯定记得
我们之前商量好的'暗号'吧？那就让我确认一下。'紫苑的料理
怎么样？'——请您回答！"红丸露出邪恶的笑容问道。
我当然记得，是"难吃得要命"吧？他真是个爱操心的家伙。
我正想对出暗号，突然想起了一件可怕的事。
咦？
我想起我正被紫苑抱在怀里吧……如果我回答"难吃得要

命"……我会怎么样?

我在脑中描绘出一幅可怕的场景。

糟糕!!这话会惹怒紫苑,我会被她抱成一摊烂泥的!

可恶,我中计了!这是孔明的计谋。

怎么办?就没有好办法吗?

对了!

这时候要靠"大贤者",它应该能帮我想一个巧妙的回答……

我正想启动"大贤者"时才发现这项技能消失了。

什……么……大……大贤者——!!

那刚才到底是谁在回答我……

"提示。专属技能'大贤者'已进化为究极能力(究极技能)'智慧之王(拉斐尔)'。因此,该技能已消失,无法使用。"

哦……连能力(技能)也进化了啊。

"智慧之王(拉斐尔)"?这是天使的名字,应该很厉害……

但这事之后再说,现在的关键是如何突破这个困境。

好,事出突然,"智慧之王(拉斐尔)"快用你的力量帮我想一个能糊弄紫苑的巧妙回答!

"说明。经计算,无法找出该回答。"

真没用——!!

"大贤者"在这种情况下完全派不上用场,结果"智慧之王(拉斐尔)"也彻底继承了这一点。

　　它说这是它经过计算的结果，可它根本没有认真思考过。我估计这只是它随便找的说辞。

　　真是的，这一点到底像谁啊……

　　看来它进化之后只是名字响亮，其实也没什么大不了的。

　　我用不到一秒的时间得出了这个结论。

　　"咦？我的料理怎么了？"

　　"嗯？哦，利姆鲁大人很久没吃了，估计想尝一尝吧？他似乎想检查你平日努力的成果。"

　　红丸的话太可怕了！

　　该死，红丸那家伙一开始就是这个打算吧！

　　而且他还抢占先机，自己躲得远远的。

　　何其可恶！难得有个神清气爽的早晨，搞不好我会就此一睡不起啊！

　　"原来是这样，你是想叫我去准备料理吧。不愧是红丸大人。"

　　紫苑接受了红丸的提议。她满面笑容，仿佛在说"正合我意"。

　　难以言喻的不安向我袭来。

　　"我说得没错吧？虽然没必要说，但我……"

　　红丸说到一半。

　　"建议回答'我记得红丸定的暗号是'难吃得要命'吧？我记得很清楚。'"

　　什么？

　　"大贤者"——不，应该是"智慧之王（拉斐尔）"的声音如福音一般，帮我想出了一个回答。

抱歉，我之前还在想这个进化没什么大不了的。

智慧之王（拉斐尔），你真厉害！

"等一下，红丸君，你刚才问我暗号吧？"

"嗯？"

"我当然记得暗号。我记得红丸君'定的'暗号是'难吃得要命'吧？是不是一字不漏？"

紫苑的笑容僵住了，红丸的额头上渗出了豆大的汗珠。

"等……等一下，紫苑。利姆鲁大人才刚起来，现在还不清醒！"

我用余光看着红丸，迅速从紫苑身前躲开。

"我明白了。红丸大人——不，红丸。我是利姆鲁大人的直属部下，不需要对你用尊称。更重要的是，既然你那么想吃我的料理……那我就请你吃到撑！"

紫苑带着僵硬的笑容离开了。

喂，不……太可怕了。

"你要怎么赔我？"

"哈哈哈，我听不懂你在说什么。争取保住小命哟……"

"我也太惨了。就是因为紫苑一直让我试吃她的料理，我最近甚至都想要'毒素耐性'了……"

"她现在那么有干劲，我可能会没命的。"红丸用大彻大悟的眼神看着远方嘟囔道。

你……"毒素耐性"……

那紫苑的料理岂不是和毒物一样？

"算了吧。这也是你自作自受……"

我没有安慰垂头丧气的红丸。因为如果走错一步就是我变成那副模样了，就让红丸为我牺牲吧。

*

紫苑刚离开，其他复生的人便过来向我道谢，他们似乎一直在等这个机会。

他们的气息有些不同，但知识和人格都和生前一样。这我就放心了。

记忆没有缺失，灵魂也和肉体紧密结合。

这也是因为所有人都获得了高阶技能"完全记忆"。我的进化没有白费。

"这样一来，无论死多少次，我都复活给你们看！"我半开玩笑地说道。

高阶技能"完全记忆"能让灵魂直接记忆。

本来只有精神生命体才有这种能力，但他们出于某种缘由得到这项技能。我推测是灵魂系谱之类的原因，他们得到了和我一样的待遇。

大概是那个什么祝福的效果。多亏这个效果，他们得以复活，我欣喜至极。

道完谢之后，他们都回到了自己的工作岗位上。

城镇里的人好像都得到了某种祝福，但现在不是关心这事的时候。

红丸一开始就说了，还有很多问题要解决。

我们好不容易渡过了一场危机，难道又有新的危机来了……

"啊，紫苑的料理先放到一边，我有重要事项报告。"

红丸说完使了个眼色。

接着，魔王卡利昂的下属三兽士出现了。

我忘了——魔王米莉姆和魔王卡利昂之间还有一场战争。

"黄蛇角"阿尔薇思等三人跪在我面前："首先要恭贺您进化为魔王！"

我制止了阿尔薇思的开场白，让她直入主题。

红丸开始说明情况……

就在刚才，兽王国犹拉瑟尼亚的难民已经抵达。

让我吃惊的是，我整整睡了三天。

也就是说，魔王米莉姆和魔物卡利昂已经……

"是。我见证了那场战斗。""黑豹牙"法比欧答道。

他在魔王卡利昂身边见证了他和米莉姆战斗的结果，而兽王国……

"卡利昂大人与魔王米莉姆的激战——魔王米莉姆以超强的力量毁灭了兽王国犹拉瑟尼亚……"

我哑口无言。

红丸也说不出话来，看来他也刚听说这事。

法比欧说他身负重伤，但勉强用元素魔法"据点移动"和阿尔薇思她们会合了。之后，加维鲁的回复药救了他。

三兽士沉默了。

"白虎爪"苏菲亚也咬牙切齿，十分不甘。

"可是……"法比欧这时似乎想起了什么，又补充道，"难以置信的是，在巨大的爆炸过后，卡利昂大人被魔王芙蕾打败了。魔王竟然会联手……我想都没想过这种事。最重要的是，我相信以魔王米莉姆的性格是不会用这种策略的。而且，现在回想起来，还有一点不自然的地方……"

魔王米莉姆和魔王芙蕾联手打败了魔王卡利昂。

在这冲击性的事实面前，法比欧陷入了混乱。

听到他的话，我也觉得很不自然，无法想象那个米莉姆会在一对一的战斗中使出那种卑鄙的手段。

而且法比欧说，他感觉有一瞬间自己和芙蕾的视线对上了。

可是，芙蕾若无其事地扛着卡利昂飞走了，当时法比欧认为那是自己的错觉，可是……

"可是我听说魔王芙蕾的视力在魔王中是最好的。据说以她的目力，可以在高空狙击小动物，她不会没发现我。而且，还有一件令我在意的事……"

法比欧说她离开的方向不对劲。

她飞往芙蕾领地的反方向，那也不是米莉姆领地的方向。

"那个方向是……魔王克雷曼的领地……"

三兽士中的另外两人变得很紧张。

"喂，我出去一趟。"

"苏菲亚等一下！"

阿尔薇思制止了激动的苏菲亚。

"要去也要所有人一起攻过去。"

不对！

兽人多是单纯而且容易感情用事的家伙，就连外表冷静的阿尔薇思也不例外。

"你们别急。首先要搜集情报。根据法比欧的话，魔王卡利昂应该还活着。而且，虽然我不清楚魔王芙蕾是什么性格，但魔王米莉姆在决斗受到妨碍时，不可能不发怒，所以这事应该有内情。"

"有道理。我也这么认为。"红丸似乎也同意我的意见。

他特地叮嘱了一句防止兽人集体失控。

“记住，我们也会帮你们救魔王卡利昂，所以你们也别激动。如果你们不与我们联手，本来能救回来的人也就回不来了。最坏的情况下，要和三名魔王开战，你们绝对不能贸然行事。”

“了解。”

“知道了。”

“明白。”

三兽士恢复冷静，点头认同我的提议。

我们决定让他们先休息一下消除疲劳。

他们带着一万多名国民日夜兼程赶过来，显得疲惫不堪。不管怎么说，他们也不可能直接攻向魔王克雷曼的领地。

总之要消除疲劳，再制订今后的计划。

我们在城镇各地燃起炊烟救济难民，在大会议室和旅馆中做接收难民的准备。

我的部下中也有人才刚醒过来，并非所有人都在最佳状态。

于是，我们决定所有人大吃一顿放松一下。

＊

我们在炊烟与香气缭绕下等待紫苑的料理，心中充满恐惧。

“那……那红丸。之后就交给你了哟！”

“请等一下！我们一起品尝紫苑的料理吧！那家伙也很努力的，说不定会做出奇迹般的美味！请你千万不要把我一个人留在这里！”

“不，放开我！奇迹才没有那么随便！！”

我辛辛苦苦完成了进化，结果第一顿饭竟然是紫苑亲手做的……这到底是什么恶作剧啊？红丸挂着眼泪的样子实在太可怜了，所以我决定和他一起吃。

其实是我拗不过紫苑。

"呼呼呼呼，利姆鲁大人。利姆鲁大人自然也很期待我的料理吧？"

不，我一点也不期待！这句话差点脱口而出。但看到紫苑的眼神后，我死心了，我知道自己难逃一劫。

于是，在其他人庆祝复活、养精蓄锐的时候，我们却被迫在一旁举办了一场地狱般的试吃会。

终于做好了。

紫苑亲手制作的可怕料理（致命武器）做好了。

紫苑带着开心的笑容端上了料理（？）。

死心吧，要行刑了。

我望着那热气腾腾的料理……

"等等！这是什么？这到底是什么？"

这不是料理。

我绝不承认这种东西是料理。

紫苑往锅里塞了各式食材想做成西式炖菜——这应该是她的初衷吧？

不，不对，绝不是这样。

说起来，会让人产生疑问本身就很奇怪啊。

"喂，喂！！紫苑，等等。你等一下。我有一个问题。你知道做菜这个词是什么意思吗？"

"利姆鲁大人，我当然知道。怎么样？看上去就让人流口水吧？"

"你傻啊，笨蛋！为什么会有胡萝卜、马铃薯、青椒、西红柿、洋葱以及其他各类蔬菜整个浮在汤里？为什么一眼就能把它们分得一清二楚？必须要经过去皮、剁碎等一系列工序啊！"

我发出了惨叫——发自内心的惨叫。

我看向红丸责问道："这是怎么回事？我不是把紫苑交给你关照了吗？我看她完全没进步吧？"

听到我这话，红丸的眼睛如死鱼一般。

"不，我办不到。就算是不知失败为何物的我也碰壁了。那是一道名为极限的高墙。从儿时起，我就认为这世上没有不可能的事，看来我太不知天高地厚了……"他断断续续地说道。

什么名为极限的高墙？别开玩笑了。

我也要吃啊……

我不经意看了紫苑一眼，她抽着鼻子眼看就要哭出来了。我感觉自己好像干了坏事。

没办法，我决定硬着头皮上，顿悟之后决心挑战修行的僧侣估计就是这种心情……

"好吧，我吃。不过，你下次至少要处理一下食材哟……"

"这个啊。如果我处理食材的话，会连房子一起砍成两半的……"

"哈？房子？不是案板？"

"是的。这把'刚力丸'虽然非常锋利，但长了点……"

紫苑边说边指了指背上的刚刀。

哈？她是用那把刀做菜，不，做出那些玩意的？

我看向红丸，发现他举起双手摆出了投降的姿势。

这个男人怎么这么靠不住？红丸在我心中的形象大打折扣。

"这是战斗用的刀，不是厨具。你明白了吗？你起码要用小刀当菜刀吧？"

"不，我的心里只有'刚力丸'。三心二意就有点……"

"哦，这样啊。我本来想下次送你一把菜刀，看来你不需要。"

"不对！是我搞错了。'刚力丸'也说可以找个小的！"

"是吗？那我下次送你一把菜刀，你用它做菜吧……"

真是个随便的家伙。

算了。这至少比直接端出食材来得强吧。

如果只吃这种料理（不，我不承认这是料理）就算获得"毒素耐性"也不足为奇。

但这次我也得吃……

我已经进化成了魔王，只是吃一点料理应该不会死吧。

我放弃抵抗，变成了人形。

我硬着头皮闭上眼睛，把那来历不明的东西放进嘴里。

我不敢咬，打算直接吞下去。咦？我发现不对劲。

这东西好吃得一塌糊涂。

这味道，简直和朱菜亲手做的料理一样……

不，不可能！这味道和那卖相根本搭不上边。

我睁大眼睛，慢慢地、谨慎地又吃了一口。

好吃？

红丸看着我做祈祷状。他用眼神问我："你没事吧？"我也用眼神回答："你也试一口？"

这么看来，红丸试吃的时候，紫苑的料理确实很难吃。

红丸也下定决心嚼了一口，接着他惊愕地睁大了双眼，看来我的舌头没出问题。

刚才有一瞬间，我怀疑自己进化失败了。

我看了看紫苑，她的得意全写在了脸上，仿佛在问："怎么样？"

我感觉有点不爽。

"紫苑，这是怎么回事？为什么你的料理那么难看，味道却这

么棒？"

"呼呼呼，其实——"

紫苑说明了情况，可是令人震惊的是，紫苑进化时心中默念的是想烧一手好菜！

估计只有这个笨蛋才会对我进化的祝福许下这么蠢的愿望。

她到底在想什么……

这举动太出格了，但仔细想想的确很像紫苑的作风。

"嘿嘿，所以我得到了这项能力（技能）。它的名字是专属技能——'料理人'！！"

我诧异得说不出话来。

出于对料理的执着获得了专属技能，这家伙在祈祷时到底带着多深的执念啊……

她告诉我，有了这项能力（技能），随便她如何烹调，都能做出自己想要的味道。刚才的料理和朱菜做的料理味道很像，当然也是因为这是紫苑想要的结果。

紫苑努力的方向错得非常彻底。

但是，这样才是紫苑吧。

那一天，我们像过节一样狂欢，宴会持续到了深夜。

我们沉浸在紫苑她们复活的喜悦中，此前的悲伤气氛彻底消失。

哥布象也和哥布塔他们一起表演余兴节目。他们把小刀插在头上，也不知道这种骗术是怎么实现的。他们好像还流血了，是我的错觉吗？不会不会，看他笑得很开心，应该不会有事。

尤姆和爱莲他们也参加了宴会，他们正在拼酒。

胜者是缪兰。尤姆和格鲁西斯摇摇欲坠，卡巴鲁他们已经喝得烂醉，不过似乎还能喝。缪兰这家伙堪称海量。

© Mitz Vah

苏菲亚见状也上前挑战，宴会开始出现混乱了。也多亏了这种氛围，那些兽人的不安也有所缓解，这比什么都强。

我们度过了一段欢乐的时光。

第二天，我们开始要处理许多遗留问题。

我必须考虑如何安置兽王国的人以及营救魔王卡利昂的问题。

还有西方圣教会。就算是为了维持与西方诸国的关系，我们也必须谨慎处理与西方圣教会的问题。

问题堆积如山，但现在我们稍微放松一下也没问题。

今天什么事都不想管，只想好好享受庆典。

我们喜欢节庆，只要有名目庆祝就行，就像随便找理由喝酒聚会的大叔一样。

这是我们的生活方式，人不可能一直绷着一根筋前进。

说一句题外话，后来这次庆祝活动被称为"特恩佩斯特复活庆典"，成了每年的例行活动。

*

午夜过后，所有人都醉倒了。

我正在考虑今后的计划，这时一个脸生的人走了过来。

"您能醒来比什么都好，主君。我衷心祝贺您成功当上魔王。"

说完，那人礼貌地向我深深地鞠了一躬。

"你是谁？"

"咦？您……您真会开玩笑。您在我这个恶魔的心核（心灵）留下了创伤……"

听到我那句话，他十分慌乱。他似乎是个高阶恶魔，但我不认识这家伙……

我正想着，岚牙突然从我的影子里冒出头来。

"主人，他是您以那些骑士为饵料召唤的恶魔之一。"

哦，我想起来了。这家伙还没走啊。

"哦，岚牙阁下！"

恶魔眼睛湿润，感激地看着岚牙，仿佛在看自己的救世主。

说起来，在宴会时，他也无所事事、心神不定地在那里晃荡……

"你帮了我不少吧。听说你把生还者抓住了。多亏了你，我和岚牙才能顺利回来。"

"这只是小事一桩。接下来……"

"不好意思，留了你这么久，你现在可以回去了。"

"咦？"

估计他想早点回去，但又没得到我的许可，所以才一副心神不定的样子——于是我告诉他可以回去了，但那个恶魔的样子很奇怪。

这个恶魔长得相当漂亮——准确地说，他是个美貌的男子。他现在显得很为难，眼看就要哭出来了。

"咦？难道报酬不够吗？"

我不放心地问道，结果他斩钉截铁地否定了。接着……

"我之前也提过这个请求，我想成为您部下中的末席！请您考虑一下？"

他提出了这个请求。

他想当我的部下？

这么说来，我记得我召唤的高阶恶魔好像说过这话——等一下！

我面前这家伙可不仅仅是高阶恶魔吧？

我们一直自然地聊着，但不管怎么看这家伙都不是高阶恶魔那么简单。

"咦？这家伙真的是我召唤的恶魔吗？"

"是的，主君！"

唔——是他啊。

"召唤主将骑士给了我，所以我也得到了肉身。我想为您尽一份微薄之力，报答您的恩情。"

"啊，是吗？原来是这样啊……"

他看上去很强，多了这么一个部下，我也能多一分底气。可这也是把双刃剑，如果这家伙胡来，就算是红丸也很难阻止。

而且，还有两个恶魔呢？

"说明。行使'返魂秘术'时魔素量（能量）不足。那时，他请求使用那两个恶魔填补魔素（能量），我接受了该请求，将那两个恶魔还原为魔素（能量）并消耗了。"

竟然是这样。

智慧之王（拉斐尔）若无其事地说了一件可怕的事。

"大贤者（老师）"本来就没有感情，而它更甚。

在紫苑他们复活时，他也出了很大的力，看来他在背后帮了我不少。我竟然还有一瞬间认为他派不上用场，实在对不住他。

不过现在该怎么做？

这家伙不惜牺牲自己的同伴来帮我，如果我继续无视他，那他就太可怜了。

"没有报酬，没问题吗？"

"没问题，能侍奉您就是我的幸福。"

哦，我可没理由拒绝免费劳动力。

"那好，从今天起，你也是我们的同伴。"

"哦！感谢您，主君！"

"别叫我主君，听得我浑身不自在。"

"明白。那我该如何称呼您？"

"叫我利姆鲁就行。"

"哦，利姆鲁——甜美的发音。那我今后就称您为利姆鲁大人。"

这家伙真夸张。虽然不知道原因，但能侍奉我，他似乎很开心。

"就这样吧。那你的名字是……"

"我只是个无名恶魔，这样就够了。"

嗯？他像是地位很高的恶魔，他没有名字吗？

这样很不方便，就按照老样子给他命名吧。

"好。那我就给你命名，就当是报酬吧。你有问题吗？"

"什么？我没有任何问题。这是对我最大的褒奖！！"

恶魔美丽的脸庞扭曲，露出了开心的笑容。

这果然是体质问题，我似乎很受魔物欢迎。

我开始觉得将错就错也不错。

至于名字，现在启用超级跑车系列吧？

适合恶魔的名字——不，直接用恶魔这个词怎么样？

"你的名字是'迪亚波罗'。你要为我效力，不辱此名。"

在我命名的同时，魔素（能量）被一口气夺走了。

我已经习惯这事了。他只夺走了我一半的魔素（能量）。

他似乎是地位相当高的恶魔，我还担心他会夺走更多魔素

（能量）……

我记得我之前给高阶恶魔贝雷塔命名时，他夺走了我三成以上的魔素，他应该在高阶恶魔之上。

"提示。个体名——迪亚波罗原为高阶魔将。主人进化后，魔素量（能量）大幅增加。因此，单从魔素的消耗比例进行比较无法做出准确的判断。"

哦，哦。

智慧之王（拉斐尔）说话果然变流畅了。

"否认。这是你的错觉。"

啊，是吗？不过它似乎会即兴给我提供建议。

有件事我可不能当作没听到。我的魔素量（能量）大幅增加之后迪亚波罗还能夺走其中的一半。

顺便问一下，大幅大概有多少？

"说明。简单来说是以前的十倍以上。"

这太离谱了。

我都干了什么！

他好像会进化成一个不得了的怪物。

我眼前的恶魔——迪亚波罗跪在地上纹丝不动。

不知不觉间他结了一个黑色的茧，似乎是要以万全的姿势为进化做准备。

我果然又捅娄子了。愚蠢到死都治不好，还是放弃吧。

今后为魔物命名一定要慎重！

我在心中暗暗发誓，但我觉得自己可能不会遵守这个誓言。

我正想着，他的进化已经轻松完成了。

漆黑的色调，黑发中挑染着金色与红色。

还有他的瞳孔。和进化前一样，一金一红的瞳孔闪着妖冶的光辉。他的"眼白"部分是漆黑的，显得特别醒目。

他唰一下站起身，身上穿着顶级的绅士服，宛如一个管家（Butler）。

他此前穿的是一身高档贵族服饰，现在给人的印象焕然一新。

装束从统治者变成了用人。但他那桀骜不驯的霸气非但没有减少，反而还增加了。

"我的名字是迪亚波罗。利姆鲁大人，我感激不尽。从今天起，我将诚心诚意地为您服务。"

说完，迪亚波罗恭敬地对我行了一个礼。

迪亚波罗似乎在用这种变化表达自己为我服务的意愿。

恶魔的固有能力"物质创造"可以自由自在地创造服饰，他们不需要准备替换衣物。这些能力非常方便，真让人羡慕啊。

接着，他迫不及待地问我："那么，利姆鲁大人，您好像有烦恼，您到底有什么心事？"

他似乎注意到刚才我一直独自苦思。他热情地说："请一定让我分忧。"所以，我决定向他说明现状，顺便整理一下自己的思绪。

就算想不出结果，也能平复心情。

"没什么大不了的事——是不可能的，是今后的问题。"

"愿闻其详。"

"嗯。现在问题堆得太多了。我们需要展开多线作战，但我们分不出这么多人手。"

"哦……"

我把这些事告诉了迪亚波罗。

我最担心的是魔王卡利昂的事，这事牵扯到米莉姆。但最重要的是处置法尔姆斯王国和牵制西方圣教会的事，这事将会左右我们与人类今后的关系。

特别是西方圣教会。如果处理不好，我们将会与全人类敌对。无论如何，我都要避免出现这一事态。

但要同时处理这些问题真是糟糕透顶。

问题归结到一点就是必须将胜利的收益最大化。

"原来如此，我明白了。那就把其中一个方面交给我吧！我会调整这些问题的时间，避免这些问题同时发生。恳请您下令！"

哦，不愧是狡猾的恶魔。他一眼就看出了问题，提出了一个适宜的行动方针。

但我需要和其他人商议之后再做决定。

"等一等，别着急。我会在明天的会议上确立方针，你也来参加。"

既然他这么热心，那就让他参加会议吧。多个人也能多个思路，而且将迪亚波罗的力量闲置也很浪费。

"提示。关于西方圣教会，无须担心。对封印个体名——维鲁德拉的'无限牢狱'的'解析鉴定'即将完成。推测将其解放之后，足以能牵制西方诸国。"

哦，原来如此。

有道理，只要能解放维鲁德拉，估计西方圣教会也不敢轻举妄动。

什么？你说话果然很流畅啊！

"否认。这是你的错觉。"

算了。就当是错觉吧。

现在维鲁德拉更重要。

他真的有可能解放吗？

"说明。预计于明天中午完成解析。"

智慧之王（拉斐尔）真厉害啊。不用怀疑，它的性能比我预想
的要好。

这样一来，问题就有希望能一口气解决了。

只要有办法应对西方圣教会的行动，和西方诸国的交涉就可以
慢慢来。我担心的是西方圣教会乱扣帽子煽动西方诸国，我们已经
证实，只要能避免这一状况，就会有国家愿意接纳我们。

法尔姆斯王国已经构不成威胁了。我歼灭了他们的主力部队，
国王也是我的人质。

我们要做的只有为尤姆当国王提供一些支援，除了稍加留心，
其他方面也应该没有我们插手的余地。

这么一来，剩下的问题就是……

"好！看来会有办法！"

我要专心对付魔王克雷曼。毕竟米莉姆说过以魔王自居会受到

其他魔王的制裁，那我就大干一场，来个华丽的亮相。

"哦，您是不是想到什么好主意了？"

"嗯。我决定当个名副其实的魔王。"

"呵呵呵呵，不愧是利姆鲁大人。我迪亚波罗的忠诚永远属于您。"

"嗯！说到忠诚，我岚牙也是主人忠实的部下！"

岚牙也做出了宣言，似乎是在和迪亚波罗竞争。

我不禁露出微笑，抚摸着岚牙。

这么看来，明天应该能顺利订下今后的计划。

满天繁星之下，岚牙心情舒畅地眯着眼睛，我靠在他身上，心情也如这星辰闪耀的晴朗夜空一般。

*

到了第二天，我决定将今后的方针告诉其他人。

集合的干部如下：

我的临时秘书朱菜和正式秘书紫苑。其实临时秘书远比正式秘书优秀，但这事就放到一边吧。

政治部门的利古鲁德和其他人鬼族（大型哥布林）长老。

警备部门的利古鲁以及哥布塔。

军事部门的红丸和白老。

生产部门的凯金和黑兵卫，以及伽卢姆和特鲁特。

建设部门的克鲁特和米鲁特。

管理部门的莉莉娜。

谍报部门的苍影及苍华那五人。

我的宠物岚牙在我的影子里。

除了这些干部，我这次也叫上了加维鲁。还有新加入的第二秘书迪亚波罗也参加了会议。正好可以借这个机会向其他人介绍一下。

除本国人员外，还有尤姆、他的副官卡吉尔和参谋隆美尔。当然，缪兰和格鲁西斯也在，还有兽王国犹拉瑟尼亚的三兽士。

会议室中一共有三十多人。

那就开始吧。

"各位，感谢你们的参加！"

"利姆鲁大人，你突然叫我们来有什么事？"

我本想在成为魔王之后来一通气势磅礴的宣言，可却被红丸轻描淡写地跳过了。

那就普通一点吧……普通一点。

首先要介绍新人。

"我先给各位介绍一下。这位是这次助我脱险的迪亚波罗君。他很强，是可靠的同伴，你们也要和睦相处！"

"哦？毫无可乘之机……利姆鲁大人说得没错，他相当强。"

有了我的介绍，再加上白老也肯定了他的实力，想必其他人也明白迪亚波罗的实力非比寻常。大家都没有异议，爽快地接纳了新同伴。

接着是另一位。

"然后是加维鲁！"

"在……在。"

加维鲁不安地和其他干部坐在一起。一听到我叫他的名字，他就紧张地站了起来。

"从今天起，开发部门就交给你了。这是临时职务，但从今天起你也是干部。请多关照哟！"

"是……是——！！我加维鲁粉身碎骨万死不辞！！"

加维鲁感激地流下眼泪，抽泣着接受了。令我意外的是，加维鲁也很适合研究和开发方面的工作，估计他能干出一番成绩。

现在，加维鲁终于也成了干部中的一员。

接着进入主题。

"我已经想好了今后的方针，所以想向各位宣布。这和尤姆以及三兽士们都有关系，所以我希望你们也听一听。"

"老爷，我都听您的。"

"这和营救卡利昂大人有关吧？"

所有人都将视线投向了我。

我不失时机地变为人形，向全员宣布。

"我现在是魔王了。"

"是的。"

咦？这反应也太平淡了。

"所以说，我当上了魔王……"

"嗯。你现在已经是了吧？"紫苑疑惑地歪过头问，"我们的复活就是因为你成了魔王吧？"

不，我记得名头或者称号是什么"真魔王"……

"我不是这个意思，我是想向世界宣布，我也当上了魔王！"

"哦？也就是说，利姆鲁大人还想找其他魔王？"

白老替我说出了这句话。

"没错，就是这样！准确地说，我的目标是魔王克雷曼。"

听到这话，尤姆、缪兰、格鲁西斯还有三兽士一齐重重地点头表示赞同。

"原来如此。也就是说利姆鲁大人要主动夺取魔王的席位。有趣。"

红丸带着无畏的笑容表示同意。没人提出反对意见，估计其他人也都同意吧。

"对了。这次法尔姆斯王国袭击紫苑他们的事，就是魔王克雷曼操纵缪兰等部下暗中搞的鬼，我不会放过这家伙。而且在背后煽动魔王米莉姆和魔王芙蕾找兽王国犹拉瑟尼亚麻烦的可能也是那个克雷曼。我们有充分的理由去攻击他吧？"

听到我的话，所有人都点了点头。

接下来，我透露了自己的想法，我国和西方诸国今后外交的问题、和法尔姆斯王国战后问题的处理，以及牵制西方圣教会行动的必要性，还有对兽王国的话做出的保证，也就是营救魔王卡利昂的事。

接着给他们分配了工作。

"利古鲁德，和西方诸国交涉的事交给你。我已将那些商人送去布鲁姆特王国避难，我们在交涉时多少能取得一点有利的成果。要重视已经建立的信赖关系，慎重地进行交涉！"

"遵命！交给我吧，利姆鲁大人。"

利古鲁德很有干劲。那些长老也是一副摩拳擦掌的样子，看得出他们很有信心。看来他们和商人的关系良好。

"红丸，你要弄清所有人的进化结果。我们要倾力攻击克雷曼。为此，我们要明确自身的实力。"

"明白，利姆鲁大人。"

红丸一脸自信。这是大将的表情，他足以挑起军事部门的担子。

虽然在照顾紫苑的事上完全不行，但这男人在这方面非常靠得住。

"紫苑，你去问俘虏话。尤姆、缪兰去帮紫苑。你们要让他们把法尔姆斯王国的情况全吐出来，夺取那个国家。你们必须先做好战后处理——以尤姆为新国王成立新的国家。为此，那些家伙的情报是必不可少的。决不能杀了俘虏，知道吗？说不定他们今后还有利用价值。"

"交给我吧，利姆鲁大人！"

"交给我吧，老爷。"

"我必须报答你的恩情，我会尽己所能。"

紫苑很有干劲。不过我担心她有杀心，所以特地叮嘱不要杀俘虏——应该没问题了。

有件事我有点在意，紫苑的瞳孔深处带着险恶的光芒。

希望这只是我的错觉……

紫苑脾气很火爆，很容易失控，所以我想给她一个报仇的机会，也许我太心急了。

算了，反正还有其他人在，应该不会出事。

尤姆和缪兰今后也用得上那些人，所以我觉得应该让他们也参加。另外，我也不忘拜托他们在紫苑快失控的时候立即联系我。这样一来应该就保险了。

"苍影！"

"尽快去搜集克雷曼的情报！"

哦，哦！苍影是个工作出色的男人。就算我不下命令，他也能领会我的意图。

我感觉在他眼里，克雷曼已经是猎物了。苍影真是可怕……但也很可靠。

我正想着，苍影和情报部门的其他人已经消失了。看来他们已经开始行动了。

估计等苍影回来之后，我们就可以正式进行作战会议了。

之后是……

"三位兽士，正如我刚才所说，我要解决克雷曼。兽人愿意提供帮助吗？"

"这还用问吗，鸠拉森林的盟主？"

"你尽管吩咐。我们暂时听你指挥！"

"我们万众一心。兽人会以信报信，以命报恩。我们得到了你的信赖，蒙受了无以为报的大恩。接下来轮到我们用性命来报答你了！"

"好。那我命令你们，养精蓄锐，为决战做准备！"

"是——！！"

三兽士也跪下来接受了我的命令。

这样一来，我方战力大增，对付克雷曼应该不成问题。

现在应该可以暂且放心。

"接下来，剩下的人调查城镇的受损情况，并进行整修重建。之后为众兽人修建住所，协助他们营造一个舒适的暂住环境。要避免冲突和纠纷，警备工作也要做到位！"

所有人点头表示理解。

"好。剩下的就是等待苍影的调查报告，并开会讨论。在此期间，各位先理出任务中的问题，并制订可行的计划！"

"遵命！！"

接着，我拿起面具戴上去，然后坐到椅子上。

"去吧！"

听到这话，其他人一齐开始行动了。

*

房间里只剩下我、迪亚波罗和朱菜三人。

让我头疼的是，紫苑说了"作为一个秘书……"之类的话，好在她应该会优先执行我的命令。她对迪亚波罗说了所谓的秘书心得，但我觉得这话不说也罢。

迪亚波罗开心地又是点头又是感慨，我甚至觉得紫苑似乎也有所成长……要是没有朱菜的制止，说不定紫苑还不会停。

我把仅有的三名俘虏交给紫苑去问话，如果她不加把劲的话就没意义了。毕竟问话只是表面的说辞，事实上我是想让紫苑进行拷问，无论是肉体上的苦痛还是精神上的折磨都没问题。所有受害人都可以参加，估计他们会努力让俘虏吐出情报的。

紫苑他们的复活平复了我激愤的心情，所以我也无心再杀那个丑态百出的国王（老头）和西方圣教会大司教（大叔）。

至于那个亲手犯下罪行的青年（小鬼）的内心已经被迪亚波罗击溃了……

虽然不能放过他们，但我已经没兴趣出手了。

视今后的方针，也许还有用得上法尔姆斯国王和大司教的地方，所以只要留着他们的性命，我会默许紫苑的所有行为。

以牙还牙——我要将这种恐惧植入他们的内心，让他们不敢再犯。

紫苑是最合适的人选。

问出情报之后，她应该会用心做菜吧——用她这次得到的专属技能"料理人"。

关于我变成
史莱姆
这档事 5

Regarding
Reincarnated to
Slime

在紫苑努力收集情报的时候，我也有其他事要做。

首先是学习这个世界战后处理的方法。

这个世界中战争结束后对俘虏的处置方式以及其他与战争有关的常识，我认为这些都需要考虑。

如果全人类都视我们为魔物，那我们就按照自己的规则行动。不过现在我们有机会和人类建立互助关系，所以我认为应该朝着这个目标努力到底。

所以，我要了解在这种情况下国家间会签订哪些协议。

这事问尤姆和爱莲他们也没用，他们也不可能会知道国家间的事。

这时，我想到了贝斯塔。

咚咚的敲门声响起的同时，迪亚波罗开了门。

贝斯塔进来了。

"我来了。这次的事真是一场灾难。利姆鲁大人没事比什么都强。"贝斯塔看着我问候道。

这真的是场灾难，不过还没结束。

"是啊。我想问点事，人类国家间的战争是怎么样的？"我开门见山地问道。

我不擅长绕弯子，而且也没这个必要。

"您指的是法尔姆斯王国的事吧。这确实是个难题。"

接着，贝斯塔给我说了战争方面的问题。

首先，加入评议会——西方诸国评议会的国家间少有战争。

如果评议会成员国间开战的话，要从宣战布告开始，并且战争要严格遵循规则。不遵守规则将被视为与评议会为敌——也就是与

所有西方诸国为敌。

那评议会成员国与非成员国间的战争又如何呢？

这个情况比较复杂，基本原则是胜负均与评议会无关。但如果评议会成员国的恶行太过露骨，可能会失去其他成员国的信任。

虽说评议会的规则不适用于非成员国，但成员国也不能为所欲为。这事很麻烦。

如果受到攻击又另当别论，成员国这时候可以向评议会发出救援请求。许多小国加入评议会就是因为看中了这个好处。

武装国多瓦贡和东方帝国纳斯卡·纳姆利乌斯·乌鲁梅利亚东方联合统一帝国等国家当然与评议会无关。

所以，万一出现要和那种大国对抗的局面，评议会成员国应该会团结一致。

如果是成员国主动进攻，那这事就与评议会无关了。评议会甚至有可能因为担心惹怒大国而将该国逐出评议会。

这么说来，评议会和我认知中的联合国很像，在弱者互助方面意义重大。还有，他们应该也知道，在魔物的威胁面前，人类不应起内讧。

听了贝斯塔的话，我对人类的战争问题有了一定程度的理解。

这次的事是法尔姆斯王国擅自挑衅我国。

至于这是不是西方圣教会发起的战争就不好说了。

"是啊。在法尔姆斯王国获胜，至少也是战况僵持不下的情况下，西方诸国可能会听从西方圣教会的号令采取行动。可是……"

对，就是这样。

法尔姆斯王国的军队被我一人消灭了。他们的生还者只有三人，可谓史无前例的战败。

而且我国还和布鲁姆特王国有交情，会有国家故意来找我们的麻烦吗？

就算战胜我国也无利可图，没人会做这种事，何况胜算还很低……

"如果西方圣教会抛弃法尔姆斯王国，那应该没有国家会对我国采取军事行动吧？"

"虽然矮人王国没加入评议会，但对其中的事很了解。我认为那些国家肯定不会采取行动。"

看来这状况比我预想得要好。

"呵呵呵呵，原来如此。那么，如果向西方诸国展示我们的力量……"

"等等，迪亚波罗，关于这事，我有一个想法。"

"我失礼了。"

"不，你别在意。我可能需要你采取行动令法尔姆斯王国陷落。"

"哦！请一定把这事交给我。"

如果维鲁德拉复活，那么无论是西方诸国还是西方圣教会都不敢轻举妄动，我国只要在此期间宣传自己不是人类的敌人就行。

而且，法尔姆斯王国可能会被驱逐出评议会。

"提示。推测事态会朝该方向发展。"

嗯，连智慧之王（拉斐尔）都这么说了，肯定错不了。

那么，我们应该如何处置俘虏？

贝斯塔继续说明了这方面的问题。

战争本身就十分少见，基本上都是用俘虏交换俘虏，也有换金钱和权利的。而且……国家的最高权力者被俘虏的事还没有先例。

如此无能的王应该会失去国民的信任，我国也没必要背负弑君的污名。

既然这样也可以在交战中杀死国王，不过让国王活着回去应该更好。

"你的话很有参考价值，谢谢。幸好有贝斯塔在。"我感谢道。

贝斯塔闻言立即红着脸说："哪里哪里，您言重了！"

他现在性格圆滑、为人低调，是个既有活力又不失稳重的中年男性，一点也不适合那种表情。

大叔就算羞涩起来也不可爱。

"啊，我忘了，我可以向盖泽尔国王报告这次事件的原委吗？"

"嗯，没问题。帮我转告他，我想听听他的看法。"

我批准了。

瞒不瞒都一样，反正他很快就会知道，还不如原原本本地把事实告诉他。

"我明白了。那我就此告辞。"

贝斯塔向我保证会把我的话转告盖泽尔国王，接着退出了房间，他的脸依然是红的。

这时，我突然发现一件事。

难道那个大叔不是害羞，而是被我迷住了……

我刚才没戴面具，该不会……

这个想法太可怕了，我只能祈祷事情不是那样。

*

贝斯塔刚退出房间。

"提示。'无限牢狱'的'解析鉴定'已完成。"

好，换个地方解放维鲁德拉吧。

"我有点事要离开一下，不用跟来。朱菜，你带迪亚波罗熟悉一下城镇。"

"明白了。路上请小心。"

"感谢您的关照，利姆鲁大人。"

"那我走了。"

说完，我朝封印洞窟的最深处走去。那是维鲁德拉被封印的地方，我嘱咐过加维鲁他们不要靠近。

我担心在城镇里解放维鲁德拉会引起大混乱。

就算处于被封印的状态，他附近的魔素浓度也很高，人类无法靠近……

移动很简单。以前需要花几分钟指定"空间移动"的坐标，但现在转念之间就能完成。

我瞬间在眼前开了一个洞，与那里的空间相连。穿过那个洞就是目的地。

先复习一下。

进化成魔王之后，我的能力（技能）也有了很大的变化。

"智慧之王（拉斐尔）"统一管理我的所有能力（技能），这些能力（技能）变得更好用了，刚才的"空间移动"也一样。

究极能力（究极技能）"智慧之王（拉斐尔）"的职能是"思维加速、解析鉴定、并行计算、舍弃咏唱、森罗万象、统合分离、能力改变"。

静的遗物专属技能"异变者"好像也被"智慧之王（拉斐尔）"吸收，从而消失了。这就是它能流畅说话的原因吗？

"否认。与此无关。"

它这次没说是我的错觉，而是说与此无关。也就是说……不，这事就不要深究了。

顺带一提，"思维加速"能将认知速度提升至百万倍。我估计这话很难理解，简单来说这项技能的发动效果和时间停止差不多。

有了这些能力（技能），我可以在不到一秒的时间内同时发动魔法。这性能是专属技能"大贤者"望尘莫及的。

另外，究极能力（究极技能）"暴食之王（别西卜）"的职能为"捕食、胃、拟态、隔离、腐蚀、噬魂、食物连锁"。

新的力量是"噬魂"。

我专属技能"心无者"也被统合，从而消失了，可惜了这项好用的技能。但"噬魂"完整地保留了下来。这项技能可以吞噬目标的灵魂，随时都能将其消灭。只有目标的内心折服之后才能吞噬其灵魂，但也算好用。

值得注意的是"受容"和"供给"合并成了"食物连锁"，以我为顶点建立起了能力（技能）体系。下层魔物的力量会汇集到我身上，我的部下也会拥有我的部分力量。这项能力简直强得离谱。

这一过程正在进行，我下属的魔物从进化中得到的能力（技能）会渐渐还原到我身上。这也要靠智慧之王（拉斐尔）。

以上就是我的能力（技能）。

这超高的性能连我自己都感到吃惊，但我还无法熟练运用。而且"智慧之王（拉斐尔）"正在接收"食物连锁"的技能，并进行"能力改变"，现在认真掌握那些技能似乎没有意义。

所以，我打算先解放维鲁德拉，自己的事暂时放到一边。

这一刻终于要来了。

花了将近两年，终于能实现约定了。

剩下的问题就是附身对象，这应该可以用我刚确认的能力解决。

我现在就放你出来——维鲁德拉！！

我对"智慧之王（拉斐尔）"下了命令。

我的命令一下，"胃"里就刮起了凶暴的魔素暴风。如果我没有进化出"暴食之王（别西卜）"，我的"胃"可能会无法承受这股能量，被撕得粉碎。

我感觉到一股具有压倒性力量的暴风被解放了。

"本大爷复活了！！"

什么本大爷啊？

你连说话方式都变了？我把这句吐槽留在心里。

"哟，好久不见！别来无恙？"

我轻松地打了个招呼。

"……我好不容易才复活了，这待遇是不是有点寒酸？我没想到这么快就能搞定，还以为要等很久。"

"你也这么认为啊？确实，'无限牢狱'的'解析鉴定'耗时极长。按照那个速度，可能还要再等一百年。我的'大贤者'碰巧进化了。"

"进化？这就难怪了。我的专属技能'究明者'的计算结果也

显示还需要一百年。我只能将从内部进行解析的信息发送给你的'大贤者'，但后来流通量突然猛增，我正奇怪是怎么回事呢。能力（技能）竟然会进化……到底发生了什么？"

我解答了维鲁德拉的疑问。

我解释了自己进化成魔王、专属技能进化成究极能力（究极技能）的事，解释了"大贤者"进化成"智慧之王（拉斐尔）"后，解析能力突飞猛进。

"哦，是这样啊。话说回来，你不到两年就当上魔王了？觉醒魔王和那些冒牌货可不一样，就算是我，也很难对付觉醒魔王！"

看来他口中的觉醒魔王就是"真魔王"。"魔王之种"经历收获庆典之后会觉醒，但那种事无关紧要。

"啊。怎么说好呢？你看，我是不是个天才？我一生下来就是史莱姆，注定拥有不平凡的人生。我给同伴命名之后，他们都发生了显著的进化，所以这点小事轻轻松松啦。"

"……你个蠢货，太乱来了。难怪有时候我的魔素（能量）会被抽得精光。你不管不顾地随便给魔物命名都没事，是因为从我身上夺走魔素弥补损失。你这家伙真是胡来。你这样影响了解析效率，我还以为解放时间会推迟，没想到进化之后缩短了时间。这结果完全出乎意料！"

咦？这么说来……我随便给魔物"命名"都没事，主要是拜维鲁德拉所赐？

也就是说没有风险，轻轻松松地进化是很不正常的？我冒出了这个想法。

今后不能随便进行"命名"。

原来如此，我终于明白那些魔王为什么不会轻易招揽部下了。

现在为时已晚，就当这一切都是我的计划吧。

"是吧？不过这都在我的计划之内。话说，你得到祝福了吗？我进化成魔王时，'世界通知'与我灵魂系谱相连的魔物会得到祝福……"

我和维鲁德拉之间应该也有灵魂系谱的联系。

"嗯？"一个声音传进我的脑海。

维鲁德拉沉默了一会儿。

"哦，哦！！这就是能力（技能）的进化啊。我的专属技能'究明者'进化成了究极能力（究极技能）'究明之王（浮士德）'！！我无尽的探究终于得偿所愿，得到了通往究极真理的能力！！"

维鲁德拉十分激动。

他就是那种反应迟钝的人吧，是那种被人在通信簿上备注"注意力不足"的类型。

这有什么关系呢？

"太好了。进化意外地简单吧？"

欣喜若狂的维鲁德拉听到我这话后，语气里充满了叹息与震惊。

"蠢货！就连我都不知道会有这种事，怎么可能那么随随便便就出现？"

确实，"真魔王"好像也极少出现，这肯定是罕见的事。

接着，我们畅谈了一会儿，交换了信息，我们已经很久没有这样聊过了。

我想就这么一直聊下去，但现在该让维鲁德拉出去了。

但在这之前……

"我说，你已经解除封印复活了，是不是该出去了？"

"哦，是啊。不过附身对象怎么办？我需要一副身体……"

"这事会有办法的，我希望你答应我一件事——"

"哦？什么事？"

"我希望你能控制一下那大得离谱的妖气。城镇里有人类，而且弱小的魔物也会来。你复活之后，突然高调出现在那种地方会把一切都弄得一团糟，你说是吧？"

"原来是这样。原来你真的成为王了。好，我答应你！"

维鲁德拉做出了保证。

这就是我特地来这没有人烟的洞窟最深处的原因，必须让他在这里控制魔素的流出，抑制住妖气。

我提醒维鲁德拉并得到保证之后，试着发动了新技能"强化分身"。我打算让维鲁德拉附身到我的分身上。

分身出现了，那美貌和我一模一样。

……原来如此，难怪贝斯塔会被迷住。我长高了，样子也变成熟了。估计是受进化的影响，我看起来成熟了一点，多了几分妖艳。

"哦，难道你指的是这个……"

"嗯。这是你的身体。"

"哈哈哈哈！原来如此，我明白了！"

维鲁德拉答应了，于是我从"胃"里取出维鲁德拉的思维体——心核（心），将其转移到自己的"强化分身"上。这种状态连星幽体都没有，非常不稳定。维鲁德拉是精神生命体，所以他会随着时间的推移复活。总之，现在我的"强化分身"是他最后的防线……事情本应如此，可是……

"提示。有重要报告。"

看来这事与维鲁德拉有关。

"提示。经确认，主人与个体名——维鲁德拉间已确立'灵魂回廊'。'捕食'个体名——维鲁德拉的残渣并进行'解析鉴定'后，已获得究极能力（究极技能）'暴风之王（维鲁德拉）'。"

智慧之王（拉斐尔）语气平淡地报告了一件大事。

这内容令人惊愕，我瞬间说不出话来。

看来"暴食之王（别西卜）"吞食了维鲁德拉残留在我"胃"里的残渣，得到了他的部分能力。估计这确立了我们之间的灵魂联系，并转变成了这项技能。

究极能力（究极技能）"暴风之王（维鲁德拉）"的职能为"暴风龙召唤、暴风龙复原、暴风系魔法"。

暴风龙召唤能以我记录的形态召唤出维鲁德拉。虽然他现在是思维体，但我完全恢复之后也能召唤出他的完全形态。一次只能召唤一个，再次召唤时，上一个被召唤的个体将会消失。也许可以利用这个特点进行移动。

"暴风龙复原"能将维鲁德拉的记忆复制给我，也就是说维鲁德拉因故死亡时也能复原。简单来说也许可以看作维鲁德拉的本体在我的灵魂中。有了这项技能，估计就算他死亡也能再次召唤出来。

有了暴风系魔法，我就能使用"呼唤死亡之风""漆黑炎光""破灭风暴"等魔法。这是魔法书中没有的超绝魔法，感觉我赚大了。

以上就是我得到的技能，感觉维鲁德拉利用我强化了自身，我也能行使维鲁德拉的权能，所以受益匪浅。

"'灵魂回廊'啊。我的一切记忆和经历都可以无视时空积累

在你体内。换句话说，只要你没被消灭，我就是不死之身。就算被
'无限牢狱'之类的技能封印，你也可以再次把我召唤出来。我近
乎无敌，获得了完全的不死能力。"

　　不是吧? 一定要说的话，这是项相当无赖的能力。

　　但这一切的前提是我还活着……

　　这真可怕。

　　敌人本想和我战斗，结果不知怎么搞的连维鲁德拉也参战了!
应该会出现这种情况吧。

　　呵呵呵，这么一想，我的对手还真可悲。

　　我得到了一个可怕的撒手锏。

　　由于我和维鲁德拉之间通过"灵魂回廊"建立了联系，维鲁德
拉出现了变化。

　　维鲁德拉的心核和我的灵魂相连之后不再脆弱。他的星幽体瞬
间再生，甚至连精神体也出现了。维鲁德拉彻底复活了。

　　这时……

　　"嗯?"

　　维鲁德拉嘟囔了一声，紧接着我的"强化分身"样子改变了。

　　"强化分身"越长越高直到接近两米。体格健壮，有着灵活强
韧的肌肉，褐色皮肤，金色头发。

　　他拥有充满男子气概的精悍相貌（总觉得这副相貌有我的影
子），是一个美男子。

　　感觉我凸显男性特征之后就是这副模样。

　　就算我拟态成这样也不会这么有男子气概，估计这是维鲁德拉
的意识所起的作用。这副外表一看就是擅长战斗的强者，不愧是个
战斗狂（Battle Mania）。

© Mitz Vah

虽然没有巨龙那种庞大的身躯，但他现在气势更盛。

"哈哈哈哈！我，完全复活！！我得到了究极之力！逆我者杀无赦！！"

这简直是反派的台词。

嗯，等等？

我好像对那台词有印象？

——那应该是我爱看的漫画书中的 BOSS（最强反派）的台词……

"喂，喂，大叔，你怎么会知道那段台词？"

"哈哈哈哈哈！其实我在里面很无聊，于是解析了你的记忆，我把你的记忆看了个遍。"

"喂，做那种无谓的事会影响解析吧？"

"咦？"

"咦？"

我们注视着对方。

遗憾的是，没有一丝甜蜜的氛围。

维鲁德拉的视线飘忽不定，显得很尴尬。

"不管怎么说，我终于解放了！谢谢你，利姆鲁！！"

他避开我的视线，强行转移话题。

关于这件事，我一定要让他付出代价。

我在心里暗暗发誓。

*

维鲁德拉照我说的抑制住自身的妖气。但他的妖气还是一个劲地往外冒，大概是因为他复活之后，力量太强了。

所以我陪他一起练习控制妖气。如果不抑制住妖气，我连向其他人介绍的机会都没有。

"不是这样，要把妖气存在体内！"

"嗯？哦，我想起来了……"

维鲁德拉似乎想起了什么，开始了冥想。接着，他散发出的妖气大减。

"怎么样？"

"哦，不错嘛。"

"哈——哈哈哈！不愧是圣典（漫画）的知识！那里面似乎归集了这世上的所有睿智。"

怎么可能，这个蠢蛋！

看样子他实践了漫画中的知识。

这家伙太离谱了，不过再练习一下应该就行了。

我正想着，这时……

"提示。已与灵魂系谱下的魔物建立起'食物连锁'。位于顶点的主人已得到大量供品（技能）。是否实行'能力改变'进行取舍？YES/NO"

我的部下已在收获庆典中完成了进化，看来"食物连锁"也完成了。

接收了那些技能之后，智慧之王（拉斐尔）提出了"能力改变"的申请。

反正我也没法自如地运用那么多能力（技能），把它们全部简化成好用的技能应该更好。

本来，就算长年钻研自身的才能也未必能获得能力（技能），就算一口气获得许多技能也不可能运用自如。

我留着也是暴殄天物，这么做也好。

于是，我默念 YES。

能力的取舍整合一瞬间就完成了。

"提示。以专属技能'无限牢狱'为基础的能力取舍整合已完成。专属技能'无限牢狱'已进化为究极能力（究极技能）'誓约之王（乌列尔）'。"

等一下。给我——等一下。

我什么时候获得了专属技能"无限牢狱"？

我觉得这应该是很重要的信息，在智慧之王（拉斐尔）看来这只是随口一提的事吗……

它能解开任何难题，所以好像也对那些问题本身失去了兴趣。

誓约，或者说是忠诚，是对我宣誓忠诚的人心愿的结晶。

将这一切统合之后，究极能力（究极技能）"誓约之王（乌列尔）"诞生了。

得到这项技能的同时，我感受到了其中的强大力量。这给了我无与伦比的安心感。

这也难怪。毕竟这份力量是我和那些同伴感情纽带的证明。

嗯，等等！

也就是说……这么说来，我一共得到了四项究极能力（究极技能）。

这么说来，我多少也能得意一下了吧？

不，决不能大意。

坏人一旦得意忘形就会迎来悲惨的结局。

现在我也是魔王，不能大意。

我平时总是一得意就导致失败，现在应该慎重。

总之先查看技能的职能。

"说明。究极能力（究极技能）'誓约之王（乌列尔）'的职能为……"

智慧之王（拉斐尔）和之前一样进行了说明。

它说连我的高阶技能也被取舍整合到这里面了。我只剩下固有技能"无限再生、万能感知、万能变化、魔王霸气、强化分身、万能丝"。

而"誓约之王（乌列尔）"的职能主要为四项——"无限牢狱、万能结界、法则操纵、空间支配"。

无限牢狱：将目标封入虚数空间。

万能结界：由多重复合结界和空间隔绝构成的绝对防御。

法则操纵：黑炎雷、魔力操纵、热量操纵以惯性控制。可自由在"胃"中存取热量。

空间支配：移动能力。能够自由替换可认知位置坐标的空间。

感觉这是集我能力（技能）之大成的技能。

我可以随心所欲地发动"无限牢狱"，和之前封印维鲁德拉的结界一样。换句话说，一旦被这项技能封住就不可能逃脱。

"万能结界"可以自动保护我的身体。这项技能完全由智慧之

王（拉斐尔）控制，不需要我刻意控制。

这个"法则操纵"可以通过操纵魔素改变各种事物。我不明白这是什么意思，总之就先当作在我有需要的时候，智慧之王（拉斐尔）会帮我搞定。

还有"空间支配"和瞬间移动很像。只要在"万能感知"的认知范围内，就能瞬间进行转移，无须打开空间通道。虽然要花一点时间，但可以传送到我去过的地方。

老实说"誓约之王（乌列尔）"的职能也非常厉害。

我此前的所有攻击、移动和防御，还有封印，这些全都得到了大幅增强。

这么理解估计就差不多了。

我是无敌的——不行不行，我才刚下决心要慎重，不能得意忘形。

在我确认自己能力的时候，维鲁德拉似乎也学会了如何控制妖气，而且好像也弄清了究极能力（究极技能）"究明之王（浮士德）"的职能。维鲁德拉的蠢话太多，我差点忘了其实他的脑子比我更好用。

那项技能的职能似乎相当厉害。

据说有"思维加速、解析鉴定、森罗万象、概率操纵、真理之究明"五项职能，但是就算知道名字，我也不明白效果。

有的能力（技能）连我也不会，可惜"食物连锁"没有发动。

不过，反正我也无法运用自如，眼红也没用。

就这样，准备结束了。

终于……

时隔数百年后，维鲁德拉终于重见天日。

*

我和维鲁德拉一起从洞窟回到城镇，发现所有人一同前来迎接我们。

那哪里是迎接，差点就发生了大混乱。

一大群人挤在洞窟那里，吵得非常厉害。

有人发现传说中大名鼎鼎的"暴风龙"维鲁德拉复活了，那些人分成了两派争执不下，一派想来救我，一派主张应该等待命令。

红丸两手抱胸，静静地观察情况。

"如果那位大人不在，单凭我们是无法营救卡利昂大人的，无论如何都要把他救出来！"

"要我说多少次你才会懂？利姆鲁大人是独自去那边的。很明显他有他的打算，我们没资格插嘴。"

"可是已经三天了，再这样下去……"

"哎，你这只小猫真烦啊。再不老实点我就要动手了。"

"你说什么？"

"别说了，迪亚波罗！你这话可劝不住人！苏菲亚，你放心。利姆鲁大人肯定没事。如果他有危险，我们也会采取行动。但现在是鸠拉大森林的守护神维鲁德拉大人复活，我们也不能鲁莽行事。"

红丸挠着头劝开那两人，看来情况比我预想的要严重。

原来已经过去三天了啊。我又是解放维鲁德拉，又是确认能力（技能），连时间都忘了。

看样子那些兽人主张闯进洞窟，迪亚波罗正在制止他们。制止派不只迪亚波罗一人，托蕾妮等树妖精姐妹和居住在鸠拉大森林的魔物也在其中。一定要说的话，迪亚波罗只是单纯地在劝阻兽人。

　　既然确认了状况，那我也该介入了。毕竟我和维鲁德拉就是这场争吵的原因。

　　"啊，各位，我让你们担心了，抱歉。"

　　"利姆鲁大人！！"

　　在众人吃惊的叫声中，利古鲁德跑到了我身旁。

　　"哦，利姆鲁大人，您没事吧？我们很担心您！我接到通知说封印洞窟突然出现了'暴风龙'维鲁德拉大人的气息，他好像复活了。我听说利姆鲁大人去了洞窟，您没事吧？"他代表众人对我说道。

　　听到利古鲁德关切地询问，我点头表示没事。

　　"阿尔薇思、苏菲亚、法比欧以及各位兽人，我让你们担心了。是我没有说明情况，抱歉。"

　　"没……没事。只要利姆鲁大人没事就好。"

　　"我很担心您。您没事就好。"

　　"话说'暴风龙'维鲁德拉怎么样了？"

　　看到我没事，三兽士明显都舒了一口气。他们知道我的安危关系到卡利昂的营救，所以都很拼命。

　　维鲁德拉听到称呼自己时没用尊称，噘起了嘴，一副不满的表情。

　　我苦笑着轻轻拍了拍维鲁德拉的肩膀，劝他冷静点，然后对其他人说道："我现在解释一下这件事。在此之前我先为各位介绍一下……"

　　说完，我把身边的美男子——维鲁德拉推到众人面前。

　　"这位是维鲁德拉君！他有点认生，希望大家也能和他和睦相处！"

　　寂静降临到城镇这一角。

所有人的视线都集中在维鲁德拉身上，没一个人出声。

这时……

"等一下，你说什么傻话！我可不认生。只不过能活着见到我的人很少而已。"维鲁德拉不满地抱怨道。

以此为契机，这里再次一片哗然。

最先回过神来的是托蕾妮那些树妖精。

"我们的守护神维鲁德拉大人，衷心祝贺您的复活！！"她们跪在维鲁德拉面前，低下头说道。

"哈——哈哈哈！哦，是树妖精啊。你们管理我的森林辛苦了！"

"小事一桩，您言重了。我们与魔精女王失散之后是您收留了我们，如此大恩，我们无以为报。"

"你们别放在心上。说起来，你们现在好像在协助利姆鲁。今后我也要麻烦他，请多关照！"

喂。麻烦我是什么意思？

等一下必须把这事问清楚。我有预感，如果不管不问，他可能会变成一个废物，最终什么事都会赖到我身上。

"是，是，那是自然。说起来……"

"请问……维鲁德拉大人和利姆鲁大人之间是什么关系？"

排行第三的托丽丝抢过托蕾妮的话问道，她似乎已经等得不耐烦了。

听到这个问题，所有人都竖起了耳朵。每个人都咽了口唾沫津津有味地等待答案。

"这事啊。呵呵呵，你们想知道吗？"

呵呵呵你个头啊，蠢货。

有必要卖关子吗？

"想知道。请一定告诉我们！"

看到众人一齐点头，维鲁德拉得意地笑了。

就是因为你们这么配合，维鲁德拉才会得意忘形的啊。

"是朋友！！"

维鲁德拉的尾巴都快翘上天了。

别说了。我都快尴尬死了。

我尴尬得都快晕过去了，但那些魔物炸开了锅，不顾我的反应。

"什么！不仅是米莉姆大人，连维鲁德拉也是……"

"到底是什么时候……"

"那位大人本来就很厉害！"

"不愧是老爷。我现在觉得不管他做出什么事都不足为奇……"

这类议论此起彼伏。

"那……那么，维鲁德拉大人这副模样是……"

"哦，这个啊？这是我朋友利姆鲁给我准备的。为了让我能面对面和你们说话，这三天他一直在陪我修行抑制妖气。怎么样？你们也觉得这副身体不错吧？"

"非常棒——"

"非常理想——"

"太帅了，维鲁德拉大人！！"

托蕾妮百感交集地说完，她的两个妹妹也接着说道。

"没错，没错！哈——哈哈哈！！"

听着这些奉承，维鲁德拉心情大好。既然他本人满意，我也没什么可说的。

"呵呵呵呵，不愧是利姆鲁大人。竟然能通过修行抑制住那么强大的妖气……我非常感兴趣。"

"是啊。不过利姆鲁大人和维鲁德拉成为朋友的事更让我吃惊。"

"回想起来也能理解。利姆鲁大人出现在我们村的时候，正好是维鲁德拉大人消失的时候。"

"我以前就注意到利姆鲁大人的出现和维鲁德拉大人的消失时间重合。"

干部们就这么聊着。

"这事我没告诉你们。我本以为还有一百多年，维鲁德拉才能解放，如果这事传开，我可能会被别人盯上。"

"原来如此，有道理。"

听到我的说明，所有人都点头表示理解。

一来二去，所有人都接受了维鲁德拉，比我预想的要轻松。

就在这时，苍影出现在我的面前。

这是"空间移动"，看来苍影也会用这项技能了。

"利姆鲁大人，我回来了。关于克雷曼的动向……"

说到这，苍影发现这里围着三兽士和主要干部等一大群人。

"出什么事了？"

苍影问道，他似乎在犹豫是否应该在这么多人面前报告情况。

这事已经过去了。

"没什么大事。你的调查结果更重要。在这里说也不方便，全员一起去会议室听报告吧。三位兽士也……"

"请务必让我参加。"

"我也想听！"

"事到如今，希望你别把我们排除在外。"

不用问也知道。

好！那就大家一起商定方针吧。

"苍影，去召集不在场的所有干部！顺便把尤姆、缪兰、卡巴鲁他们也叫上。"

"遵命。"

接到我的命令后，苍影用"空间移动"又消失了。估计很快所有人就到齐了。

我叫其他人去大会议室集合。

所有人都要参加会议。

这是重要会议，将会决定魔国联邦（特恩佩斯特）今后的动向。

我的目标是建立人类与魔物共存的世界。如果有人妨碍我们——不管是谁，我都要清除。

现在，我和我的同伴有能力这么做。

首先是魔王克雷曼，接着是西方圣教会，你们就好好尝尝对我同伴出手的后果吧。

想到这里，我露出了一丝笑容。

悬丝傀儡的操控者

Regarding Reincarnated to Slir

魔王克雷曼气歪了脸，他的计划此时全盘乱套。

他策划让魔王米莉姆去袭击魔王卡利昂，结果不知道她搞什么，发布了宣战布告就回来了。

得知法尔姆斯王国的动向后，他命令缪兰扩大魔国联邦（特恩佩斯特）的损失，结果那些魔物的盟主利姆鲁回来全歼法尔姆斯王国的军队……

克雷曼本想利用这一状况觉醒为"真魔王"，他无论如何都无法接受这一结果。

（该死！难得那位大人制订计划帮我觉醒……）

克雷曼不甘地咬牙切齿。

不过，他的策略并非完全失败。

他的部下缪兰被利姆鲁杀了，克雷曼考虑借机发布宣战布告。

这是他最初的计划，缪兰就是为此准备的弃子。

但问题是……

（到底能不能赢？）

这才是重点。

人类国家虽然脆弱，但法尔姆斯王国的军队是其中的精锐。而且这次出征的全是骑士，就连克雷曼也不能无视这两万大军的战力。

仅仅一个魔人（利姆鲁）就歼灭了这支军队。

接到这份难以置信的报告，克雷曼也惊呆了。

而且"五指"中对克雷曼宣誓效忠的小指皮洛涅在执行侦察任务时死了。和无名指缪兰不同，他是克雷曼的心腹，在人类社会中搞鬼时，他也是个至宝……

（太倒霉了。这应该是偶然，没想到那个恶魔偏折的核击魔法——热收束炮会正中皮洛涅……）

克雷曼意外损失了一名部下，心情更糟了。

但克雷曼接到了一份报告，这份报告将他的愤恨一扫而空，他的心情十分舒畅。

魔王米莉姆击败了魔王卡利昂，并消灭了兽王国犹拉瑟尼亚。

接到那份报告后，魔王克雷曼终于面露喜色。

虽然他无法将魔王卡利昂收为部下，但这份成果也足以威慑其他魔王。

毕竟不听话的魔王只会碍事。既然有米莉姆可以力压卡利昂这样的强者，那也没必要继续增强战力。

据报告者称，米莉姆以压倒性的战斗力制伏了卡利昂，并摧毁了整个大都市。

报告者——魔王芙蕾优雅地喝着茶，结束了报告。

其他密探提交的报告内容也一样。

没有疑点。

魔王卡利昂已经死了。克雷曼得到了"绝对力量（米莉姆·纳瓦）"，在她面前，就连那个强者卡利昂也不是问题。

十大魔王拥有这世上最强的力量。

而克雷曼掌握了包括自己在内的三位魔王的力量，还有一位魔王已经消失。

自身觉醒的失败令克雷曼十分心痛，但米莉姆带回的成果足以弥补这个损失。

"呵呵呵，这份成果足以将计划推回正轨。"

"是吗？很高兴我也能为此出力。"芙蕾站起身敷衍道。

"以上就是报告的全部内容。这样一来，我也尽到了情分。我要回去了，那米莉姆怎么办？因为之前的战斗，她现在很激动，之前那个想去照料她的魔人已经被消灭了。"

克雷曼咂了咂舌看着芙蕾。

"你去照料她就好了吧？毕竟你们是朋友。"

"我说过我已经尽到情分了吧？我已经帮你骗了米莉姆，没有义务继续帮你了。"芙蕾冷冷地答道。

然而，克雷曼带着淡淡的笑容对芙蕾说道："呵呵呵，芙蕾你别搞错了。听好了，这是我的命令。你带米莉姆下去好好照顾她。我看你也不想和米莉姆战斗吧？"

听到这话，芙蕾拉下脸来。

芙蕾没有慌，这话也在她的预料之内。

"哦，这样啊。克雷曼，果然你一开始就是这个打算。"

"哈——哈哈哈！你很聪明。我想你的答复应该不会让我失望……"

"明白了。我还不想步卡利昂的后尘。"

"没错，这就对了。芙蕾，你真聪明啊。那米莉姆就交给你了。请把她带下去。如果连我的城堡也被她破坏就不好了。"

听到这话，芙蕾既无奈又厌恶地摇着头。

"我也不希望自己的家遭到破坏，不过估计抱怨也没用……"

"明白就好。你可以走了。"

从克雷曼这态度可以看出，他已经没把芙蕾当魔王看了。这是

关于我变成
史莱姆
这档事 5
Regarding
Reincarnated to
Slime

他对待部下的态度。

芙蕾没有表现出任何不快，瞥了克雷曼一眼之后就离开了……

确认芙蕾离开后，克雷曼闭上眼睛开始思考。

现在必须调整计划，这次的事令状况大变。

虽然他觉醒的计划惨遭失败，但这不是问题。因为他已经确认，只要有魔王米莉姆的力量，就算直接与人类为敌也有十足的胜算。

只要用魔王米莉姆的力量散播死亡与破坏，收割灵魂就行了。这样一来，自己应该可以轻轻松松觉醒为"真魔王"。

克雷曼最初是想拥立猪头帝为新魔王，成为其后盾，不过现在的状况更有趣。现在他有了米莉姆这张王牌，其他魔王已经不足为惧了。

（呵呵呵呵，现在我终于可以解决莱昂了。）

克雷曼想象着那一幕，露出了愉悦至极的笑容。

（不过，在莱昂之前……）

他再急也得往后推一推，现在必须梳理状况，确认优先度。最重要的是"那位大人"的想法，那人可是自己的大恩人。

敌方势力主要有三个：自己长年的宿敌魔王莱昂，实力超出自己预想的鸠拉大森林盟主，仍未揭开神秘面纱的西方圣教会及其上层组织神圣法皇国露贝利欧斯。

魔王之间禁止争斗，魔王卡利昂的灭亡可以处理成是魔王米莉姆一时兴起。应该有人会注意到是克雷曼在背后捣鬼，但他估计没人会把这事挑明。因为这等同于向克雷曼宣战。

各魔王向来以自我为中心，应该不会齐心针对克雷曼，如果其他魔王要追究这件事，那就到时候再随机应变。克雷曼现在手握王

牌，任何魔王都不足为惧。

问题是西方圣教会。

克雷曼的盟友拉普拉斯已经混了进去，他为这次的事提供了很大的帮助。魔人利姆鲁虐杀了西方法尔姆斯王国多达两万名骑士，西方圣教会应该不会坐视不理。

既然如此，那就让这些棘手的敌人去斗，克雷曼自己坐收渔人之利。

等双方元气大伤的时候再让魔王米莉姆行动——这样就能以逸待劳解决两大敌人，自己也很可能得以觉醒。

"那位大人"就能如愿了。

"那位大人"是克雷曼真正的主人。

到那时候，克雷曼就可以没有后顾之忧地向魔王莱昂发出宣战布告。

想到这里，克雷曼笑得更开心了。

虽然有几个不如愿的地方，但调整之后的计划应该可行。接下来就是去向"那位大人"报告，并请那人定夺。

克雷曼高声大笑着想象自己达成夙愿的情景。

利姆鲁·
特恩佩斯特

Rimuru Tempest

种族
Race
——魔粘性精神体

加护
Protection
——暴风纹章

称号
Title
——魔物统帅　真魔王

魔法
Magic
——| 元素魔法 | 物理魔法 |

精灵魔法

高阶魔精召唤

高阶恶魔召唤

专属技能
Unique Skill
——| 无限再生 | 万能感知 | 万能变化 | 魔王霸气 | 强化分身 | 万能丝 |

高阶技能
Extra Skill
——智慧之王（拉斐尔）——思维加速、解析鉴定、并行计算、舍弃咏唱、
　　森罗万象、统合分离、能力改变

暴食之王（贝西卜）——捕食、胃袋、拟态、隔离、腐蚀、噬魂、食物连锁

誓约之王（乌列尔）——无限牢狱、法则操纵、万能结界、空间支配

暴风之王（维鲁德拉）——暴风龙召唤、暴风龙复原、暴风系魔法

耐性
Tolerance
——| 痛觉无效 | 物理攻击耐性 | 自然影响无效 | 异常状态无效 |

精神攻击耐性　圣魔攻击耐性

拟态
Mimicry
——| 恶魔 | 魔精 | 黑狼 | 黑蛇 | 蜈蚣 | 蜘蛛 | 蝙蝠 | 蜥蜴 |

子鬼　猪头　其他

　　还未正式自称魔王，但已觉醒为"真魔王"。各项身体能力均大幅提升，并可随心所欲地从物质体变化成精神体。变成精神体后，物理伤害对其几乎无效。他进化后获得的顶级技能——究极能力（究极技能）多达四项，这种进化结果可谓异常。

红丸
Benimaru

种族 Race	妖鬼
加护 Protection	暴风纹章
称号 Title	鬼王
魔法 Magic	气斗法　妖术

专属技能
Unique Skill　大元帅——思维加速、思维控制、预测推演、军队鼓舞

高阶技能
Extra Skill

魔力感知　热源感知　多重结界　空间移动

支配火焰　黑炎　魔炎化　霸气　刚力

耐性
Tolerance

异常状态无效　痛觉无效　物理攻击无效

自然影响耐性　精神攻击耐性　圣魔攻击耐性

　　他粗野的性情看上去似乎有所收敛，但在激动时仍无法控制。他获得了攻击型以及适合统率军队的能力，本身的力量也有显著提升。他担任总司令一职，统率魔国联邦（特恩佩斯特）的魔物，被视为利姆鲁的右臂。

朱菜
Shuna

种族 Race	妖鬼
加护 Protection	暴风纹章
称号 Title	鬼姬
魔法 Magic	元素魔法　幻觉魔法　妖术

专属技能
Unique Skill

解析者——思维加速、解析鉴定、舍弃咏唱、法则操纵

创作者——物质变换、融合、分离

高阶技能
Extra Skill

魔力感知　多重结界　空间移动　威严

耐性
Tolerance

异常状态无效　精神攻击耐性　圣魔攻击耐性

　　她是红丸的妹妹、大鬼族（大鬼族）的姬巫女，地位比红丸更高。这次进化之后，实力达到A级，但魔素量（能量）较低。但她的实力在于技能，战斗能力决不能小看。不过，她的真实力量鲜为人知。因为见到她实力意味着死期已至。她是利姆鲁真正意义上的秘书。

紫苑
Shion

种族 Race	妖鬼	加护 Protection	暴风纹章

称号
Title —— 暴君、不死者

魔法
Magic —— 气斗法

固有技能
Peculiar skill —— 超速再生　完全记忆　斗鬼化

专属技能
Unique Skill —— 料理人——确定结果、最佳行动

高阶技能
Extra Skill —— 天眼　魔力感知　多重结界　空间移动　霸气

耐性
Tolerance —— 异常状态无效　痛觉无效　自然影响耐性　圣魔攻击耐性　物理精神攻击耐性

　　起死回生之后，各方面都十分强大。至于专属技能"料理人"——不用说，自然不是紫苑所想的那种只能用于料理的技能。魔素量（能量）超过了红丸。普通状态下只用"刚力"一项技能就能拥有与红丸相当的力量。但她不会控制力量，如果再加上"斗鬼化"的话……

苍影
Souei

种族
Race —— 妖鬼　　加护
Protection —— 暴风纹章

称号
Title —— 暗忍　　魔法
Magic —— 气斗法

专属技能
Unique Skill —— 隐秘者——思维加速、超加速、一击必杀、秘密

高阶技能
Extra Skill —— 魔力感知　多重结界　空间移动　分身

粘钢丝　刚力

普通技能
Common Skill —— 威压　施加毒麻痹腐蚀

耐性
Tolerance —— 异常状态无效　痛觉无效　自然影响耐性

物理精神攻击耐性

　　他负责为利姆鲁搜集情报，立下了不少功劳。对这次事件的反省总结令他完成了战斗专长的进化。能够攻击精神体的"一击必杀"搭配阻碍认知的"隐密"后，效果绝佳。

白老
Hakurou

种族 Race	妖鬼	加护 Protection	暴风纹章
称号 Title	鬼王	魔法 Magic	气斗法

专属技能
Unique Skill — 武者——天空眼、思维加速、超加速、未来预测、秘传

高阶技能
Extra Skill — 魔力感知　多重结界　刚力

普通技能
Extra Skill — 威压

耐性
Tolerance — 异常状态无效　精神攻击耐性

超一流的武者。他本已年老力衰，但成为利姆鲁的部下后，寿命得以延长。被称为剑鬼，连人类世界都知道其名号，但其真实身份不明。他曾指导过被誉为"剑圣"的矮人王盖泽尔，是个长寿且谜团重重的人物。

岚牙
Ranga

种族 Race	黑岚星狼	加护 Protection	暴风纹章
称号 Title	利姆鲁的宠物		

魔法
Magic — 呼唤死亡之风　漆黑炎光　破灭风暴

固有技能
Peculiar Skill — 超嗅觉

专属技能
Unique Skill — 魔狼王——超直觉、附身同化、同族召唤、同族再生、群体意识操纵

高阶技能
Extra Skill — 魔力感知　多重结界　空间移动　思维传递

耐性
Tolerance — 物理攻击耐性　异常状态无效　精神攻击耐性　圣魔攻击耐性　自然影响耐性

曾为牙狼族，败给利姆鲁之后，对其宣誓效忠。先后进化为岚牙狼和星狼族，最终如愿进化成黑岚星狼。平时潜伏在利姆鲁的影子里，与其共享魔力。个体能力十分强大，但有协助者时，其能力会提升。

克鲁特
Genimaru

种族 Race	猪人族
称号 Title	暴君，不死者

加护 Protection	暴风纹章
魔法 Magic	回复魔法

专属技能
Unique Skill
- 守护者——施加守护、替身、铁壁
- 美食者——捕食、腐蚀、胃、受容、供给

高阶技能
Extra Skill
- 贤者　魔力感知　多重结界　空间移动
- 超嗅觉　思维操纵　外装同化　刚力

普通技能
Common Skill
- 自我再生　施加毒麻痹腐蚀　威压

耐性
Tolerance
- 异常状态无效　痛觉无效　自然影响耐性　物理精神攻击耐性

　　幸存的猪头将军，继承了猪头魔王意志与名号。他是宣誓效忠利姆鲁的仁义忠厚的武士，完成专长防御的进化。他可以替人承受伤害，也能将自己的防御力给予部下。平时主要负责与工程相关的工作。

加维鲁
Gabiru

种族 Race	龙人族
加护 Protection	暴风纹章
称号 Title	龙战士

魔法 Magic	无

固有技能
Geculiar Skill
- 龙战士化　黑炎吐息

专属技能
Unique Skill
- 轻率者——不测效果，命运变更

高阶技能
Extra Skill
- 天眼　魔力感知　多重结界　热源感知　超嗅觉

耐性
Tolerance
- 自然影响耐性　异常状态耐性　物理精神攻击耐性

　　曾与利姆鲁敌对，但十分幸运地加入了利姆鲁阵营。虽有轻率肤浅的一面，但是个非常优秀的武士。加维鲁特别照顾部下，受部下敬仰。一旦下定决心，无论是好是坏，都会一条路走到底。

迪亚波罗

Diablo

种族 Race	——恶魔族
加护 Protection	——暴风纹章
称号 Title	——恶魔公　原初之黑
魔法 Magic	——不详

专属技能
Unique Skill

大贤人——
思维加速、
舍弃咏唱、
森罗万象、
法则操纵

诱惑者——
思维支配、
魅惑、劝诱

高阶技能
Extra Skill

万能感知　多重结界　空间移动　魔王霸气

耐性
Tolerance

痛觉无效　物理攻击无效　异常状态无效

精神攻击耐性　圣魔攻击耐性　自然影响耐性

　　他是利姆鲁情急之下召唤出的强大恶魔之一。准确地说，另外两个恶魔不过是迪亚波罗自己召唤的从者。他异常强大，并且对利姆鲁十分忠诚。

维鲁德拉·
特恩佩斯特

Verudora Tempest

种族	
Race	龙种（高阶圣魔灵）

加护	
Protection	魔王（利姆鲁）的盟友

称号	
Title	暴风龙

魔法	
Magic	暴风系魔法——呼唤死亡之风、漆黑炎光、破灭风暴

究极技能	
Ultimate Skill	究明之王（浮士德）——不详

耐性
Tolerance

自然影响无效	常状态无效	痛觉无效	物理攻击无效

精神攻击耐性	圣魔攻击耐性

　　他是利姆鲁最早结交的朋友，是这世上仅有的四位最强龙种中最年轻的一位。拥有凌驾于魔王之上的实力，是天灾级魔物。很久以前曾四处作乱，数次被消灭都得以复活。复活时会诞生新的自我意识。是唯一一个拥有被讨伐消灭经历的龙族。每次复活魔素量（能量）都会增加，拥有巨大的力量与可能性。利姆鲁进化之后，他终于从勇者的封印中解放出来。虽然阅历不足，但在利姆鲁胃里学了很多知识，从而获得了究极能力（究极技能）。

后记

各位读者，你们好！

继上个月之后，现在为各位读者献上《史莱姆》的第五卷。

希望本书的内容不会辜负各位读者的期待，这一本也写满了新内容。

这次的后记也给我分配了不少页面，我正在为写什么而头疼。

所以，我考虑是不是说一说制作秘话之类的事。

以下内容可能包含剧透，建议在看完正文后再看后记！

首先，实体版与网络版的主要内容一样。

实体版为配合新增内容做了若干变更，而且有新角色登场，所以故事的发展有较大的变化。

第二卷几乎只是修改片段，但从第三卷开始增加了新的插曲，还有第四卷也一样。

利姆鲁本来应该在第三卷时救那些孩子，在第四卷时觉醒为"真魔王"。

但作者坚持要在第三卷中细致描绘城镇的发展，于是得到了这个机会，因此计划有若干变更。

利姆鲁在第四卷被日向伏击留下悬念，并在紧随其后出版的第

关于我变成
史莱姆
这档事 5
Regarding
Reincarnated to
Slime

五卷中分出结果，接着觉醒为魔王，之后再与其他魔王会面——这是我原本的计划。

但在写第四卷时，我感觉这样写可能有点勉强。

当时我和编辑 I 氏通过电话进行了讨论，我凭印象给各位再现当时的情形。

"喂，你现在方便吗？"

"啊，是的，方便！"

"其实……关于第四卷，我增加了很多内容……"

"又是这样吗？你写第三卷的时候也说过同样的话吧？"

"是啊……我已经削减了不少内容，可是按照这个节奏可能没法在第四卷写到利姆鲁与日向的战斗。"

"要让他们开战！总之请写到他们的战斗，增加内容也没关系！"

"咦？可以吗？可能会增加不少内容。"

"没关系。我已经知道这套书是这样的了！"

"哦……明白了！那再见！"

我们有过这样一段对话。

当时我以为只有第四卷会增加内容，第五卷应该会按计划展开……

可是……

不知道是不是受那句"增加内容也没关系"的影响，最终第四卷内容大增。

而且还是在我已经删减在矮人王国探索之类的插曲的情况下……

可是我在写后半段的时候，发现字数已经超标很多，面对这一现实我知道情况不妙。

于是再次……

"喂，我是伏濑。我想找你商量个事，方便吗？"

"好，什么事？"

"其实，我估计第四卷的内容会大幅增加，不过问题在于第五卷。"

"嗯，怎么说？"

"我认为如果按照计划，情况绝对非常不妙。"

"可是，如果第五卷只写到利姆鲁觉醒为魔王，内容会不会很单薄？在分量方面好像太少了。"

"是啊，我也有点担心。也许内容会偏少。不过有个番外篇我很想写，如果内容太少的话，我想加上那个番外篇……"

"我明白了——"

接着，我和编辑 I 氏商讨了详细内容。

其结果……就是现在各位手上的这本书。

番外篇？这本书里没有啊？

这不是你们的错觉。

已经看过正文的读者应该已经发现了。

目录里也没提到番外篇。

没错。

我写完之后发现页数已经增加了不少。

这是怎么回事？

大概是因为我增加了对话和场景等各类内容。

所以，番外篇请期待下回。

但下一卷的内容也没定哦。

因为那一卷的内容……

将与网络版有不同的走向！！

我估计读者在看第四卷的时候就想到了。

第四卷中教会的位置与网络版不同。

从这一点发生变更之时起，今后的故事就必然有所不同。

所以我估计下一卷也会有种种问题。

现在是不是可以无视网络版了？

我似乎产生了幻听，恶魔在我耳边低语。

利姆鲁以魔王的身份亮相之后，其他魔王也不会坐视不理。

西方圣教会，也就是最强的圣骑士日向也会出动。

此外还有在暗中活跃的人，各国的反应也很让人在意。

已经看过网络版的读者可能会因为知道后续展开而没有紧张感。

不过世事无绝对，"实体版和网络版的主要内容一样"这个大前提就算被打破也不是不可能。

说不定……

虽然我这个作者说话随意反复无常，但在内容方面是很认真的。
万一这个大前提真被打破，网络版也会保留，请放心！喂喂……
虽然后记有点那个什么，但请各位今后继续支持《史莱姆》。